A CIDADE E AS SERRAS

A CIDADE E AS SERRAS

EÇA DE QUEIRÓS

MARTIN CLARET

Apresentação

Realismo/Naturalismo

Taís Gasparetti[1]

O Realismo foi um movimento literário que se iniciou na Europa, na segunda metade do século XIX, com a publicação do romance *Madame Bovary*, de Gustave Flaubert.

Fazendo oposição ao idealismo do movimento romântico, os realistas concebiam os fatos de forma mais objetiva e fiel à vida real. Assim, o romance deixa de ter a função de distrair e entreter, como boa parte da produção folhetinesca do Romantismo, e toma nova importância: mostrar a realidade, diagnosticar as patologias humanas e sociais, apontar a corrupção e os desvios de caráter da sociedade.

O Naturalismo surgiu na mesma época, idealizado pelo francês Émile Zola, e foi um movimento caracterizado pela radicalização do Realismo, tendo em vista o objetivo de comprovar os fatos e as ações dos personagens do ponto de vista das ciências naturais, com o intuito de provar que o indivíduo é determinado

---

[1] Graduada em Letras pela Unicamp, professora na rede particular e pública de ensino, redatora, *ghost writer* e revisora de textos.

pelo ambiente e pela hereditariedade. Nas palavras de Alfredo Bosi,[2] "o Realismo se tingirá de Naturalismo, no romance e no conto, sempre que fizer personagens e enredos submeterem-se ao destino cego das 'leis naturais' que a ciência da época julgava ter codificado".

Contexto histórico

A partir da segunda metade do século XIX, a Europa passa por grandes e significativas mudanças, muitas delas responsáveis pela constituição das sociedades ocidentais de hoje.

A burguesia começa a, definitivamente, tomar espaço. Com isso, os interesses burgueses, industriais e materialistas passam a imperar; as cidades industriais se desenvolvem e o grande contingente de operários que nelas passa a viver e trabalhar revolta-se; agitações políticas espalham-se pelo continente.

Ao mesmo tempo, a ciência — sobretudo a natural — passa por um desenvolvimento tão intenso que, com seus métodos de experimentação e observação da realidade, se torna a única apta a explicar o mundo.

Em Portugal, o Realismo/Naturalismo se iniciou com a chamada "Questão Coimbrã", conflito entre jovens escritores, universitários, e um professor da Universidade de Coimbra — Antônio Feliciano de Castilho —, defensor dos ideais românticos. O movimento foi

---

[2] BOSI, Alfredo. *História concisa da literatura brasileira*. 2. ed. São Paulo: Cultrix, 1976, p. 214.

inaugurado por Eça de Queirós, em 1875, com a obra *O crime do padre Amaro*.

Influências

De acordo com esse contexto, algumas teorias, além de marcar a época, influenciaram o surgimento e a constituição dos ideais realistas/naturalistas. Dentre elas, destacamos:

Positivismo — teoria segundo a qual apenas por meio da experiência se chega à "verdade". Um de seus defensores foi Auguste Comte, pensador e sociólogo francês — e considerado precursor da Sociologia, — que defendia que a análise social deveria se basear nos métodos positivos adotados por outras ciências, tais como a observação, a comparação e a experimentação.

Darwinismo — como ficou conhecida a teoria da seleção natural, segundo a qual apenas os mais aptos e fortes de cada espécie conseguiriam sobreviver. Foi o cientista natural inglês Charles Darwin — que chocou o mundo com o fruto de suas pesquisas (e até hoje é alvo de polêmicas) — que, com a publicação da obra *A origem das espécies*, embasou essa teoria. Para o Realismo/Naturalismo, a consequência dessa corrente filosófica é a visão do homem como um animal (que, como outras espécies, evoluiu), em detrimento da visão espiritualizada do Romantismo.

Determinismo — teoria segundo a qual o homem é condicionado pelos fenômenos que vivenciou, passando a ser deles consequência. Assim, fatores como o meio social e a herança genética explicam suas decisões e comportamentos.

O autor

Durval cordas*

José Maria Eça de Queirós nasce a 25 de novembro de 1845, na Póvoa de Varzim, norte de Portugal. Filho natural de José Maria de Almeida Teixeira de Queirós e Carolina Augusta Pereira de Eça, passa a maior parte de sua infância sob os cuidados dos avós paternos. Só aos dez anos se reunirá aos pais, então já legitimamente casados e vivendo na cidade do Porto. A circunstância do afastamento inicial de seus pais levou um de seus biógrafos, Vianna Moog, em seu *Eça de Queirós e o século XIX*, a se perguntar se não adviria daí "a irreverência para com a pátria, objeto preferido de suas caricaturas e deformações, de suas sátiras e epigramas" e o fato de que em toda a sua obra as figuras femininas ficam sempre "num lamentável segundo plano", resquícios, talvez, de uma revolta contra as figuras paterna e materna.

É no Porto, no Colégio da Lapa, que Eça conhece José Duarte Ramalho Ortigão, seu professor e amigo

---

*Tradutor, bacharel em Linguística e Língua Portuguesa pela Universidade de São Paulo e em Jornalismo pela Faculdade Cásper Líbero.

para a vida inteira. Em 1861, é admitido no curso de Direito da Universidade de Coimbra, para aí passar cinco anos, nos quais, diz ainda Moog, "com exceção de estudar a sério, não houve o que não fizesse". Não demora para que encontre, no poeta e então líder estudantil Antero de Quental, um guia no mundo da agitação intelectual e política. Em 1862, assiste ao manifesto da Sociedade do Raio, que ataca o reitor da universidade e, com este, todas as regras e autoridades consideradas ultrapassadas. É ainda como espectador que atravessa a Questão Coimbrã, intenso debate entre os literatos de Lisboa, tendo à frente Antônio Feliciano de Castilho e os estudantes de Coimbra, liderados por Antero e Teófilo Braga; aqueles, interessados em seguir na literatura as pegadas dos mestres — no caso, do Romantismo —, estes, defensores das novas ideias realistas, que já se espalhavam pela Europa, e do ideário socialista. Do período da universidade, restam em Eça, além de grandes amizades, uma montanha de leituras, quase sem método, que o mergulham nas ideias políticas de Proudhon e de Comte e nas estéticas de Victor Hugo, Michelet, Baudelaire, Gérard de Nerval, Heine e Hoffman, entre outros.

Formado, trabalha como advogado em Lisboa e inicia sua carreira literária, que a crítica divide em três fases. A primeira é inaugurada pela publicação de artigos e crônicas na *Gazeta de Portugal*, entre 1866 e 1867, reunidos, após sua morte, no livro *Prosas bárbaras*, de 1905. Massaud Moisés, em *A literatura portuguesa*, caracteriza essa fase como de "indecisão, preparação e procura, dum escritor ainda jovem e romântico, à mercê de uma heterogênea influência, especialmente de origem francesa, (...) tudo convergindo para a formação de atmosferas de mistério e desgarrada fantasia". São essas as atmosferas predominantes em *O mistério da estrada de Sintra*, espécie de romance policial que escreve em parceria com Ramalho Ortigão, publicado em 1870, e em *O crime do Padre Amaro*, que começa a escrever em 1871. É ainda nessa fase que colabora com *As farpas*, jornal satírico redigido por Ortigão, com artigos mais tarde reunidos nos dois volumes de *Uma campanha alegre* (1890-1891).

Nesse meio tempo, Eça dirige o jornal *Distrito de Évora*, em 1867, durante sete meses. Não se sente à vontade como editor de política, por não entender as divergências de princípios entre os quatro partidos então existentes em Portugal, que, afinal, eram todos igualmente constitucionais, monárquicos, centralistas. Em 1868, junta-se ao grupo Cenáculo, liderado por Antero de Quental. Embora sugira uma imagem de conspiração socialista, o grupo quase nada faz de revolucionário. A viagem ao Egito e à Terra Santa, em 1869, para cobrir a inauguração do Canal de Suez, será um episódio de confronto do autor consigo mesmo e com sua arte. O próprio Eça clama: "Basta de ler e imaginar. É-nos indispensável o ato humano, a lenda em ação, o herói palpável". Frustra-o, porém, o fruto literário dessa aventura, *O Egito*, que só será publicado por seus herdeiros em 1926: documento de um estilo em evolução, mas ainda distante das características que o consagrarão.

Embora tenha durado apenas seis meses, a experiência político-administrativa vivida em Leiria, como administrador do Concelho, em 1870, deixou sua marca. É nesse período que Eça tem um caso com uma mulher casada, fato que, vindo a público, torna-o alvo preferencial dos ataques de beatas e padres da cidade. Como "vingança", redige *O crime do Padre Amaro*, para retratar a dissolução moral do clero e da sociedade. No ano seguinte, participa das Conferências do Cassino Lisbonense, com Antero e outros companheiros de Lisboa. Desde a viagem ao Egito, vem também acalentando o desejo de ser diplomata. Aprovado em concurso, o escritor torna-se cônsul nas Antilhas Espanholas, em 1872, e em Havana, Cuba, em 1873, tendo a oportunidade de conhecer ainda os Estados Unidos e o Canadá.

Com a publicação de *O crime do Padre Amaro*, em 1875, começa a segunda fase de sua obra. Adepto das teorias do Realismo, defensor da República, em seus escritos dessa fase combate as instituições vigentes (a monarquia, a Igreja, a burguesia) e prega a reforma social. No estilo, já aparecem suas melhores qualidades, assim destacadas por Massaud Moisés: "Naturalidade, fluência, vigor narrativo, precisão, 'oralidade' antideclamatória", bem como "o pendor inato para certo lirismo melancólico e para a sátira e a ironia". Fica evidente a influência de Balzac, em sua tentativa de traçar um painel da sociedade portuguesa de sua época. De Flaubert, absorve o conceito de que só pela perfeição do estilo a obra de arte pode sobreviver; "e isto", observa Vianna Moog, "lhe transforma a pena, de instrumento de delícias, em instrumento de suplício".

São dessa época os romances *O primo Basílio* (1878), que aborda a decadência moral de uma família burguesa; *A relíquia* (1887), que tem como tema a hipocrisia religiosa; e *Os Maias* (1888), que aponta as mazelas da aristocracia portuguesa. Entrementes, de 1874 a 1878,

Eça é cônsul em Newcastle e, de 1878 a 1888, em Bristol, na Inglaterra. Em 1886, casa-se com Emília de Castro Pamplona. Nascem os primeiros filhos, Maria e José Maria, em 1887 e 1888, respectivamente. A partir de 1888, integra, com seus velhos amigos Ramalho Ortigão e Guerra Junqueiro, entre outros, o grupo Vencidos da Vida: filhos de um ativismo do qual tanto haviam esperado e que, por fim, dera em nada.

A terceira fase de sua obra começa em 1889, mesmo ano em que o escritor se torna cônsul em Paris. O amadurecimento e as decepções de um empenho ideológico infrutífero o levam a procurar extrair um sentido construtivo de sua obra. O otimismo, a esperança, a fé e a busca de um significado para a existência são características marcantes dessa fase, em que Massaud Moisés vê o romancista dar lugar ao memorialista e ao idealista.

Já consagrado, colabora com diversos jornais portugueses e brasileiros. Entre 1889 e 1892, funda e dirige a *Revista de Portugal*. São desse período os romances *A ilustre Casa de Ramires* (1900), em que o protagonista busca purgar, à sua maneira, uma vida de erros e fraquezas, e *A cidade e as serras* (1901), no qual Eça louva a natureza e a vida simples, dando a entender que a civilização e o progresso técnico podem tornar-se empecilhos à felicidade. Nascem seus últimos filhos, Antônio, em 1889, e Alberto, em 1894.

Cercado de familiares e amigos, morre em 16 de agosto de 1900, em Paris. É considerado o mais importante prosador do Realismo português e um dos maiores escritores de nossa língua.

O Realismo/Naturalismo de Eça de Queirós

Para os adeptos do movimento realista, a sociedade estava cheia de problemas que precisavam ser apontados (de forma objetiva e verossímil, por isso, através da ciência) para que pudessem ser resolvidos. E esse era o papel dos realistas: diagnosticar, mostrar o que verdadeiramente acontecia, sem as idealizações dos românticos.

No entanto, cada autor enfocou e desenvolveu esses princípios à sua maneira. Aluísio Azevedo focou nas patologias sociais, explicadas sob a ótica determinista; Machado de Assis, na análise da constituição moral do ser humano; e Eça de Queirós, na hipocrisia da sociedade e dos seus papéis.

Nas palavras do crítico Jacinto Prado Coelho, diferentemente de Machado de Assis, Eça de Queirós era "mais analista social do que psicólogo, (...) ironizou Portugal porque muito o amava e o queria melhor".

Considerado um dos nomes mais importantes da literatura portuguesa e o maior prosador realista em Portugal, Eça iniciou o Realismo em Portugal em 1875, com a obra *O crime do padre Amaro*, criticando duramente a sociedade e, em particular, o clero.

A partir daí seguiram diversos romances — gênero no qual se destacou —, que constituem uma imensa e variada produção literária. Notabilizou-se pela originalidade do seu estilo límpido e mordaz e pela riqueza da sua linguagem.

Em suas primeiras fases, apresenta uma crítica violenta à vida social portuguesa, denunciando a corrupção do clero e a hipocrisia dos valores burgueses.

Ao escrever *A cidade e as serras* e *A ilustre casa de Ramires*, começa uma nova fase em sua produção, em que se percebe uma descrença no progresso e nos ideais revolucionários anteriormente defendidos e uma valorização da vida no campo e das virtudes de sua pátria.

Sobre *A Cidade e as Serras*

Escrito com base no conto "Civilização", de 1892, *A cidade e as serras*, obra da fase final de Eça de Queirós, opõe dois estilos de vida: o urbano e o rural, representados por Paris — cidade-luz, considerada, na época, o exemplo de civilização e modernidade — e Tormes — pequena cidade portuguesa onde o progresso ainda não havia chegado.

Quem a protagoniza é Jacinto, neto de Jacinto Galião — figura importante em Portugal que, por razões políticas, abandona o país e se exila na França.

Jacinto perde o pai muito jovem e é criado pela avó, que, ao falecer, deixa-lhe grande fortuna. Assim, vive só e em meio a todo o luxo possível para a época, numa mansão na rua Campos Elíseos, em Paris.

Ao entrar para a universidade, conhece Zé Fernandes, o narrador. Nessa época, Jacinto torna-se um defensor ferrenho da civilização e da ciência, chegando a afirmar que "o homem só é superiormente feliz quando é superiormente civilizado". Por essa razão, venera a vida urbana como único modo de alcançar a plenitude e a felicidade.

No entanto, uma carta força-o a passar um tempo nas serras portuguesas. E, a partir daí, uma série de mudanças se passam com ele.

A cidade e as serras foi o último trabalho de Eça de Queirós, tendo sido publicado em 1901, postumamente. Trata-se da obra que mais reflete a civilização industrial originária do movimento do qual fez parte: o Realismo.

Os estudiosos a indicam como o momento em que Eça se arrepende do excesso de críticas feitas a Portugal nas fases anteriores. É como se o próprio autor, que, ao modo dos realistas, cantava a importância da ciência, segundo eles a única capaz de explicar o mundo, tivesse se decepcionado com ela e passado a valorizar certas virtudes de sua terra natal.

Principais obras de Eça de Queirós

Romance: *O mistério da estrada de Sintra*, com Ramalho Ortigão (1870); *O crime do Padre Amaro* (1875); *O primo Basílio* (1878); *O mandarim* (1880); *A relíquia* (1887); *Os Maias* (1888); *A ilustre casa de Ramires* (1897); *A correspondência de Fradique Mendes* (1900); *A cidade e as serras* (1901); *A capital* (1925); *O conde de Abranhos* (1925); *Alves e Cia.* (1925); *A tragédia da rua das Flores* (1981).

Conto: *Contos* (1902). Jornalismo, literatura de viagens e hagiografia: *Uma campanha alegre*, 2 volumes (1890-1891); *Cartas de Inglaterra* (1903); *Prosas bárbaras* (1905); *Ecos de Paris* (1905); *Cartas familiares* (1907); *Bilhetes de Paris* (1907); *Notas contemporâneas* (1909); *Últimas páginas* (1912); *Correspondência* (1925); *O Egito* (1926); *Páginas esquecidas* (1929); *Crônicas de Londres* (1944).

A CIDADE E AS SERRAS

Capítulo I

O meu amigo Jacinto nasceu num palácio, com cento e nove contos de renda em terras de semeadura, de vinhedo, de cortiça e de olival.

No Alentejo,[1] pela Estremadura,[2] através das duas Beiras,[3] densas sebes ondulando por colina e vale, muros altos de boa pedra, ribeiras, estradas, delimitavam os campos desta velha família agrícola que já entulhava grão e plantava cepa[4] em tempos de el-rei D. Dinis.[5] A sua quinta e casa senhorial de Tormes, no Baixo Douro,[6] cobriam uma serra. Entre o Tua e o Tinhela,[7] por cinco fartas léguas, todo o torrão lhe pagava foro. E cerrados pinheirais seus negrejavam desde Arga[8] até ao mar de Âncora.[9] Mas o palácio onde Jacinto nascera, e onde sempre habitara, era em Paris, nos Campos Elísios, nº 202.

Seu avô, aquele gordíssimo e riquíssimo Jacinto a quem chamavam em Lisboa o D. Galião, descendo uma tarde pela travessa da Trabuqueta, rente de um muro de

---

[1] A mais vasta província de Portugal, situa-se ao sul; é a região dos grandes latifúndios.
[2] Província de Portugal, cuja capital é Lisboa.
[3] Alusão às províncias de Portugal: Beira Alta e Beira Baixa.
[4] Videira.
[5] Sexto rei de Portugal (1261-1325). Fundou a Universidade de Lisboa (1290) e a transferiu para Coimbra (1307). Deixou várias poesias no chamado *Cancioneiro de D. Dinis* e foi um dos principais trovadores da Idade Média portuguesa.
[6] Rio que nasce na Espanha e corre em território português (de leste para oeste) até desaguar no Atlântico.
[7] Rios da Espanha e de Portugal.
[8] Serra de Arga, em Viana do Castelo, na província do Minho.
[9] Rio de Portugal, nasce na serra de Arga e deságua no Atlântico.

quintal que uma parreira toldava, escorregou numa casca de laranja e desabou no lajedo. Da portinha da horta saía nesse momento um homem moreno, escanhoado, de grosso casaco de baetão[10] verde e botas altas de picador,[11] que, galhofando e com uma força fácil, levantou o enorme Jacinto — até lhe apanhou a bengala de castão de ouro que rolara para o lixo. Depois, demorando nele os olhos pestanudos e pretos:

— Oh Jacinto Galião, que andas tu aqui, a estas horas, a rebolar pelas pedras?

E Jacinto, aturdido e deslumbrado, reconheceu o senhor infante D. Miguel![12]

Desde essa tarde amou aquele bom infante como nunca amara, apesar de tão guloso, o seu ventre, e apesar de tão devoto, o seu Deus! Na sala nobre da sua casa (à Pampulha) pendurou sobre os damascos[13] o retrato do "seu salvador", enfeitado de palmitos[14] como um retábulo, e por baixo a bengala que as magnânimas mãos reais tinham erguido do lixo. Enquanto o adorável, desejado infante penou no desterro de Viena,[15] o barrigudo senhor

---

[10] Tecido felpudo de lã ou algodão.
[11] Aquele que ensina equitação ou que amestra cavalos.
[12] Infante de Portugal (1802-1866), filho de D. João VI e da rainha D. Carlota Joaquina. Permaneceu no Brasil de 1808 a 1821, quando regressou a Portugal, acompanhado pelo pai. Em 1826 casou-se com D. Maria; jurou a Carta Constitucional reconhecendo como sucessor de seu pai o irmão, D. Pedro I, do Brasil. Em 1828 assumiu a Regência, proclamou-se rei absoluto e iniciou o período de perseguição aos liberais (defensores da Constituição). De 1832 a 1834 seguiu-se a guerra civil, com a derrota de D. Miguel e a vitória dos liberais; D. Pedro IV (D. Pedro I, do Brasil) assume o trono português.
[13] Tecidos de seda estampados com flores, fabricados em Damasco.
[14] Ramos ou folhas de palmeira.
[15] Após a derrota na guerra civil, D. Miguel exila-se em Viena e, posteriormente, casa-se na Alemanha com a princesa Adelaide Sofia de LoewensteinWertheim.

corria, sacudido na sua sege amarela, do botequim do Zé Maria em Belém[16] à botica do Plácido nos Algibebes, a gemer as saudades do *anjinho*, a tramar o regresso do *anjinho*. No dia, entre todos bendito, em que a *Pérola* apareceu à barra com o Messias, engrinaldou a Pampulha, ergueu no Caneiro um monumento de papelão e lona onde D. Miguel, tornado S. Miguel, branco, de auréola e asas de arcanjo, furava de cima do seu corcel de Alter[17] o Dragão do Liberalismo, que se estorcia vomitando a Carta.[18] Durante a guerra[19] com o "outro, com o pedreiro-livre",[20] mandava recoveiros a Santo Tirso,[21] a S. Gens,[22] levar ao rei fiambres, caixas de doce, garrafas do seu vinho de Tarrafal,[23] e bolsas de retrós atochadas de peças que ele ensaboava para lhes avivar o ouro. E quando soube que o Sr. D. Miguel, com dois velhos baús amarrados sobre um macho,[24] tomara o caminho de Sines[25] e do final desterro — Jacinto Galião correu pela casa, fechou todas as janelas como num luto, berrando furiosamente:

---

[16] Antigo município da região de Lisboa, hoje anexado à capital. Em seguida são mencionadas no texto outras localidades da capital portuguesa: Algibebes, Pampulha, Caneiro.
[17] Raça de cavalos portugueses.
[18] Alusão aos liberais, inimigos de D. Miguel. Nota-se que Jacinto Galião era um ardente miguelista, profundamente antiliberal.
[19] Alusão à guerra civil de 1832-1834, entre miguelistas e liberais.
[20] Referência a D. Pedro IV, irmão de D. Miguel, o legítimo rei de Portugal, de acordo com a Constituição. "Pedreiro-livre" é o mesmo que maçom.
[21] Município da região do Porto.
[22] Vilarejo da região de Braga, na província do Minho, norte de Portugal.
[23] Vinho da ilha de Santiago, Cabo Verde.
[24] Animal do sexo masculino, também chamado mu ou mulo.
[25] Município da região de Setúbal, à beira do oceano Atlântico.

— Também cá não fico! Também cá não fico!

Não, não queria ficar na terra perversa donde partia, esbulhado e escorraçado, aquele rei de Portugal que levantava na rua os Jacintos! Embarcou para França com a mulher, a Sra. D. Angelina Fafes (da tão falada casa dos Fafes da Avelã); com o filho, o Cintinho, menino amarelinho, molezinho, coberto de caroços e leicenços;[26] com a aia e com o moleque.[27] Nas costas da Cantábria[28] o paquete[29] encontrou tão rijos mares que a Sra. D. Angelina, esguedelhada,[30] de joelhos na enxerga[31] do beliche, prometeu ao Senhor dos Passos de Alcântara uma coroa de espinhos, de ouro, com as gotas de sangue em rubis do Pegu.[32] Em Baiona,[33] onde arribaram, Cintinho teve icterícia. Na estrada de Orleães, numa noite agreste, o eixo da berlinda[34] em que jornadeavam partiu, e o nédio[35] senhor, a delicada senhora da casa de Avelã, o menino, marcharam três horas na chuva e na lama do exílio até uma aldeia, onde, depois de baterem como mendigos a portas mudas, dormiram nos bancos de uma taberna. No "Hotel dos Santos Padres", em Paris, sofreram os terrores de um fogo que rebentara na

---

[26] Furúnculos.
[27] Menino negro de pouca idade, usado como serviçal.
[28] Costas do norte da Espanha, no oceano Atlântico.
[29] Pequeno navio, veloz e luxuoso, usado no transporte de passageiros.
[30] Com os cabelos desalinhados; despenteada.
[31] Colchão rústico e pequeno.
[32] Antigo reino na Birmânia.
[33] Cidade da França, no litoral do oceano Atlântico, próxima à fronteira espanhola.
[34] Pequeno coche de quatro rodas, suspenso entre dois varais.
[35] Luzidio; de pele lustrosa. Aspecto proveniente da gordura. Jacinto Galião era bastante gordo.

cavalariça, sob o quarto de D. Galião, e o digno fidalgo, rebolando pelas escadas em camisa, até ao pátio, enterrou o pé nu numa lasca de vidro. Então ergueu amargamente ao céu o punho cabeludo, e rugiu:

— Irra! É demais!

Logo nessa semana, sem escolher, Jacinto Galião comprou a um príncipe polaco, que depois da tomada de Varsóvia[36] se metera a frade cartuxo,[37] aquele palacete dos Campos Elísios, nº 202. E sob o pesado ouro dos seus estuques, entre as suas ramalhudas sedas se enconchou, descansando de tantas agitações, numa vida de pachorra e de boa mesa, com alguns companheiros de emigração (o desembargador Nuno Velho, o conde de Rabacena, outros menores), até que morreu de indigestão, de uma lampreia de escabeche que lhe mandara o seu procurador em Montemor.[38] Os amigos pensavam que a Sra. D. Angelina Fafes voltaria ao reino. Mas a boa senhora temia a jornada, os mares, as caleças que racham. E não se queria separar do seu confessor, nem do seu médico, que tão bem lhe compreendiam os escrúpulos e a asma.

— Eu, por mim, aqui fico no 202 — declarara ela —, ainda que me faz falta a boa água de Alcolena... O Cintinho, esse, em crescendo, que decida. O Cintinho crescera. Era um moço mais esguio e lívido que um círio,[39] de longos cabelos corredios, narigudo, silencioso, encafuado em roupas pretas, muito largas e bambas; de noite, sem dormir, por causa da tosse e de sufocações,

---

[36] O exército de Napoleão tomou Varsóvia em 1806. Com a queda do império napoleônico, a cidade foi tomada pelos russos.
[37] Frade da ordem de S. Bruno que leva vida de eremita.
[38] Cidade de Portugal.
[39] Vela grande e de cera.

errava em camisa com uma lamparina através do 202; e os criados na copa sempre lhe chamavam a *Sombra*. Nessa sua mudez e indecisão de sombra surdira, ao fim do luto do papá, o gosto muito vivo de tornear madeiras ao torno; depois, mais tarde, com a melada flor dos seus vinte anos, brotou nele outro sentimento, de desejo e de pasmo, pela filha do desembargador Velho, uma menina redondinha como uma rola, educada num convento de Paris, e tão habilidosa que esmaltava, dourava, consertava relógios e fabricava chapéus de feltro. No outono de 1851, quando já se desfolhavam os castanheiros dos Campos Elísios, o Cintinho cuspilhou sangue. O médico, acarinhando o queixo e com uma ruga séria na testa imensa, aconselhou que o menino abalasse para o golfo Juan[40] ou para as tépidas areias de Arcachon.[41]

Cintinho, porém, no seu aferro de sombra, não se quis arredar da Teresinha Velho, de quem se tornara, através de Paris, a muda, tardonha sombra. Como uma sombra, casou; deu mais algumas voltas ao torno; cuspiu um resto de sangue; e passou, como uma sombra.

Três meses e três dias depois do seu enterro o meu Jacinto nasceu.

Desde o berço, onde a avó espalhava funcho e âmbar para afugentar a *sorte ruim*, Jacinto medrou com a segurança, a rijeza, a seiva de um pinheiro das dunas.

Não teve sarampo e não teve lombrigas. As Letras, a Tabuada, o Latim entraram por ele tão facilmente como

---

[40] Estação balneária francesa nos Alpes Marítimos.
[41] Cidade balneária francesa, no litoral do oceano Atlântico, próxima a Bordeaux.

o sol por uma vidraça. Entre os camaradas, nos pátios dos colégios, erguendo a sua espada de lata e lançando um brado de comando, foi logo o vencedor, o rei que se adula, e a quem se cede a fruta das merendas. Na idade em que se lê Balzac[42] e Musset[43] nunca atravessou os tormentos da sensibilidade; nem crepúsculos quentes o retiveram na solidão de uma janela, padecendo de um desejo sem forma e sem nome. Todos os seus amigos (éramos três, contando o seu velho escudeiro preto, o Grilo) lhe conservaram sempre amizades puras e certas — sem que jamais a participação do seu luxo as avivasse ou fossem desanimadas pelas evidências do seu egoísmo. Sem coração bastante forte para conceber um amor forte, e contente com esta incapacidade que o libertava, do amor só experimentou o mel — esse mel que o amor reserva aos que o recolhem, à maneira das abelhas, com ligeireza, mobilidade e cantando. Rijo, rico, indiferente ao Estado e ao Governo dos Homens, nunca lhe conhecemos outra ambição além de compreender bem as Ideias Gerais;[44] e a sua inteligência, nos anos alegres de escolas e controvérsias, circulava dentro das filosofias mais densas como enguia lustrosa na água limpa de um tanque. O seu valor, genuíno, de fino quilate, nunca foi desconhecido, nem desapreciado; e toda a opinião, ou mera facécia que lançasse, logo

---

[42] Honoré de Balzac (1799-1850), escritor francês, autor de uma obra imensa agrupada sob o título de *Comédia humana*.

[43] Alfred de Musset (1810-1857), escritor francês do Romantismo. Destacam-se em sua obra a poesia amorosa (*Noite de maio*), as narrativas curtas (*Contos da Espanha e da Itália*) e a prosa autobiográfica (*Confissão de um filho do século*).

[44] Ideias ou conceitos que, em um sistema lógico ou filosófico, são as mais extensas e, numa certa ordem de razões, as primeiras.

encontrava uma aragem de simpatia e concordância que a erguia, a mantinha embalada e rebrilhando nas alturas. Era servido pelas coisas com docilidade e carinho; e não recordo que jamais lhe estalasse um botão da camisa, ou que um papel maliciosamente se escondesse dos seus olhos, ou que ante a sua vivacidade e pressa uma gaveta pérfida emperrasse. Quando um dia, rindo com descrido riso da Fortuna e da sua Roda, comprou a um sacristão espanhol um décimo de loteria, logo a Fortuna, ligeira e ridente sobre a sua Roda, correu num fulgor, para lhe trazer quatrocentas mil pesetas. E no céu as nuvens, pejadas e lentas, se avistavam Jacinto sem guarda-chuva, retinham com reverência as suas águas até que ele passasse... Ah! O âmbar e o funcho da Sra. D. Angelina tinham escorraçado do seu destino, bem triunfalmente e para sempre, a *sorte ruim*! A amorável avó (que eu conheci obesa, com barba) costumava citar um soneto natalício do desembargador Nunes Velho contendo um verso de boa lição:

Sabei, senhora, que esta vida é um rio...

Pois um rio de verão, manso, translúcido, harmoniosamente estendido sobre uma areia macia e alva, por entre arvoredos fragrantes e ditosas aldeias, não ofereceria àquele que o descesse num barco de cedro, bem toldado e bem almofadado, com frutas e champanhe a refrescar em gelo, um anjo governando ao leme, outros anjos puxando à sirga, mais segurança e doçura do que a vida oferecia ao meu amigo Jacinto.

Por isso nós lhe chamávamos o "Príncipe da Grã--Ventura"!

Jacinto e eu, José Fernandes, ambos nos encontramos e acamaradamos em Paris, nas escolas do Bairro Latino — para onde me mandara meu bom tio Afonso Fernandes Lorena de Noronha e Sande, quando aqueles malvados me riscaram da Universidade por eu ter esborrachado, numa tarde de procissão, na Sofia, a cara sórdida do Dr. Pais Pita. Ora nesse tempo Jacinto concebera uma ideia... Este Príncipe concebera a ideia de que "o homem só é superiormente feliz quando é superiormente civilizado". E por homem civilizado o meu camarada entendia aquele que, robustecendo a sua força pensante com todas as noções adquiridas desde Aristóteles,[45] e multiplicando a potência corporal dos seus órgãos com todos os mecanismos inventados desde Teramenes, criador da roda, se torna um magnífico Adão, quase onipotente, quase onisciente, e apto portanto a recolher dentro de uma sociedade e nos limites do progresso (tal como ele se comportava em 1875) todos os gozos e todos os proveitos que resultam de Saber e Poder... Pelo menos assim Jacinto formulava copiosamente a sua ideia, quando conversávamos de fins e destinos humanos, sorvendo *bocks*[46] poeirentos, sob o toldo das cervejarias filosóficas, no *boulevard* Saint-Michel.

Este conceito de Jacinto impressionara os nossos camaradas de cenáculo,[47] que tendo surgido para a vida

---

[45] Ao lado de Platão, de quem foi discípulo, representou o ápice da filosofia grega na Antiguidade.
[46] Referência a um tipo de cerveja forte, escura.
[47] Em sentido figurado, significa convivência, grupo de pessoas que professam as mesmas ideias ou objetivam o mesmo fim.

intelectual, de 1866 a 1875, entre a batalha de Sadowa[48] e a batalha de Sedan,[49] e ouvindo constantemente, desde então, aos técnicos e aos filósofos, que fora a espingarda de agulha que vencera Sadowa e fora o mestre de escola quem vencera em Sedan, estavam largamente preparados a acreditar que a felicidade dos indivíduos, como a das nações, se realiza pelo ilimitado desenvolvimento da mecânica e da erudição. Um desses moços mesmo, o nosso inventivo Jorge Carlande, reduzira a teoria de Jacinto, para lhe facilitar a circulação e lhe condensar o brilho, a uma forma algébrica:

$$\left.\begin{array}{c}\text{Suma ciência}\\ \text{X}\\ \text{Suma potência}\end{array}\right\} = \text{Suma felicidade}$$

E durante dias, do Odeon[50] à Sorbonne,[51] foi louvada pela mocidade positiva a *Equação Metafísica de Jacinto*.

Para Jacinto, porém, o seu conceito não era meramente metafísico e lançado pelo gozo elegante de exercer a razão especulativa: mas constituía uma regra, toda de realidade e de utilidade, determinando a conduta,

---

[48] Em Sadowa, região da Boêmia, a 3 de julho de 1866, o exército da Prússia, comandado pelo rei Guilherme, derrotou o exército austríaco; essa vitória teve uma grande repercussão na Europa, pois revelou a eficácia do exército prussiano e o poderio de seu armamento.

[49] Batalha decisiva da guerra franco-alemã, travada na cidade francesa de mesmo nome; teve como resultado a vitória dos alemães sobre os franceses e a capitulação do imperador Napoleão III, em 1870. As consequências dessa batalha foram enormes na França: a prisão de Napoleão III pelos alemães acelerou a queda do Segundo Império e a proclamação da Terceira República.

[50] Famoso teatro parisiense, construído no final do século XVIII.

[51] Célebre universidade, fundada em 1257 por Robert de Sorbon.

modalizando a vida. E já a esse tempo, em concordância com o seu preceito — ele se sortira da *Pequena enciclopédia dos conhecimentos universais* em setenta e cinco volumes e instalara, sobre os telhados do 202, num mirante envidraçado, um telescópio. Justamente com esse telescópio me tornou ele palpável a sua ideia, numa noite de agosto, de mole e dormente calor. Nos céus remotos lampejavam relâmpagos lânguidos. Pela avenida dos Campos Elísios, os fiacres[52] rolavam para as frescuras do bosque, lentos, abertos, cansados, transbordando de vestidos claros.

— Aqui tens tu, Zé Fernandes, — começou Jacinto, encostado à janela do mirante — a teoria que me governa, bem comprovada. Com estes olhos que recebemos da Madre Natureza, lestos e sãos, nós podemos apenas distinguir além, através da avenida, naquela loja, uma vidraça alumiada. Mais nada! Se eu porém aos meus olhos juntar os dois vidros simples de um binóculo de corridas, percebo, por trás da vidraça, presuntos, queijos, boiões[53] de geleia e caixas de ameixa seca. Concluo portanto que é uma mercearia. Obtive uma noção: tenho sobre ti, que com os olhos desarmados vês só o luzir da vidraça, uma vantagem positiva. Se agora, em vez destes vidros simples, eu usasse os do meu telescópio, de composição mais científica, poderia avistar além, no planeta Marte, os mares, as neves, os canais, o recorte dos golfos, toda a geografia de um astro que circula a milhares de léguas dos Campos Elísios. É outra noção, e

---

[52] Na França, são as carruagens de praça, de aluguel.
[53] Recipientes de boca larga, geralmente de barro ou vidro, usados para guardar doces, conservas, etc.

tremenda! Tens aqui pois o olho primitivo, o da Natureza, elevado pela Civilização à sua máxima potência de visão. E desde já, pelo lado do olho portanto, eu, civilizado, sou mais feliz que o incivilizado, porque descubro realidades do universo que ele não suspeita e de que está privado. Aplica esta prova a todos os órgãos e compreenderás o meu princípio. Enquanto à inteligência, e à felicidade que dela se tira pela incansável acumulação das noções, só te peço que compares Renan[54] e o Grilo... Claro é, portanto, que nos devemos cercar de Civilização nas máximas proporções para gozar nas máximas proporções a vantagem de viver. Agora concordas, Zé Fernandes?

Não me parecia irrecusavelmente certo que Renan fosse mais feliz que o Grilo; nem eu percebia que vantagem espiritual ou temporal se colha em distinguir através do espaço manchas num astro, ou, através da avenida dos Campos Elísios, presuntos numa vidraça. Mas concordei, porque sou bom, e nunca desalojarei um espírito do conceito onde ele encontra segurança, disciplina e motivo de energia. Desabotoei o colete, e lançando um gesto para o lado do café e das luzes:

— Vamos então beber, nas máximas proporções, *brandy and soda*,[55] com gelo!

Por uma conclusão bem natural, a ideia de Civilização, para Jacinto, não se separava da imagem de Cidade, de uma enorme Cidade, com todos os seus vastos órgãos funcionando poderosamente. Nem este meu supercivilizado amigo compreendia que longe de armazéns

---

[54] Ernest Renan (1823-1892), filólogo, crítico e historiador francês, autor de obra numerosa, destacando-se *As origens do cristianismo* e *Reforma intelectual e moral*.
[55] Conhaque e soda, em inglês.

servidos por três mil caixeiros; e de mercados onde se despejam os vergéis e lezírias[56] de trinta províncias; e de bancos em que retine o ouro universal; e de fábricas fumegando com ânsia, inventando com ânsia; e de bibliotecas abarrotadas, a estalar, com a papelada dos séculos; e de fundas milhas de ruas, cortadas, por baixo e por cima, de fios de telégrafos, de fios de telefones, de canos de gases, de canos de fezes; e da fila atroante dos ônibus,[57] *tramways*,[58] carroças, velocípedes, calhambeques, parelhas de luxo; e de dois milhões de uma vaga humanidade, fervilhando, a ofegar, através da polícia,[59] na busca dura do pão ou sob a ilusão do gozo — o homem do século XIX pudesse saborear, plenamente, a delícia de viver!

Quando Jacinto, no seu quarto do 202, com as varandas abertas sobre os lilases, me desenrolava estas imagens, todo ele crescia, iluminado. Que criação augusta, a da Cidade! Só por ela, Zé Fernandes, só por ela, pode o homem soberbamente afirmar a sua alma!...

— Oh Jacinto, e a religião? Pois a religião não prova a alma?

Ele encolhia os ombros. A religião! A religião! A religião é o desenvolvimento suntuoso de um instinto rudimentar, comum a todos os brutos, o terror. Um cão lambendo a mão do dono, de quem lhe vem o osso ou o chicote, já constitui toscamente um devoto, o consciente devoto, prostrado em rezas ante o Deus que distribui o Céu ou o Inferno!... Mas o telefone! O fonógrafo!

---

[56] Contextualmente: pomares e hortas.
[57] Bonde puxado por cavalos.
[58] Bondes, em inglês
[59] Civilização, em sentido desusado.

— Aí tens tu, o fonógrafo!... Só o fonógrafo, Zé Fernandes, me faz verdadeiramente sentir a minha superioridade de ser pensante e me separa do bicho. Acredita, não há senão a Cidade, Zé Fernandes, não há senão a Cidade!

E depois (acrescentava) só a Cidade lhe dava a sensação tão necessária à vida como o calor da solidariedade humana. E no 202, quando considerava em redor, nas densas massas do casario de Paris, dois milhões de seres arquejando na obra da Civilização (para manter na Natureza o domínio dos Jacintos!) sentia um sossego, um conchego, só comparáveis ao do peregrino, que, ao atravessar o deserto, se ergue no seu dromedário, e avista a longa fila da caravana marchando, cheia de lumes e de armas...

Eu murmurava, impressionado:

— Caramba!

Ao contrário no campo, entre a inconsciência e a impassibilidade da Natureza, ele tremia com o terror da sua fragilidade e da sua solidão. Estava aí como perdido num mundo que lhe não fosse fraternal; nenhum silvado encolheria os espinhos para que ele passasse; se gemesse com fome nenhuma árvore, por mais carregada, lhe estenderia o seu fruto na ponta compassiva de um ramo. Depois, em meio da Natureza, ele assistia à súbita e humilhante inutilização de todas as suas faculdades superiores. De que servia, entre plantas e bichos — ser um gênio ou ser um santo? As searas não compreendem as *Geórgicas*;[60] e fora necessário o socorro

---

[60] Ou *Os trabalhos da terra*, do poeta latino Virgílio (70-19 a.C.). O poema é uma bela exaltação da vida campestre.

ansioso de Deus, e a inversão de todas as leis naturais, e um violento milagre para que o lobo de Agubio[61] não devorasse S. Francisco de Assis, que lhe sorria e lhe estendia os braços e lhe chamava "meu irmão lobo!". Toda a intelectualidade, nos campos, se esteriliza, e só resta a bestialidade. Nesses reinos crassos do Vegetal e do Animal duas únicas funções se mantêm vivas, a nutritiva e a procriadora. Isolada, sem ocupação, entre focinhos e raízes que não cessam de sugar e de pastar, sufocando no cálido bafo da universal fecundação, a sua pobre alma toda se engelhava, se reduzia a uma migalha de alma, uma fagulhazinha espiritual a tremeluzir, como morta, sobre um naco de matéria; e nessa matéria dois instintos surdiam, imperiosos e pungentes, o de devorar e o de gerar. Ao cabo de uma semana rural, de todo o seu ser tão nobremente composto só restava um estômago e por baixo um falo! A alma? Sumida sob a besta. E necessitava correr, reentrar na cidade, mergulhar nas ondas lustrais da Civilização, para largar nelas a crosta vegetativa, e ressurgir reumanizado, de novo espiritual e jacíntico!

---

[61] Episódio da vida de S. Francisco de Assis, ocorrido em 1220 ou 1222. Estando S. Francisco na cidade italiana de Agubio, apareceu um lobo terrível e feroz, que devorava os animais e aterrorizava os homens, deixando toda a cidade sob terror. Certo dia, ao se deparar com o lobo na estrada, o santo lhe fez o sinal da cruz e disse-lhe: "Vem cá, irmão lobo, eu te ordeno da parte de Cristo que tu não faças mal nem a mim nem a ninguém". Conta-se que o lobo veio mansamente como um cordeiro e pôs-se aos pés do santo. Veja-se *I Fioretti* de S. Francisco, cap. XXI: "Do santíssimo milagre que fez S. Francisco, quando converteu o ferocíssimo lobo de Agubio".

E estas requintadas metáforas do meu amigo exprimiam sentimentos reais — que eu testemunhei, que muito me divertiram, no único passeio que fizemos ao campo, à bem amável e bem sociável floresta de Montmorency.[62] Oh delícias de entremez,[63] Jacinto entre a Natureza! Logo que se afastava dos pavimentos de madeira, do macadame,[64] qualquer chão que os seus pés calcassem o enchia de desconfiança e terror. Toda a relva, por mais crestada, lhe parecia ressumar uma umidade mortal. De sob cada torrão, da sombra de cada pedra, receava o assalto de lacraus,[65] de víboras, de formas rastejantes e viscosas. No silêncio do bosque sentia um lúgubre despovoamento do universo. Não tolerava a familiaridade dos galhos que lhe roçassem a manga ou a face. Saltar uma sebe era para ele um ato degradante que o retrogradava ao macaco inicial. Todas as flores que não tivesse já encontrado em jardins, domesticadas por longos séculos de servidão ornamental, o inquietavam como venenosas. E considerava de uma melancolia funambulesca[66] certos modos e formas do Ser inanimado, a pressa esperta e vã dos regatinhos, a careca dos rochedos, todas as contorções do arvoredo e o seu resmungar solene e tonto.

---

[62] Região localizada ao norte de Paris, na *Ile-de-France*, famosa principalmente porque ali viveu o filósofo Jean-Jacques Rousseau, entre 1756 e 1762.
[63] Popularmente significa coisa ridícula.
[64] Termo derivado de MacAdam (1756-1836), engenheiro escocês, idealizador de um sistema de pavimentação de ruas e estradas que consiste em uma camada de pedra britada recoberta com uma camada de saibro, prensada com o rolo ou o cilindro, até que se forme um piso sólido e compacto.
[65] Escorpiões.
[66] Em sentido figurado, significa excessiva, extravagante.

Depois de uma hora, naquele honesto bosque de Montmorency, o meu pobre amigo abafava, apavorado, experimentando já esse lento minguar e sumir de alma que o tornava como um bicho entre bichos. Só desanuviou quando penetramos no lajedo e no gás de Paris — e a nossa vitória[67] quase se despedaçou contra um ônibus retumbante, atulhado de cidadãos. Mandou descer pelos *boulevards*, para dissipar, na sua grossa sociabilidade, aquela materialização em que sentia a cabeça pesada e vaga como a de um boi. E reclamou que eu o acompanhasse ao Teatro das Variedades para sacudir, com os estribilhos de *Femme à Papa*, o rumor importuno que lhe ficara dos melros cantando nos choupos altos.

Este delicioso Jacinto fizera então 23 anos, e era um soberbo moço em quem reaparecera a força dos velhos Jacintos rurais. Só pelo nariz, afilado, com narinas quase transparentes, de uma mobilidade inquieta, como se andasse fariscando perfumes, pertencia às delicadezas do século XIX. O cabelo ainda se conservava, ao modo das eras rudes, crespo e quase lanígero; e o bigode, como o de um celta, caía em fios sedosos, que ele necessitava aparar e frisar. Todo o seu fato,[68] as espessas gravatas de cetim escuro que uma pérola prendia, as luvas de anta branca,[69] o verniz das botas, vinham de Londres em caixotes de cedro; e usava sempre ao peito uma flor, não natural, mas composta destramente pela sua ramalheteira

---

[67] Carruagem descoberta de quatro rodas e dois lugares, assim denominada em virtude de ter sido usada inicialmente pela rainha Vitória da Inglaterra (1819-1901).

[68] Em Portugal, roupa.

[69] Luvas confeccionadas com a pele dessa espécie de antílope da América do Sul.

com pétalas de flores dessemelhantes, cravo, azálea, orquídea ou tulipa, fundidas na mesma haste entre uma leve folhagem de funcho.

Em 1880, em fevereiro, numa cinzenta e arrepiada manhã de chuva, recebi uma carta de meu bom tio Afonso Fernandes, em que, depois de lamentações sobre os seus setenta anos, os seus males hemorroidais, e a pesa da gerência dos seus bens "que pedia homem mais novo, com pernas mais rijas" me ordenava que recolhesse à nossa casa de Guiães, no Douro! Encostado ao mármore partido do fogão, onde na véspera a minha Nini deixara um espartilho embrulhado no Jornal dos Debates, censurei severamente meu tio que assim cortava em botão, antes de desabrochar, a flor do meu saber jurídico. Depois num pós-escrito ele acrescentava: "O tempo aqui está lindo, o que se pode chamar de rosas, e tua santa tia muito se recomenda, que anda lá pela cozinha, porque vai hoje em trinta e seis anos que casamos, temos cá o abade e o Quintais a jantar, e ela quis fazer uma sopa dourada".

Deitando uma acha ao lume,[70] pensei como devia estar boa a sopa dourada da tia Vicência. Há quantos anos não a provava, nem o leitão assado, nem o arroz de forno da nossa casa! Com o tempo assim tão lindo, já as mimosas do nosso pátio vergariam sob os seus grandes cachos amarelos. Um pedaço de céu azul, do azul de Guiães, que outro não há tão lustroso e macio, entrou pelo quarto, alumiou, sobre a puída tristeza do tapete, relvas, ribeirinhos, malmequeres e flores de trevo de que

---

[70] Colocando um pedaço de lenha no fogo.

meus olhos andavam aguados. E, por entre as bambinelas[71] de sarja, passou um ar fino e forte e cheiroso de serra e de pinheiral.

Assobiando um fado meigo tirei de baixo da cama a minha velha mala, e meti solicitamente entre calças e peúgas[72] um *Tratado de Direito Civil*, para aprender enfim, nos vagares da aldeia, estendido sob a faia,[73] as leis que regem os homens. Depois, nessa tarde, anunciei a Jacinto que partia para Guiães. O meu camarada recuou com um surdo gemido de espanto e piedade:

— Para Guiães!... Oh Zé Fernandes, que horror!

E toda essa semana me lembrou solicitamente confortos de que eu me deveria prover para que pudesse conservar, nos ermos silvestres, tão longe da Cidade, uma pouca de alma dentro de um pouco de corpo. "Leva uma poltrona! Leva a *Enciclopédia geral*! Leva caixas de aspargos!..."

Mas para o meu Jacinto, desde que assim me arrancavam da Cidade, eu era arbusto desarraigado que não reviverá. A mágoa com que me acompanhou ao comboio[74] conviria excelentemente ao meu funeral. E quando fechou sobre mim a portinhola, gravemente, supremamente, como se cerra uma grade de sepultura, eu quase solucei — com saudades minhas.

Cheguei a Guiães. Ainda restavam flores nas mimosas do nosso pátio; comi com delícia a sopa dourada da tia Vicência; de tamancos nos pés assisti à ceifa dos milhos.

---

[71] As partes de uma cortina que foi dividida em duas, cada uma apanhada para um lado.
[72] Meias.
[73] Árvore ornamental que chega a atingir até 40 metros de altura.
[74] Em Portugal, trem.

E assim de colheitas a lavras, crestando ao sol das eiras, caçando a perdiz nos matos geados, rachando a melancia fresca na poeira dos arraiais, arranchando a magustos,[75] serandando[76] à candeia, atiçando fogueiras de S. João, enfeitando presépios de Natal, por ali me passaram docemente sete anos, tão atarefados que nunca loguei abrir o *Tratado de Direito Civil*, e tão singelos que apenas me recordo quando, em vésperas de S. Nicolau, o abade caiu da égua à porta do Brás das Cortes. De Jacinto só recebia raramente algumas linhas, escrevinhadas à pressa por entre o tumulto da Civilização. Depois, num setembro muito quente, ao lidar da vindima, meu bom tio Afonso Fernandes morreu, tão quietamente, Deus seja louvado por esta graça, como se cala um passarinho ao fim do seu bem cantado e bem voado dia. Acabei pela aldeia a roupa do luto. A minha afilhada Joaninha casou na matança do porco. Andaram obras no nosso telhado. Voltei a Paris.

---

[75] Comendo castanhas assadas.
[76] Do verbo serandar: fazer serão.

Capítulo II

Era de novo fevereiro, e um fim de tarde arrepiado e cinzento, quando eu desci os Campos Elísios em demanda do 202. Adiante de mim caminhava, levemente curvado, um homem que, desde as botas rebrilhantes até às abas recurvas do chapéu donde fugiam anéis de um cabelo crespo, ressumava elegância e a familiaridade das coisas finas. Nas mãos, cruzadas atrás das costas, calçadas de anta branca, sustentava uma bengala grossa com castão de cristal. E só quando ele parou ao portão do 202 reconheci o nariz afilado, os fios do bigode corredios e sedosos.

— Oh Jacinto!
— Oh Zé Fernandes!

O abraço que nos enlaçou foi tão alvoroçado que o meu chapéu rolou na lama. E ambos murmurávamos, comovidos, entrando a grade:

— Há sete anos!...
— Há sete anos!...

E, todavia, nada mudara durante esses sete anos no jardim do 202! Ainda entre as duas aleias bem areadas se arredondava uma relva, mais lisa e varrida que a lã de um tapete. No meio o vaso coríntico esperava abril para resplandecer com tulipas e depois junho para transbordar de margaridas. E ao lado das escadas limiares, que uma vidraçaria toldava, as duas magras deusas de pedra, do tempo de D. Galião, sustentavam as antigas lâmpadas de globos foscos, onde já silvava o gás.

Mas dentro, no peristilo,[1] logo me surpreendeu um elevador instalado por Jacinto — apesar de o 202 ter

---

[1] Conjunto de colunas isoladas que enfeitam a fachada de uma edificação.

somente dois andares, e ligados por uma escadaria tão doce que nunca ofendera a asma da Sra. D. Angelina! Espaçoso, tapetado, ele oferecia, para aquela jornada de sete segundos, confortos numerosos, um divã, uma pele de urso, um roteiro das ruas de Paris, prateleiras gradeadas com charutos e livros. Na antecâmara, onde desembarcamos, encontrei a temperatura macia e tépida de uma tarde de maio, em Guiães. Um criado, mais atento ao termômetro que um piloto à agulha, regulava destramente a boca dourada do calorífero. E perfumadores entre palmeiras, como num terraço santo de Benares,[2] esparziam um vapor, aromatizando e salutarmente umedecendo aquele ar delicado e superfino.

Eu murmurei nas profundidades do meu assombrado ser:

— Eis a Civilização!

Jacinto empurrou uma porta, penetramos numa nave cheia de majestade e sombra, onde reconheci a biblioteca por tropeçar numa pilha monstruosa de livros novos. O meu amigo roçou de leve o dedo na parede: e uma coroa de lumes elétricos, refulgindo entre os lavores do teto, alumiou as estantes monumentais, todas de ébano. Nelas repousavam mais de trinta mil volumes, encadernados em branco, em escarlate, em negro, com retoques de ouro, hirtos na sua pompa e na sua autoridade como doutores num concílio.

Não contive a minha admiração:

— Oh Jacinto! Que depósito!

Ele murmurou, num sorriso descorado:

---

[2] É a cidade sagrada dos hindus, à beira do Ganges, na Índia.

— Há que ler, há que ler...

Reparei então que o meu amigo emagrecera; e que o nariz se lhe afilara mais entre duas rugas muito fundas, como as de um comediante cansado. Os anéis do seu cabelo lanígero rareavam sobre a testa, que perdera a antiga serenidade de mármore bem polido. Não frisava agora o bigode, murcho, caído em fios pensativos. Também notei que corcovava.

Ele erguera uma tapeçaria — entramos no seu gabinete de trabalho, que me inquietou. Sobre a espessura dos tapetes sombrios os nossos passos perderam logo o som, e como a realidade. O damasco das paredes, os divãs, as madeiras, eram verdes, de um verde profundo de folha de louro. Sedas verdes envolviam as luzes elétricas, dispersas em lâmpadas tão baixas que lembravam estrelas caídas por cima das mesas, acabando de arrefecer e morrer: só uma rebrilhava, nua e clara, no alto de uma estante quadrada, esguia, solitária como uma torre numa planície, e de que o lume parecia ser o farol melancólico. Um biombo de laca verde, fresco verde de relva, resguardava a chaminé de mármore verde, verde de mar sombrio, onde esmoreciam as brasas de uma lenha aromática. E entre aqueles verdes reluzia, por sobre peanhas[3] e pedestais, toda uma mecânica sumptuosa, aparelhos, lâminas, rodas, tubos, engrenagens, hastes, friezas, rigidezas de metais...

Mas Jacinto batia nas almofadas do divã, onde se enterrara com um modo cansado que eu não lhe conhecia:

— Para aqui, Zé Fernandes, para aqui! É necessário reatarmos estas nossas vidas, tão apartadas há sete anos!... Em Guiães, sete anos! Que fizeste tu?

---

[3] Pedestais sobre os quais assentam-se uma imagem ou estátua.

— E tu, que tens feito, Jacinto?

O meu amigo encolheu molemente os ombros. Vivera — cumprira com serenidade todas as funções, as que pertencem à matéria e as que pertencem ao espírito...

— E acumulaste Civilização, Jacinto! Santo Deus... Está tremendo, o 202!

Ele espalhou em torno um olhar onde já não faiscava a antiga vivacidade.

— Sim, há confortos... Mas falta muito! A humanidade ainda está mal apetrechada, Zé Fernandes... E a vida conserva resistências.

Subitamente, a um canto, repicou a campainha do telefone. E enquanto o meu amigo, curvado sobre a placa, murmurava impaciente "Está lá? Está lá?", examinei curiosamente, sobre a sua imensa mesa de trabalho, uma estranha e miúda legião de instrumentozinhos de níquel, de aço, de cobre, de ferro, com gumes, com argolas, com tenazes, com ganchos, com dentes, expressivos todos, de utilidades misteriosas. Tomei um que tentei manejar — e logo uma ponta malévola me picou um dedo. Nesse instante rompeu de outro canto um "tique-tique" açodado, quase ansioso. Jacinto acudiu, com a face no telefone:

— Vê aí o telégrafo!... Ao pé do divã. Uma tira de papel que deve estar a correr.

E, com efeito, de uma redoma de vidro posta numa coluna, e contendo um aparelho esperto e diligente, escorria para o tapete, como uma tênia, a longa tira de papel com caracteres impressos, que eu, homem das serras, apanhei, maravilhado. A linha, traçada em azul, anunciava ao meu amigo Jacinto que a fragata russa *Azoff* entrara em Marselha com avaria!

Já ele abandonara o telefone. Desejei saber, inquieto, se o prejudicava diretamente aquela avaria da *Azoff*.

— Da *Azoff*?... A avaria? A mim?... Não! É uma notícia.

Depois, consultando um relógio monumental que, ao fundo da biblioteca, marcava a hora de todas as capitais e o curso de todos os planetas:

— Eu preciso escrever uma carta, seis linhas... Tu esperas, não, Zé Fernandes? Tens aí os jornais de Paris, da noite; e os de Londres, desta manhã. As ilustrações além, naquela pasta de couro com ferragens.

Mas eu preferi inventariar o gabinete, que dava à minha profanidade serrana todos os gostos de uma iniciação. Aos lados da cadeira de Jacinto pendiam gordos tubos acústicos, por onde ele decerto soprava as suas ordens através do 202. Dos pés da mesa cordões túmidos e moles, coleando sobre o tapete, corriam para os recantos de sombra à maneira de cobras assustadas. Sobre uma banquinha, e refletida no seu verniz como na água de um poço, pousava uma máquina de escrever; e adiante era uma imensa máquina de calcular, com fileiras de buracos de onde espreitavam, esperando, números rígidos e de ferro. Depois parei em frente da estante que me preocupava, assim solitária, à maneira de uma torre numa planície, com o seu alto farol. Toda uma das suas faces estava repleta de dicionários; a outra de manuais; a outra de atlas; a última de guias, e entre eles, abrindo um fólio, encontrei o *Guia das ruas de Samarcanda*.[4] Que maciça torre de informação! Sobre prateleiras admirei

---

[4] Cidade do Uzbequistão, na Ásia Central; grande centro industrial da ex-União Soviética.

aparelhos que não compreendia: um composto de lâminas de gelatina, onde desmaiavam, meio chupadas, as linhas de uma carta, talvez amorosa; outro, que erguia sobre um pobre livro brochado, como para o decepar, um cutelo funesto; outro avançando a boca de uma tuba, toda aberta para as vozes do invisível. Cingidos aos umbrais, ligados às cimalhas, luziam arames, que fugiam através do teto, para o espaço. Todos mergulhavam em forças universais, todos transmitiam forças universais. A natureza convergia disciplinada ao serviço do meu amigo e entrava na sua domesticidade!...

Jacinto atirou uma exclamação impaciente:

— Oh, estas penas elétricas!... Que seca![5]

Amarrotara com cólera a carta começada — eu escapei, respirando, para a biblioteca. Que majestoso armazém dos produtos do Raciocínio e da Imaginação! Ali jaziam mais de trinta mil volumes, e todos decerto essenciais a uma cultura humana. Logo à entrada notei, em ouro numa lombada verde, o nome de Adam Smith.[6] Era pois a região dos economistas. Avancei — e percorri, espantado, oito metros de economia política. Depois avistei os filósofos e os seus comentadores, que revestiam toda uma parede, desde as escolas pré-socráticas até às escolas neopessimistas. Naquelas pranchas se acastelavam mais de dois mil sistemas — e que todos se contradiziam. Pelas encadernações logo se deduziam as doutrinas: Hobbes,[7] embaixo, era pesado, de couro negro;

---

[5] Maçada, chateação, contrariedade.
[6] Economista escocês (1723-1790), autor de *Investigações sobre a natureza e as causas da riqueza das nações*.
[7] Thomas Hobbes (1588-1679), filósofo inglês, autor do *Leviatã*.

Platão,[8] em cima, resplandecia, numa pelica pura e alva. Para diante começavam as histórias universais. Mas aí uma imensa pilha de livros brochados, cheirando a tinta nova e a documentos novos, subia contra a estante, como fresca terra de aluvião tapando uma riba[9] secular. Contornei essa colina, mergulhei na seção das ciências naturais, peregrinando, num assombro crescente, da orografia[10] para a paleontologia,[11] e da morfologia[12] para a cristalografia.[13] Essa estante rematava junto de uma janela rasgada sobre os Campos Elísios. Apartei as cortinas de veludo — e por trás descobri outra portentosa rima[14] de volumes, todos de história religiosa, de exegese[15] religiosa, que trepavam montanhosamente até aos últimos vidros, vedando, nas manhãs mais cândidas, o ar e a luz do Senhor.

Mas depois rebrilhava, em marroquins[16] claros, a estante amável dos poetas. Como um repouso para o espírito esfalfado de todo aquele saber positivo, Jacinto aconchegara aí um recanto, com um divã e uma mesa de limoeiro, mais lustrosa que um fino esmalte, coberta de charutos, de cigarros do Oriente, de tabaqueiras do

---

[8] Filósofo grego (428-347 a.C.), discípulo de Sócrates e mestre de Aristóteles.
[9] Margem alta de rio; ribanceira.
[10] Estudo que descreve as montanhas.
[11] Ciência que estuda animais e vegetais fósseis.
[12] Estudo das formas e estruturas dos seres vivos.
[13] Ciência que estuda as formas e estruturas dos cristais e as leis que regem a sua formação.
[14] Ruma, montão e pilha.
[15] Interpretação gramatical e histórica de textos, particularmente da *Bíblia*.
[16] Livros encadernados com pele de cabra especialmente preparada para este fim.

século XVIII. Sobre um cofre de madeira lisa pousava ainda, esquecido, um prato de damascos secos do Japão. Cedi à sedução das almofadas; trinquei um damasco, abri um volume; e senti estranhamente, ao lado, um zumbido, como de um inseto de asas harmoniosas. Sorri à ideia que fossem abelhas, compondo o seu mel naquele maciço de versos em flor. Depois percebi que o sussurro remoto e dormente vinha do cofre de mogno, de parecer tão discreto. Arredei uma *Gazeta de França*; e descortinei um cordão que emergia de um orifício, escavado no cofre, e rematava num funil de marfim. Com curiosidade, encostei o funil a esta minha confiada orelha, afeita à singeleza dos rumores da serra. E logo uma voz, muito mansa, mas muito decidida, aproveitando a minha curiosidade para me invadir e se apoderar do meu entendimento, sussurrou capciosamente:

— "E assim, pela disposição dos cubos diabólicos, eu chego a verificar os espaços hipermágicos!..."

Pulei, com um berro.

— Oh Jacinto, aqui há um homem! Está aqui um homem a falar dentro de uma caixa!

O meu camarada, habituado aos prodígios, não se alvoroçou:

— É o conferençofone... Exatamente como o teatrofone; somente aplicado às escolas e às conferências. Muito cômodo!... Que diz o homem, Zé Fernandes?

Eu considerava o cofre, ainda esgazeado:

— Eu sei! Cubos diabólicos, espaços mágicos, toda a sorte de horrores...

Senti dentro o sorriso superior de Jacinto:

— Ah, é o coronel Dorchas... Lições de Metafísica Positiva sobre a Quarta Dimensão... Conjecturas, uma maçada! Ouve lá, tu hoje jantas comigo e com uns amigos, Zé Fernandes?

— Não, Jacinto... Estou ainda enfardelado[17] pelo alfaiate da serra!

E voltei ao gabinete mostrar ao meu camarada o jaquetão de flanela grossa, a gravata de pintinhas escarlates, com que ao domingo, em Guiães, visitava o Senhor. Mas Jacinto afirmou que esta simplicidade montesina interessaria os seus convidados, que eram dois artistas... Quem? O autor do *Coração triplo*, um psicólogo feminista, de agudeza transcendente, mestre muito experimentado e muito consultado em ciências sentimentais; e Vorcan, um pintor mítico, que interpretara etereamente, havia um ano, a simbolia rapsódica do cerco de Troia, numa vasta composição, *Helena devastadora*...

Eu coçava a barba:

— Não, Jacinto, não... Eu venho de Guiães, das serras; preciso entrar em toda esta civilização, lentamente, com cautela, senão rebento. Logo na mesma tarde a eletricidade, e o conferençofone, e os espaços hipermágicos, e o feminista, e o etéreo, e a simbolia devastadora, é excessivo! Volto amanhã.

Jacinto dobrava vagarosamente a sua carta, onde metera sem rebuço[18] (como convinha à nossa fraternidade) duas violetas brancas tiradas do ramo que lhe floria o peito.

— Amanhã, Zé Fernandes, tu vens antes do almoço, com as tuas malas dentro de um fiacre, para te instalares no 202, no teu quarto. No hotel são embaraços, privações. Aqui tens o telefone, o teatrofone, livros...

---

[17] Vestido com roupas novas.
[18] Disfarce, dissimulação.

Aceitei logo, com simplicidade. E Jacinto, embocando um tubo acústico, murmurou:

— Grilo!

Da parede, recoberta de damasco, que subitamente e sem rumor se fendeu, surdiu o seu velho escudeiro (aquele moleque que viera com D. Galião), que eu me alegrei de encontrar tão rijo, mais negro, reluzente e venerável na sua tesa gravata, no seu colete branco de botões de ouro. Ele também estimou ver de novo "o siô Fernandes". E, quando soube que eu ocuparia o quarto do avô Jacinto, teve um claro sorriso de preto, em que envolveu o seu senhor, no contentamento de o sentir enfim reprovido de uma família.

— Grilo, — dizia Jacinto — esta carta a Madame d'Oriol... Escuta! Telefona para casa dos Trèves que os espiritistas só estão livres no domingo... Escuta! Eu tomo uma ducha antes de jantar, tépida, a 17. Fricção com malva-rosa.

E caindo pesadamente para cima do divã, com um bocejo arrastado e vago:

— Pois é verdade, meu Zé Fernandes, aqui estamos, como há sete anos, neste velho Paris...

Mas eu não me arredava da mesa, no desejo de completar a minha iniciação:

— Oh Jacinto, para que servem todos estes instrumentozinhos? Houve já aí um desavergonhado que me picou. Parecem perversos... São úteis?

Jacinto esboçou, com languidez, um gesto que os sublimava. — Providenciais, meu filho, absolutamente providenciais, pela simplificação que dão ao trabalho! Assim... — E apontou. — Este arrancava as penas velhas; o outro numerava rapidamente as páginas de um manuscrito; aqueloutro, além, raspava emendas... E ainda os havia para colar estampilhas, imprimir datas, derreter lacres, cintar documentos...

— Mas com efeito — acrescentou — é uma seca. Com as molas, com os bicos, às vezes magoam, ferem... Já me sucedeu inutilizar cartas por as ter sujado com dedadas de sangue. É uma maçada!

Então, como o meu amigo espreitara novamente o relógio monumental, não lhe quis retardar a consolação da ducha e da malva-rosa.

— Bem, Jacinto, já te revi, já me contentei... Agora até amanhã, com as malas.

— Que diabo, Zé Fernandes, espera um momento... Vamos pela sala de jantar. Talvez te tentes!

E, através da biblioteca, penetramos na sala de jantar, que me encantou pelo seu luxo sereno e fresco. Uma madeira branca, lacada, mais lustrosa e macia que cetim, revestia as paredes, encaixilhando medalhões de damasco cor de morango, de morango muito maduro e esmagado; os aparadores, discretamente lavrados em florões e rocalhas,[19] resplandeciam com a mesma laca nevada; e damascos amorangados estofavam também as cadeiras, brancas, muito amplas, feitas para a lentidão de gulas delicadas, de gulas intelectuais.

— Viva o meu Príncipe! Sim senhor... Eis aqui um comedouro muito compreensível e muito repousante, Jacinto!

— Então janta, homem!

Mas já eu me começava a inquietar, reparando que a cada talher correspondiam seis garfos, e todos de feitios astuciosos. E mais me impressionei quando Jacinto me

---

[19] Tipo de decoração adotada na França entre 1710 e 1750, própria do estilo rococó, que se utiliza de incrustações.

desvendou que um era para as ostras, outro para o peixe, outro para as carnes, outro para os legumes, outro para as frutas, outro para o queijo! Simultaneamente, com uma sobriedade que louvaria Salomão,[20] só dois copos, para dois vinhos: um Bordéus rosado em infusas de cristal, e champanhe gelando dentro de baldes de prata. Todo um aparador porém vergava sob o luxo redundante, quase assustador de águas — águas oxigenadas, águas carbonatadas, águas fosfatadas, águas esterilizadas, águas de sais, outras ainda, em garrafas bojudas, com tratados terapêuticos impressos em rótulos.

— Santíssimo nome de Deus, Jacinto! Então és ainda o mesmo tremendo bebedor de água, hem?... *Un acuático!* como dizia o nosso poeta chileno, que andava a traduzir Klopstock.[21]

Ele derramou, por sobre toda aquela garrafaria encarapuçada em metal, um olhar desconsolado:

— Não... É por causa das águas da cidade, contaminadas, atulhadas de micróbios... Mas ainda não encontrei uma boa água que me convenha, que me satisfaça... Até sofro sede.

Desejei então conhecer o jantar do psicólogo e do simbolista — traçado, ao lado dos talheres, em tinta vermelha, sobre lâminas de marfim. Começava honradamente por ostras clássicas, de Marennes.[22] Depois aparecia uma sopa de alcachofras e ovas de carpa...

— É bom?

---

[20] Filho de Davi e seu sucessor no trono de Israel; reinou durante quarenta anos. Foi também destacado poeta: são-lhe atribuídos alguns salmos e a composição do *Cântico dos cânticos*.
[21] Friedrich Gottlieb Klopstock (1724-1803), poeta alemão, desenvolveu, sobretudo, temas religiosos.
[22] Cidade francesa, famosa pela cultura intensiva de ostras.

Jacinto encolheu desinteressadamente os ombros:

— Sim... Eu não tenho nunca apetite, já há tempos... Já há anos.

Do outro prato só compreendi que continha frangos e túbaras.[23] Depois saboreariam aqueles senhores um filete de veado, macerado em Xerez,[24] com geleia de noz. E por sobremesa simplesmente laranjas geladas em éter.

— Em éter, Jacinto?

O meu amigo hesitou, esboçou com os dedos a ondulação de um aroma que se evola.

— É novo... Parece que o éter desenvolve, faz aflorar a alma das frutas...

Curvei a cabeça ignara, murmurei nas minhas profundidades:

— Eis a Civilização!

E, descendo os Campos Elísios, encolhido no paletó, a cogitar neste prato simbólico, considerava a rudeza e o atolado atraso da minha Guiães, onde desde séculos a alma das laranjas permanece ignorada e desaproveitada dentro dos gomos sumarentos, por todos aqueles pomares que ensombram e perfumam o vale, da Roqueirinha a Sandofim! Agora porém, bendito Deus, na convivência de um tão grande iniciado como Jacinto, eu compreenderia todas as finuras e todos os poderes da Civilização.

E (melhor ainda para a minha ternura!) contemplaria a raridade de um homem que, concebendo uma ideia da vida, a realiza — e através dela e por ela recolhe a felicidade perfeita.

Bem se afirmara este Jacinto, na verdade, como Príncipe da Gra-Ventura!

---

[23] Modernamente se grafa *túberas*; significa trufas.
[24] Vinho espanhol da região da Andaluzia.

Capítulo III

No 202, todas as manhãs, às nove horas, depois do meu chocolate e ainda em chinelas, penetrava no quarto de Jacinto. Encontrava o meu amigo banhado, barbeado, friccionado, envolto num roupão branco de pelo de cabra do Tibete, diante da sua mesa de toalete, toda de cristal (por causa dos micróbios) e atulhada com esses utensílios de tartaruga, marfim, prata, aço e madrepérola que o homem do século XIX necessita para não desfear o conjunto suntuário da Civilização, e manter nela o seu tipo. As escovas sobretudo renovavam, cada dia, o meu regalo e o meu espanto — porque as havia largas como a roda maciça de um carro rabino; estreitas e mais recurvas que o alfanje de um mouro; côncavas, em forma de telha aldeã; pontiagudas, em feitio de folha de hera; rijas que nem cerdas de javali; macias que nem penugem de rola! De todas, fielmente, como amo que não desdenha nenhum servo, se utilizava o meu Jacinto. E assim, em face ao espelho emoldurado de folhedos de prata, permanecia este Príncipe passando pelos sobre o seu pelo durante catorze minutos.

No entanto o Grilo e outro escudeiro, por trás dos biombos de Quioto, de sedas lavradas, manobravam, com perícia e vigor, os aparelhos do lavatório — que era apenas um resumo das máquinas monumentais da sala de banho, a mais extremada maravilha do 202. Nestes mármores simplificados existiam unicamente dois jatos graduados desde zero até cem; as duas duchas, fina e grossa, para a cabeça; a fonte esterilizada para os dentes; o repuxo borbulhante para a barba; e ainda botões discretos, que, roçados, desencadeavam esguichos, cascatas cantantes, ou um leve orvalho estival. Desse recanto temeroso, onde delgados tubos mantinham em disciplina e servidão tantas águas ferventes, tantas águas violentas, saía enfim o meu Jacinto enxugando as mãos a uma toalha de felpa, a uma toalha de linho, a outra de corda entrançada para restabelecer a circulação, a outra de seda frouxa para repolir a pele. Depois deste rito derradeiro que lhe arrancava ora um suspiro, ora um bocejo, Jacinto, estendido num divã, folheava uma agenda, onde se arrolavam, inscritas pelo Grilo ou por ele, as ocupações do seu dia, tão numerosas por vezes que cobriam duas laudas.

Todas elas se prendiam à sua sociabilidade, à sua civilização muito complexa, ou a interesses que o meu Príncipe, nesses sete anos, criara para viver em mais consciente comunhão com todas as funções da Cidade. (Jacinto com efeito era presidente do Clube da Espada e Alvo; comanditário do jornal *O Boulevard*; diretor da Companhia dos Telefones de Constantinopla; sócio dos Bazares Unidos da Arte Espiritualista; membro do Comitê de Iniciação das Religiões Esotéricas, etc.) Nenhuma destas ocupações parecia porém aprazível ao meu amigo — porque, apesar da mansidão e harmonia dos seus modos, frequentemente arremessava para o tapete, numa rebelião de homem livre, aquela agenda que o escravizava. E numa dessas manhãs (de vento e neve), apanhando eu o livro opressivo, encadernado em pelica, de um carinhoso tom de rosa murcha — descobri que o meu Jacinto devia depois do almoço fazer uma visita na rua da Universidade, outra no parque Monceau, outra entre os arvoredos remotos da Muette; assistir por fidelidade a uma votação no Clube; acompanhar

Madame d'Oriol a uma exposição de leques; escolher um presente de noivado para a sobrinha dos Trèves; comparecer ao funeral do velho conde de Malville; presidir um tribunal de honra numa questão de roubalheira, entre cavalheiros, ao *ecarté*...[1] E ainda se acavalavam outras indicações, escrevinhadas por Jacinto à lápis — "Carroceiro — *Five o'clock* dos Efrains — A pequena das Variedades — Levar a nota ao jornal...". Considerei o meu Príncipe. Estirado no divã, de olhos miserrimamente cerrados, bocejava, num bocejo imenso e mudo.

Mas os afazeres de Jacinto começavam logo no 202, cedo, depois do banho. Desde às oito horas a campainha do telefone repicava por ele, com impaciência, quase com cólera, como por um escravo tardio. E mal enxugado, dentro do seu roupão de pelo de cabra do Tibete ou de grossos pijamas de pelúcia cor de ouro velho, constantemente saía ao corredor a cochichar com sujeitos tão apressados, que conservavam na mão o guarda-chuva pingando sobre o tapete. Um desses, sempre presente (e que pertencia decerto aos Telefones de Constantinopla) era temeroso — todo ele chupado, tisnado,[2] com maus dentes, sobraçando uma enorme pasta sebenta, e dardejando, de entre a alta gola de uma peliça puída, como da abertura de um covil, dois olhinhos torvos e de rapina. Sem cessar, inexoravelmente, um escudeiro aparecia, com bilhetes numa salva... Depois eram fornecedores de indústria e de arte; negociantes de cavalos, rubicundos[3] e de paletó branco; inventores com grossos rolos de papel;

---

[1] Jogo de cartas, em francês.
[2] Em sentido figurado: cheio de manchas.
[3] Vermelhos.

alfarrabistas trazendo na algibeira uma edição "única", quase inverossímil, de Ulrich Zell ou do *Lapidanus*. Jacinto circulava estonteado pelo 202, rabiscando a carteira, repicando o telefone, desatando nervosamente pacotes, sacudindo ao passar algum emboscado que surdia das sombras da antecâmara, estendia como um trabuco[4] o seu memorial ou o seu catálogo!

Ao meio-dia, um tantã[5] argentino e melancólico ressoava, chamando ao almoço. Com o *Fígaro*[6] ou as *Novidades* abertas sobre o prato, eu esperava sempre meia hora pelo meu Príncipe, que entrava numa rajada, consultando o relógio, exalando com a face moída o seu queixume eterno:

— Que maçada! E depois uma noite abominável, enrodilhada em sonhos... Tomei sulforal, chamei o Grilo para me esfregar com terebintina... Uma seca!

Espalhava pela mesa um olhar já farto. Nenhum prato, por mais engenhoso, o seduzia; e, como através do seu tumulto matinal fumava incontáveis *cigarettes* que o ressequiam, começava por se encharcar com um imenso copo de água oxigenada, ou carbonatada, ou gasosa, misturada de um conhaque raro, muito caro, horrendamente adocicado, de moscatel de Siracusa.[7] Depois, à pressa, sem gosto, com a ponta incerta do garfo, picava aqui e além uma lasca de fiambre, uma febra[8] de lagosta;

---

[4] Máquina para arremessar pedras, usada durante a Idade Média, em guerras.
[5] Instrumento musical de percussão: tambor, gongo.
[6] Jornal francês.
[7] Variedade de uva, comum na região da Sicília, na Itália.
[8] Ou fibra; carne sem gordura e sem osso.

e reclamava impacientemente o café, um café de Moka,[9] mandado cada mês por um feitor do Dedjah, fervido à turca, muito espesso, que ele remexia com pau de canela!

— E tu, Zé Fernandes, que vais tu fazer?

— Eu?

Recostado na cadeira, com delícias, os dedos metidos nas cavas do colete:

— Vou vadiar, regaladamente, como um cão natural!

O meu solícito amigo, remexendo o café com o pau de canela, rebuscava através da numerosa civilização da cidade uma ocupação que me encantasse. Mas apenas sugeria uma exposição, ou uma conferência, ou monumentos, ou passeios, logo encolhia os ombros desconsolados:

— Por fim nem vale a pena, é uma seca!

Acendia outra das *cigarettes* russas, onde rebrilhava o seu nome, impresso a ouro na mortalha.[10] Torcendo, numa pressa nervosa, os fios do bigode, ainda escutava, à porta da biblioteca, o seu procurador, o nédio e majestoso Laporte. E enfim, seguido de um criado, que sobraçava um maço tremendo de jornais para lhe abastecer o *coupé*,[11] o Príncipe da Grã-Ventura mergulhava na Cidade.

Quando o dia social de Jacinto se apresentava mais desafogado, e o céu de março nos concedia caridosamente um pouco de azul aguado, saíamos depois do

---

[9] Cidade e porto do Iémen, no Mar Vermelho; exportava um café de muita qualidade.

[10] Pequena tira de papel em que se embrulha tabaco; papel com que se faz o cigarro.

[11] Palavra de origem francesa; cupê, em português. Carruagem fechada, geralmente de dois lugares.

almoço, a pé, através de Paris. Estes lentos e errantes passeios eram outrora, na nossa idade de estudantes, um gozo muito querido de Jacinto — porque neles mais intensamente e mais minuciosamente saboreava a Cidade. Agora porém, apesar da minha companhia, só lhe davam uma impaciência e uma fadiga que desoladoramente destoava do antigo iluminado êxtase. Com espanto (mesmo com dor, porque sou bom, e sempre me entristece o desmoronar de uma crença) descobri eu, na primeira tarde em que descemos aos *boulevards*, que o denso formigueiro humano sobre o asfalto, e a torrente sombria dos trens sobre o macadame, afligiam o meu amigo pela brutalidade da sua pressa, do seu egoísmo, e do seu estridor. Encostado e como refugiado no meu braço, este Jacinto novo começou a lamentar que as ruas, na nossa civilização, não fossem calçadas de guta-percha![12] E a guta-percha claramente representava, para o meu amigo, a substância discreta que amortece o choque e a rudeza das coisas. Oh maravilha! Jacinto querendo borracha, a borracha isoladora, entre a sua sensibilidade e as funções da Cidade! Depois, nem me permitiu pasmar diante daquelas dourejadas e espelhadas lojas que ele outrora considerava como os "preciosos museus do século XIX"...

— Não vale a pena, Zé Fernandes. Há uma imensa pobreza e secura de invenção! Sempre os mesmos florões Luís XV, sempre as mesmas pelúcias... Não vale a pena!

Eu arregalava os olhos para este transformado Jacinto. E sobretudo me impressionava o seu horror pela multidão — por certos efeitos da multidão, só para ele sensíveis, e a que chamava os "sulcos".

---

[12] Substância gomosa, semelhante à borracha.

— Tu não os sentes, Zé Fernandes. Vens das serras... Pois constituem o rijo inconveniente das cidades, estes sulcos! É um perfume muito agudo e petulante que uma mulher larga ao passar, e se instala no olfato, e estraga para todo o dia o ar respirável. É um dito que se surpreende num grupo, que revela um mundo de velhacaria, ou de pedantismo, ou de estupidez, e que nos fica colado à alma, como um salpico, lembrando a imensidade da lama a atravessar. Ou então, meu filho, é uma figura intolerável pela pretensão, ou pelo mau gosto, ou pela impertinência, ou pela relice,[13] ou pela dureza, e de que se não pode sacudir mais a visão repulsiva... Um pavor, estes sulcos, Zé Fernandes! De resto, que diabo, são as pequeninas misérias de uma Civilização deliciosa!

Tudo isto era especioso, talvez pueril — mas para mim revelava, naquele chamejante devoto da Cidade, o arrefecimento da devoção. Nessa mesma tarde, se bem recordo, sob uma luz macia e fina, penetramos nos centros de Paris, nas ruas longas, nas milhas de casario, todo de caliça[14] parda, eriçado de chaminés de lata negra, com as janelas sempre fechadas, as cortininhas sempre corridas, abafando, escondendo a vida. Só tijolo, só ferro, só argamassa, só estuque: linhas hirtas, ângulos ásperos: tudo seco, tudo rígido. E dos chãos aos telhados, por toda a fachada, tapando as varandas, comendo os muros, tabuletas, tabuletas...

— Oh, este Paris, Jacinto, este teu Paris! Que enorme, que grosseiro bazar!

---

[13] Reles.
[14] Revestimento, argamassa.

E, mais para sondar o meu Príncipe do que por persuasão, insisti na fealdade e tristeza destes prédios, duros armazéns, cujos andares são prateleiras onde se apinha humanidade! E uma humanidade impiedosamente catalogada e arrumada! A mais vistosa e de luxo nas prateleiras baixas, bem envernizadas. A reles e de trabalho nos altos, nos desvãos, sobre pranchas de pinho nu, entre o pó e a traça...

Jacinto murmurou, com a face arrepiada:

— É feio, é muito feio!

E acudiu logo, sacudindo no ar a luva de anta:

— Mas que maravilhoso organismo, Zé Fernandes! Que solidez! Que produção!

Onde Jacinto me parecia mais renegado era na sua antiga e quase religiosa afeição pelo bosque de Bolonha.[15] Quando moço, ele construíra sobre o bosque teorias complicadas e consideráveis. E sustentava, com olhos rutilantes de fanático, que no bosque a cidade cada tarde ia retemperar salutarmente a sua força, recebendo, pela presença das suas duquesas, das suas cortesãs, dos seus políticos, dos seus financeiros, dos seus generais, dos seus acadêmicos, dos seus artistas, dos seus clubistas, dos seus judeus, a certeza consoladora de que todo o seu pessoal se mantinha em número, em vitalidade, em função, e que nenhum elemento da sua grandeza desaparecera ou deperecera! "Ir ao *Bois*" constituía, então, para o meu Príncipe, um ato de consciência. E voltava sempre confirmando com orgulho que a cidade possuía todos os seus astros, garantindo a eternidade da sua luz!

---

[15] Famoso bosque parisiense.

Agora, porém, era sem fervor, arrastadamente, que ele me levava ao bosque, onde eu, aproveitando a clemência de abril, tentava enganar a minha saudade de arvoredos. Enquanto subíamos, ao trote nobre das suas éguas lustrosas, a avenida dos Campos Elísios e a do bosque, rejuvenescidas pelas relvas tenras e fresco verdejar dos rebentos, Jacinto, soprando o fumo da *cigarette* pelas vidraças abertas do *coupé*, permanecia o bom camarada, de veia amável, com quem era doce filosofar através de Paris. Mas logo que passávamos as grades douradas do bosque, e penetrávamos na avenida das Acácias, e enfiávamos na lenta fila dos trens de luxo e de praça, sob o silêncio decoroso, apenas cortado pelo tilintar dos freios e pelas rodas vagarosas esmagando a areia — o meu Príncipe emudecia, molemente engelhado no fundo das almofadas, donde só despegava a face para escancarar bocejos de fartura. Pelo antigo hábito de verificar a presença confortadora do "pessoal, dos astros", ainda, por vezes, apontava para algum *coupé* ou vitória rodando com rodar rangente noutra arrastada fila — e murmurava um nome. E assim fui conhecendo a encaracolada barba hebraica do banqueiro Efraim; e o longo nariz patrício de Madame de Trèves abrigando um sorriso perene; e as bochechas flácidas do poeta neoplatônico Dornan, sempre espapado no fundo de fiacres; e os longos bandós[16] pré-rafaelistas e negros de Madame Verghane; e o monóculo defumado do diretor do *Boulevard*; e o bigodinho vencedor do duque de Marizac, reinando de

---

[16] Nos penteados femininos são as partes em que se divide o cabelo.

cima do seu faetonte[17] de guerra; e ainda outros sorrisos imóveis, e barbichas à Renascença, e pálpebras amortecidas, e olhos farejantes, e peles empoadas de arroz, que eram todas ilustres e da intimidade do meu Príncipe. Mas, do topo da avenida das Acácias, recomeçávamos a descer, em passo sopeado,[18] esmagando lentamente a areia; na fila vagarosa que subia, calhambeque atrás de landau,[19] vitória atrás de fiacre, fatalmente revíamos o monóculo sombrio do homem do *Boulevard*, e os bandós furiosamente negros de Madame Verghane, e o ventre espapado do neoplatônico, e a barba talmúdica,[20] e todas aquelas figuras, de uma imobilidade de cera, superconhecidas do meu camarada, recruzadas cada tarde através de revividos anos, sempre com os mesmos sorrisos, sob o mesmo pó de arroz, na mesma imobilidade de cera; então Jacinto não se continha, gritava ao cocheiro:

— Para casa depressa!

E era pela avenida do bosque, pelos Campos Elísios, uma fuga ardente das éguas a quem a lentidão sopeada, num roer de freios, entre outras éguas também delas superconhecidas, lançavam numa exasperação comparável à de Jacinto.

Para o sondar eu denegria o bosque:

— Já não é tão divertido, perdeu o brilho!...

Ele acudia, timidamente:

— Não, é agradável, não há nada mais agradável; mas...

---

[17] Pequena carruagem de quatro rodas, ligeira, alta, leve e descoberta, com dois assentos paralelos para quatro pessoas.
[18] Do verbo sopear: frear.
[19] Carruagem de quatro rodas com dupla capota conversível.
[20] O mesmo que hebraica.

E acusava a friagem das tardes ou o despotismo dos seus afazeres. Recolhíamos então ao 202, onde, com efeito, em breve embrulhado no seu roupão branco, diante da mesa de cristal, entre a legião das escovas, com toda a eletricidade refulgindo, o meu Príncipe se começava a adornar para o serviço social da noite.

E foi justamente numa dessas noites (um sábado) que nós passamos, naquele quarto tão civilizado e protegido, por um desses brutos e revoltos terrores como só os produz a ferocidade dos Elementos. Já tarde, à pressa (jantávamos com Marizac no clube para o acompanhar depois ao *Lohengrin*[21] na ópera) Jacinto arrochava o nó da gravata branca — quando no lavatório, ou porque se rompesse o tubo, ou se dessoldasse a torneira, o jato de água a ferver rebentou furiosamente, fumegando e silvando. Uma névoa densa de vapor quente abafou as luzes — e, perdidos nela, sentíamos, por entre os gritos do escudeiro e do Grilo, o jorro devastador batendo os muros, esparrinhando uma chuva que escaldava. Sob os pés o tapete ensopado era uma lama ardente. E como se todas as forças da Natureza, submetidas ao serviço de Jacinto, se agitassem, animadas por aquela rebelião da água — ouvimos roncos surdos no interior das paredes, e pelos fios dos lumes elétricos sulcaram faíscas ameaçadoras! Eu fugira para o corredor, onde se alargava a névoa grossa. Por todo o 202 ia um tumulto de desastre. Diante do portão, atraídas pela fumarada que se escapava das janelas, estacionava polícia, uma multidão. E na escada esbarrei com um repórter, de chapéu para a

---

[21] Ópera do compositor alemão Richard Wagner (1813-1883).

nuca, a carteira aberta, gritando sofregamente "se havia mortos?".

Domada a água, clareada a bruma, vim encontrar Jacinto no meio do quarto, em ceroulas, lívido:

— Oh Zé Fernandes, esta nossa indústria!... Que impotência, que impotência! Pela segunda vez, este desastre! E agora, aparelhos perfeitos, um processo novo...

— E eu encharcado por esse processo novo! E sem outra casaca!

Em redor, as nobres sedas bordadas, os brocatéis[22] Luís XIII, cobertos de manchas negras, fumegavam. O meu Príncipe, enfiado,[23] enxugava uma fotografia de Madame d'Oriol, de ombros decotados, que o jorro bruto maculara de empolas.[24] E eu, com rancor, pensava que na minha Guiães a água aquecia em seguras panelas — e subia ao meu lavatório, pela mão forte da Catarina, em seguras infusas! Não jantamos com o Duque de Marizac, no clube. E, na ópera, nem saboreei *Lohengrin* e a sua branca alma e o seu branco cisne e as suas brancas armas — entalado, aperreado, cortado nos sovacos pela casaca que Jacinto me emprestara e que recendia estonteadoramente a flores de Nessari.

No domingo, muito cedo, o Grilo, que na véspera escaldara as mãos e as trazia embrulhadas em seda, penetrou no meu quarto, descerrou as cortinas, e à beira do leito, com o seu radiante sorriso de preto:

— Vem no *Fígaro*!

---

[22] Tecidos adamascados, sedosos.
[23] Enfiar no sentido de vestir.
[24] Bolhas.

Desdobrou triunfalmente o jornal. Eram, nos *Ecos*, doze linhas, onde as nossas águas rugiam e espadanavam, com tanta magnificência e tanta publicidade, que também sorri, deleitado.

— E toda a manhã, o telefone, siô Fernandes! — exclamava o Grilo, rebrilhando em ébano. — A quererem saber, a quererem saber... "Está lá? Está escaldado?" Paris aflito, siô Fernandes!

O telefone, com efeito, repicava, insaciável. E quando desci para o almoço, a toalha desaparecia sob uma camada de telegramas, que o meu Príncipe fendia com a faca, enrugado, rosnando contra a "maçada". Só desanuviou ao ler um desses papéis azuis, que atirou para cima do meu prato, com o mesmo sorriso agradado com que de manhã sorríramos, o Grilo e eu:

— É do grão-duque Casimiro... Ratão amável! Coitado!

Saboreei, através dos ovos, o telegrama de Sua Alteza. "O quê! O meu Jacinto inundado! Muito chique, nos Campos Elísios! Não volto ao 202 sem boia de salvação! Compassivo abraço! Casimiro..."

Murmurei também com deferência: "Amável! Coitado!". Depois, revolvendo lentamente o montão de telegramas que se alastrava até ao meu copo:

— Oh Jacinto! Quem é esta Diana que incessantemente te escreve, te telefona, te telegrafa, te...?

— Diana?... Diana de Lorge. É uma *cocotte*.[25] E uma grande *cocotte*!

— Tua?

---

[25] Na linguagem infantil significa galinha; aplica-se também à mulher de vida desregrada. Em português: cocote.

— Minha, minha... Não! Tenho um bocado.

E como eu lamentava que o meu Príncipe, senhor tão rico e de tão fino orgulho, por economia de uma gamela[26] própria chafurdasse com outros numa gamela pública — Jacinto levantou os ombros, com um camarão espetado no garfo:

— Tu vens das serras... Uma cidade como Paris, Zé Fernandes, precisa ter cortesãs de grande pompa e grande fausto. Ora para montar em Paris, nesta tremenda carestia de Paris, uma *cocotte* com os seus vestidos, os seus diamantes, os seus cavalos, os seus lacaios, os seus camarotes, as suas festas, o seu palacete, a sua publicidade, a sua insolência, é necessário que se agremiem umas poucas de fortunas, se forme um sindicato! Somos uns sete, no clube. Eu pago um bocado... Mas meramente por civismo, para dotar a cidade com uma *cocotte* monumental. De resto não chafurdo. Pobre Diana!... Dos ombros para baixo nem sei se tem a pele cor de neve ou cor de limão.

Arregalei um olho divertido:

— Dos ombros para baixo?... E para cima?

— Oh! Para cima tem pó de arroz!... Mas é uma seca! Sempre bilhetes, sempre telefones, sempre telegramas. E três mil francos por mês, além das flores... Uma maçada!

E as duas rugas do meu Príncipe, aos lados do seu afilado nariz, curvado sobre a salada, eram como dois vales muito tristes, ao entardecer.

Acabamos o almoço, quando um escudeiro, muito discretamente num murmúrio, anunciou Madame d'Oriol. Jacinto pousou com tranquilidade o charuto;

---

[26] Vasilha de madeira ou de barro usada para dar comida aos porcos ou aos animais domésticos.

eu quase me engasguei num sorvo alvoroçado de café. Entre os reposteiros[27] de damasco cor de morango ela apareceu, toda de negro, de um negro liso e austero de Semana Santa, lançando com o regalo um lindo gesto para nos sossegar. E imediatamente, numa volubilidade docemente chalrada:[28]

— É um momento, nem se levantem! Passei, ia para a Madalena, não me contive, quis ver os estragos... Uma inundação em Paris, nos Campos Elísios! Não há senão este Jacinto. E vem no *Fígaro*! O que eu estava assustada, quando telefonei! Imaginem! Água a ferver, como no Vesúvio... Mas é de uma novidade! E os estofos perdidos, naturalmente, os tapetes... Estou morrendo por admirar as ruínas!

Jacinto, que não me pareceu comovido, nem agradecido com aquele interesse, retomara risonhamente o charuto:

— Está tudo seco, minha querida senhora, tudo seco! A beleza foi ontem, quando a água fumegava e rugia! Ora que pena não ter ao menos caído uma parede!

Mas ela insistia. Nem todos os dias se gozavam em Paris os destroços de uma inundação. O *Fígaro* contara... E era uma aventura deliciosa, uma casa escaldada nos Campos Elísios!

Toda a sua pessoa, desde as plumazinhas que frisavam no chapéu até à ponta reluzente das botinas de verniz, se agitava, vibrava, como um ramo tenro sob o buliço do pássaro a chalrar. Só o sorriso, por trás do véu espesso, conservava um brilho imóvel. E já no ar se

---

[27] Cortinas.
[28] Chalrar: falar à toa, alegremente.

espalhara um aroma, uma doçura emanados de toda a sua mobilidade e de toda a sua graça.

Jacinto no entanto cedera, alegremente: e pelo corredor Madame d'Oriol ainda louvava o *Fígaro* amável, e confessava quanto tremera... Eu voltei ao meu café, felicitando mentalmente o Príncipe da Grã-Ventura por aquela perfeita flor de Civilização que lhe perfumava a vida. Pensei então na apurada harmonia em que se movia essa flor. E corri vivamente à antecâmara, verificar diante do espelho o meu penteado e o nó da minha gravata. Depois recolhi à sala de jantar, e junto da janela, folheando languidamente a *Revista do século XIX*, tomei uma atitude de elegância e de alta cultura. Quase imediatamente eles reapareceram; e Madame d'Oriol, que, sempre sorrindo, se proclamava espoliada, nada encontrara que recordasse as águas furiosas, roçou pela mesa, onde Jacinto procurava, para lhe oferecer, tangerinas de Malta, ou castanhas geladas, ou um biscoito molhado em vinho de Tokay.[29]

Ela recusava com as mãos guardadas no regalo. Não era alta, nem forte — mas cada prega do vestido, ou curva da capa, caía e ondulava harmoniosamente, como perfeições recobrindo perfeições. Sob o véu cerrado, apenas percebi a brancura da face empoada, e a escuridão dos olhos largos. E com aquelas sedas e veludos negros, e um pouco do cabelo louro, de um louro quente, torcido fortemente sobre as peles negras que lhe orlavam o pescoço, toda ela derramava uma sensação de macio e de fino. Eu teimosamente a considerava como uma

---

[29] Região da Hungria, produtora de vinho famoso.

flor de Civilização; e pensava no secular trabalho e na cultura superior que necessitara o terreno onde ela tão delicadamente brotara, já desabrochada, em pleno perfume, mais graciosa por ser flor de esforço e de estufa, e trazendo nas suas pétalas um não sei quê de desbotado e de antemurcho.

No entanto, com a sua volubilidade de pássaro, chalrando para mim, chalrando para Jacinto, ela mostrava o seu lindo espanto por aquele montão de telegramas sobre a toalha.

— Tudo esta manhã, por causa da inundação!... Ah, Jacinto é hoje o homem, o único homem de Paris! Muitas mulheres nesses telegramas?

Languidamente, com o charuto a fumegar, o meu Príncipe empurrou para a sua amiga o telegrama do grão-duque. Então Madame d'Oriol teve um "Ah!" muito grave e muito sentido. Releu profundamente o papel de Sua Alteza que os seus dedos acariciavam com uma reverência gulosa. E sempre grave, sempre séria:

— É brilhante!

Oh, certamente!, naquele desastre tudo se passara com muito brilho, num tom muito parisiense. E a deliciosa criatura não se podia demorar, porque fizera marcar um lugar na igreja da Madalena para o sermão!

Jacinto exclamou com inocência:

— Sermão?... É já a estação dos sermões?

Madame d'Oriol teve um movimento de carinhoso escândalo e dor. O quê! Pois nem na austera casa dos Trèves dera pela entrada da Quaresma? De resto não se admirava — Jacinto era um turco! E imediatamente celebrou o pregador, um frade dominicano, o *Père* Granon! Oh, de uma eloquência! De uma violência! No derradeiro sermão pregara sobre o amor, a fragilidade dos amores mundanos! E tivera coisas de uma inspiração, de uma brutalidade! Depois que gesto, um gesto terrível que esmagava, em que se lhe arregaçava toda a manga, mostrando o braço nu, um braço soberbo, muito branco, muito forte!

O seu sorriso permanecia claro sob o olhar que negrejava dentro do véu negro. E Jacinto, rindo:

— Um bom braço de diretor espiritual, hem? Para vergar, espancar almas...

Ela acudiu:

— Não! Infelizmente o *Père* Granon não confessa!

E de repente reconsiderou — aceitava um biscoito, um cálice de Tokay. Era necessário um cordial[30] para afrontar as emoções do *Père* Granon! Ambos nos precipitáramos, um arrebatando a garrafa, outro oferecendo o prato de bombons. Franziu o véu para os olhos, chupou à pressa um bolo que ensopara no Tokay. E como Jacinto, reparando casualmente no chapéu que ela trazia, se curvara com curiosidade, impressionado, Madame d'Oriol apagou o sorriso, toda séria, ante uma coisa séria:

— Elegante, não é verdade?... É uma criação inteiramente nova de Madame Vial. Muito respeitoso, e muito sugestivo, agora na Quaresma.

O seu olhar, que me envolvera, também me convidava a admirar. Aproximei o meu focinho de homem das serras para contemplar essa criação suprema do luxo de Quaresma. E era maravilhoso! Sobre o veludo, na sombra das plumas frisadas, aninhada entre rendas,

---

[30] Medicamento ou bebida que conforta ou fortalece.

fixada por um prego, pousava delicadamente, feita de azeviche,[31] uma coroa de espinhos!

Ambos nos extasiamos. E Madame d'Oriol, num movimento e num sorriso que derramou mais aroma e mais claridade, abalou para a Madalena.

O meu Príncipe arrastou pelo tapete alguns passos pensativos e moles. E bruscamente, levantando os ombros com uma determinação imensa, como se deslocasse um mundo:

— Oh Zé Fernandes, vamos passar este domingo nalguma coisa simples e natural...

— Em quê?

Jacinto circungirou os olhares muito abertos, como se, através da vida universal, procurasse ansiosamente uma coisa natural e simples. Depois, descansando sobre mim os mesmos largos olhos que voltavam de muito longe, cansados e com pouca esperança:

— Vamos ao Jardim das Plantas, ver a girafa!

---

[31] Substância mineral muito negra e luzidia, utilizada em joalheria.

Capítulo IV

Nessa fecunda semana, uma noite, recolhíamos ambos da ópera, quando Jacinto, bocejando, me anunciou uma festa no 202.

— Uma festa?...

— Por causa do grão-duque, coitado, que me vai mandar um peixe delicioso e muito raro que se pesca na Dalmácia. Eu queria um almoço curto. O grão-duque reclamou uma ceia. É um bárbaro, besuntado com literatura do século XVIII, que ainda acredita em ceias, em Paris! Reúno no domingo três ou quatro mulheres, e uns dez homens bem típicos, para o divertir. Também aproveitas. Folheias Paris num resumo... Mas é uma maçada amarga!

Sem interesse pela sua festa, Jacinto não se afadigou em a compor com relevo ou brilho. Encomendou apenas uma orquestra de tziganes[1] (os tziganes, as suas jalecas escarlates, a melancolia áspera das czardas[2] ainda nesses tempos remotos emocionavam Paris); e mandou, na biblioteca, ligar o teatrofone com a ópera, com a Comédia Francesa, com o Alcazar e com os Bufos, prevendo todos os gostos desde o trágico até ao pícaro. Depois no domingo, ao entardecer, ambos visitamos a mesa da ceia, que resplandecia com as velhas baixelas de D. Galião. E a faustosa profusão de orquídeas, em longas silvas por sobre a toalha bordada a seda, enroladas aos

---

[1] O mesmo que ciganos; designação internacional dada aos músicos da Boêmia, ou que usam o traje boêmio, que tocam em cafés-concertos, festas particulares, etc.

[2] Danças húngaras; "xardas" é a forma aportuguesada.

fruteiros de Saxe,[3] transbordando de cristais lavrados e filigrana dos de ouro, espalhava uma tão fina sensação de luxo e gosto, que eu murmurei: "Caramba, bendito seja o dinheiro!". Pela primeira vez, também, admirei a copa e a sua instalação abundante e minuciosa — sobretudo os dois ascensores que rolavam das profundidades da cozinha, um para os peixes e carnes aquecido por tubos de água fervente, o outro para as saladas e gelados revestido de placas frigoríficas. Oh, este 202!

Às nove horas, porém, descendo eu ao gabinete de Jacinto para escrever a minha tia Vicência, enquanto ele ficara no toucador com o manicuro que lhe polia as unhas, passamos nesse delicioso palácio, florido e em gala, por bem corriqueiro susto! Todos os lumes elétricos, subitamente, em todo o 202, se apagaram! Na minha imensa desconfiança daquelas forças universais, pulei logo para a porta, tropeçando nas trevas, ganindo um "Aqui-del-rei!"[4] que tresandava a Guiães. Jacinto em cima berrava, com o manicuro agarrado ao pijama. E de novo, como serva ralassa[5] que recolhe arrastando as chinelas, a luz ressurgiu com lentidão. Mas o meu Príncipe, que descera, enfiado, mandou buscar um engenheiro à Companhia Central de Eletricidade Doméstica. Por precaução outro criado correu à mercearia comprar pacotes de velas. E o Grilo desenterrava já dos armários os candelabros abandonados, os pesados castiçais arcaicos dos tempos incientíficos de D. Galião: era uma reserva de veteranos fortes, para o caso pavoroso em que mais

---

[3] Ou Saxônia, região da Alemanha.
[4] Pedido de ajuda, de socorro.
[5] Ou relapsa: relaxada, idolente.

tarde, à ceia, falhassem perfidamente as forças bisonhas da Civilização. O eletricista, que acudira esbaforido, afiançou porém que a eletricidade se conservaria fiel, sem outro amuo. Eu, cautelosamente, soneguei na algibeira dois cotos de estearina.[6]

A eletricidade permaneceu fiel, sem amuos. E quando desci do meu quarto, tarde (porque perdera o colete de baile e só depois de uma busca furiosa e praguejada o encontrei caído por trás da cama), todo o 202 refulgia, e os tziganes, na antecâmara, sacudindo as guedelhas, atiravam as arcadas de uma valsa tão arrastadora que, pelas paredes, as imensas personagens das tapeçarias, Príamo, Nestor,[7] o engenhoso Ulisses,[8] arfavam, buliam com os pés venerandos!

Timidamente, sem rumor, puxando os punhos, penetrei no gabinete de Jacinto. E fui logo acolhido pelo sorriso da condessa de Trèves, que, acompanhada pelo ilustre historiador Danjon (da Academia Francesa), percorria maravilhada os aparelhos, os instrumentos, toda a suntuosa mecânica do meu supercivilizado Príncipe. Nunca ela me parecera mais majestosa do que naquelas sedas cor de açafrão, com rendas cruzadas no peito à Maria Antonieta,[9] o cabelo crespo e ruivo levantado em rolo sobre a testa dominadora, e o curvo nariz patrício, abrigando o sorriso sempre luzidio, sempre corrente, como um arco abriga o correr e o luzir de um regato. Direita

---

[6] Substância empregada na fabricação de velas; a própria vela.
[7] Personagens da *Ilíada*, de Homero.
[8] Protagonista do poema épico *Odisseia*, de Homero.
[9] À moda de Maria Antonieta (1755-1793), rainha francesa da época da revolução, que morreu na guilhotina, assim como morreu Luís XVI.

como num sólio,[10] a longa luneta de tartaruga acercada dos olhos miúdos e turvamente azulados, ela escutava diante do grafofone, depois diante do microfone, como melodias superiores, os comentários que o meu Jacinto ia atabalhoando com uma amabilidade penosa. E ante cada roda, cada mola, eram pasmos, louvores finamente torneados, em que atribuía a Jacinto, com astuta candura, todas aquelas invenções do Saber! Os utensílios misteriosos que atulhavam a mesa de ébano foram para ela uma iniciação que a enlevou. Oh, o "numerador de páginas!"; oh, o "colador de estampilhas!". A carícia demorada dos seus dedos secos aquecia os metais. E suplicava os endereços dos fabricantes para se prover de todas aquelas utilidades adoráveis! Como a vida, assim apetrechada, se tornava escorregadia e fácil! Mas era necessário o talento, o gosto de Jacinto, para escolher, para "criar"! E não só ao meu amigo (que o recebia com resignação) ela ofertava o fino mel. Afagando com o cabo da luneta o telégrafo, achou a possibilidade de recordar a eloquência do historiador. Mesmo para mim (de quem ignorava o nome) arranjou junto do fonógrafo, e acerca de "vozes de amigos que é doce colecionar", uma lisonjazinha redondinha e lustrosa, que eu chupei como um rebuçado celeste. Boa casaleira[11] que vai atirando o grão aos frangos famintos, a cada passo, maternalmente, ela nutria uma vaidade. Sôfrego de outro rebuçado, acompanhei a sua cauda sussurrante e cor de açafrão. Ela parara diante da máquina de contar, de que Jacinto já lhe fornecera pacientemente uma explicação sapiente.

---

[10] Cadeira pontifícia.
[11] Granjeira.

E de novo roçou os buracos donde espreitam os números negros, e com o seu enlevado sorriso murmurou:

— Prodigiosa, esta prensa elétrica!...

Jacinto acudiu:

— Não! Não! Esta é...

Mas ela sorria, seguia... Madame de Trèves não compreendera nenhum aparelho do meu Príncipe! Madame de Trèves não atendera a nenhuma dissertação do meu Príncipe! Naquele gabinete de suntuosa mecânica ela somente se ocupara em exercer, com proveito e com perfeição, a arte de agradar. Toda ela era uma sublime falsidade. Não escondi a Danjon a admiração que me penetrava.

O facundo[12] acadêmico revirou os olhos bugalhudos:

— Oh! E um gosto, uma inteligência, uma sedução!... E depois como se janta bem em casa dela! Que café!... Mulher superior, meu caro senhor, verdadeiramente superior!

Deslizei para a biblioteca. Logo à entrada da erudita nave, junto da estante dos Padres da Igreja,[13] onde alguns cavalheiros conversavam, parei a saudar o diretor do *Boulevard* e o psicólogo feminista, o autor do *Coração triplo*, com quem na véspera me familiarizara ao almoço, no 202. O seu acolhimento foi paternal; e, como se necessitasse a minha presença, reteve na sua mão ilustre, rutilante de anéis, com força e com gula, a minha grossa palma serrana. Todos aqueles senhores, com efeito, celebravam o seu romance, *A couraça*, lançado nessa semana

---

[12] Eloquente, falador, loquela.
[13] Os escritores dos primeiros séculos da Igreja, doutores cujos escritos fazem lei em matéria de fé.

entre gritinhos de gozo e um quente rumor de saias alvoroçadas. Um sobretudo, com uma vasta cabeça arranjada à Van Dyck[14] e que parecia postiça, proclamava, alçado na ponta das botas, que nunca penetrara tão fundamente, na velha alma humana, a ponta da psicologia experimental! Todos concordavam, se apertavam contra o psicólogo, o tratavam por "mestre". Eu mesmo, que nem sequer entrevira a capa amarela da *Couraça*, mas para quem ele voltava os olhos pedinchões e famintos de mais mel, murmurei com um leve assobio: "uma delícia!".

E o psicólogo, reluzindo, com o lábio úmido, entalado num alto colarinho onde se enroscava uma gravata à 1830, confessava modestamente que dissecara todas aquelas almas da *Couraça* com "algum cuidado", sobre documentos, sobre pedaços de vida ainda quentes, ainda a sangrar... E foi então que Marizac, o Duque de Marizac, notou, com um sorriso mais afiado que um lampejo de navalha, e sem tirar as mãos dos bolsos:

— No entanto, meu caro, nesse livro tão profundamente estudado há um erro bem estranho, bem curioso!...

O psicólogo, vivamente, atirara a cabeça para trás:
— Um erro?

Oh, sim, um erro! E bem inesperado num mestre tão experiente!... Era atribuir à esplêndida amorosa da *Couraça*, uma duquesa, e do gosto mais puro — *um colete de cetim preto!* Esse colete, assim preto, de cetim, aparecia na bela página de análise e paixão em que ela se despia no quarto de Ruy d'Alize. E Marizac,

---

[14] Pintor holandês (1599-1641), da corte de Carlos I da Inglaterra; notabilizou-se por seus retratos.

sempre com as mãos nos bolsos, mais grave, apelava para aqueles senhores. Pois era verossímil, numa mulher como a duquesa, estética, pré-rafaelítica, que se vestia no Doucet, no Paquin, nos costureiros intelectuais, um colete de cetim preto?

O psicólogo emudecera, colhido, trespassado! Marizac era uma tão suprema autoridade sobre a roupa íntima das duquesas, que à tarde, em quartos de rapazes, por impulsos idealistas e anseios de alma dolorida — se põe em colete e saia branca!... De resto o diretor do *Boulevard* condenara logo sem piedade, com uma experiência firme, aquele colete, só possível nalguma merceeira atrasada que ainda procurasse efeitos de carne nédia sobre cetim negro. E eu, para que me não julgassem alheio às coisas dos adultérios ducais e do luxo, acudi, metendo os dedos pelo cabelo:

— Realmente, preto, só se estivesse de luto pesado, pelo pai!

O pobre mestre da *Couraça* sucumbira. Era a sua glória de Doutor em Elegâncias Femininas desmantelada — e Paris supondo que ele nunca vira uma duquesa desatacar o colete na sua alcova de psicólogo! Então, passando o lenço sobre os lábios que a angústia ressequira, confessou o erro, e contritamente o atribuiu a uma improvisação tumultuosa:

— Foi um tom falso, um tom perfeitamente falso que me escapou!... Com efeito! É absurdo, um colete preto!... Mesmo por harmonia com o estado de alma da duquesa devia ser lilás, talvez cor de resedá muito desmaiada, com um frouxo de rendas antigas de Malines...[15] É

---

[15] Cidade da Bélgica que produz famosas rendas.

prodigioso como me escapou! Pois tenho o meu caderno de entrevistas bem anotadas, bem documentadas!...

Na sua amargura, terminou por suplicar a Marizac que espalhasse por toda a parte, no clube, nas salas, a sua confissão. Fora um engano de artista, que trabalha na febre, vasculhando as almas, perdido nas profundidades negras das almas! Não reparara no colete, confundira os tons... Gritou, com os braços estendidos para o diretor do *Boulevard*:

— Estou pronto a fazer uma retificação, numa *interview*,[16] meu caro mestre! Mande um dos seus redatores... Amanhã, às dez horas! Fazemos uma *interview*, fixamos a cor. Evidentemente é lilás... Mande um dos seus homens, meu caro mestre! É também uma ocasião para eu confessar, bem alto, os serviços que o *Boulevard* tem feito às ciências psicológicas e feministas!

Assim ele suplicava, encostado à estante, às lombadas dos santos padres. E eu abalei, vendo ao fundo da biblioteca Jacinto, que se debatia e se recusava entre dois homens.

Eram os dois homens de Madame de Trèves — o marido, conde de Trèves, descendente dos reis de Cândia, e o amante, o terrível banqueiro judeu, David Efraim. E tão enfronhadamente assaltavam o meu Príncipe que nem me reconheceram, ambos num aperto de mão mole e vago me trataram por "caro conde". Num relance, rebuscando charutos sobre a mesa de limoeiro, compreendi que se tramava a Companhia das Esmeraldas da Birmânia, medonha empresa em que cintilavam milhões, e para que os dois confederados de bolsa e

---

[16] Entrevista, em inglês.

de alcova, desde o começo do ano, pediam o nome, a influência, o dinheiro de Jacinto. Ele resistira, num enfado dos negócios, desconfiado daquelas esmeraldas soterradas num vale da Ásia. E agora o conde de Trèves, um homem esgrouviado,[17] de face rechupada, eriçada de barba rala, sobre uma fronte rotunda e amarela como um melão, assegurava ao meu pobre Príncipe que no prospecto já preparado, demonstrando a grandeza do negócio, perpassava um fulgor das *Mil e Uma Noites*. Mas sobretudo aquela escavação de esmeraldas convidava todo o espírito culto pela sua ação civilizadora. Era uma corrente de ideias ocidentais, invadindo, educando a Birmânia. Ele aceitara a direção por patriotismo...

— De resto é um negócio de joias, de arte, de progresso, que deve ser feito, num mundo superior, entre amigos...

E do outro lado o terrível Efraim, passando a mão curta e gorda sobre a sua bela barba, mais frisada e negra que a de um rei assírio, afiançava o triunfo da empresa pelas grossas forças que nela entravam, os Nagaiers, os Bolsans, os Saccart...

Jacinto franzia o nariz, enervado:

— Mas, ao menos, estão feitos os estudos? Já se provou que há esmeraldas?

Tanta ingenuidade exasperou Efraim:

— Esmeraldas! Está claro que há esmeraldas!... Há sempre esmeraldas desde que haja acionistas!

E eu admirava a grandeza daquela máxima — quando apareceu, esbaforido, desdobrando o lenço muito perfumado, um dos familiares do 202.

---

[17] Alto e magro como um grou (ave pernalta).

Todelle (Antônio de Todelle), moço já calvo, de infinitas prendas, que conduzia Cotillons, imitava cantores de café-concerto, temperava saladas raras, conhecia todos os enredos de Paris.

— Já veio?... Já cá está o grão-duque?

Não, Sua Alteza ainda não chegara. E Madame de Todelle?

— Não pôde... No sofá... Esfolou uma perna.

— Oh!

— Quase nada... Caiu do velocípede!

Jacinto, logo interessado:

— Ah, Madame de Todelle anda já de velocípede?

— Aprende. Nem tem velocípede!... Agora, na Quaresma, é que se aplicou mais, no velocípede do Padre Ernesto, do cura de S. José! Mas ontem, no Bosque, zás, terra!... Perna esfolada. Aqui.

E na sua própria coxa, com a unha, vivamente, desenhou o esfolão. Efraim, brutal e sério, murmurou: "Diabo! É no melhor sítio". Mas Todelle nem o escutara, correndo para o diretor do *Boulevard*, que se avançava, lento e barrigudo, com o seu monóculo negro semelhante a um pacho.[18] Ambos se colaram contra uma estante, num cochichar profundo.

Jacinto e eu entramos então no bilhar, forrado de velhos couros de Córdova,[19] onde se fumava. Ao canto de um divã, o grande Dornan, o poeta neoplatônico e místico, o mestre sutil de todos os ritmos, espapado

---

[18] Forma popular de parche: paninho embebido em água ou álcool, que se coloca sobre uma ferida ou sobre uma parte qualquer do corpo para a aliviar de alguma dor ou inflamação; emplasto; curativo.

[19] Cidade espanhola célebre pelos trabalhos em couro.

nas almofadas, com um dos pés sob a coxa gorda, como um deus índio, dois botões do colete desabotoados, a papeira caída sobre o largo decote do colarinho, mamava majestosamente um imenso charuto. Ao pé dele, também sentado, um velho que eu nunca encontrara no 202, esbelto, de cabelos brancos em anéis passados por trás das orelhas, a face coberta de pó de arroz, um bigodinho muito negro e arrebitado, findara certamente alguma história de bom e grosso sal[20] — porque diante do divã, de pé, Joban, o supremo crítico de teatro, ria com a calva escarlate de gozo, e um moço muito ruivo (descendente de Coligny), [21] de perfil de periquito, sacudia os braços curtos como asas, e gania: "Delicioso! Divino!". Só o poeta idealista permanecera impassível, na sua majestade obesa. Mas, quando nos acercamos, esse mestre do ritmo perfeito, depois de soprar uma farta fumarada e me saudar com um pesado mover das pálpebras, começou numa voz de rico e sonoro metal:

— Há melhor, há infinitamente melhor... Todos aqui conhecem Madame Noredal. Madame Noredal tem umas imensas nádegas...

Desgraçadamente para o meu regalo, Todelle invadiu o bilhar, reclamando Jacinto com alarido. Eram as senhoras que desejavam ouvir no fonógrafo uma ária

---

[20] O que há de fino ou vivo numa conversa; graça, malícia.
[21] Gaspard de Châtillon, senhor de Coligny (1519-1572), general francês, chefe dos protestantes nas lutas entre estes e os católicos na França do século XVI. Foi uma das primeiras vítimas de São Bartolomeu, como ficou conhecida a matança dos protestantes, executada em Paris, com o assentimento do rei Carlos IX, na noite de 23 para 24 de agosto de 1572.

da Patti![22] O meu amigo sacudiu logo os ombros, numa surda irritação:

— Ária da Patti... Eu sei lá! Todos esses rolos estão em confusão. Além disso o fonógrafo trabalha mal. Nem trabalha! Tenho três. Nenhum trabalha!

— Bem! — exclamou alegremente Todelle. — Canto eu a *Pauvre fille*... É mais de ceia! *Oh, la pauv', pauv', pauv'*...

Travou do meu braço, e arrastou a minha timidez serrana para o salão cor de rosa murcha, onde, como deusas num círculo escolhido do Olimpo, resplandeciam Madame d'Oriol, Madame Verghane, a princesa de Carman, e uma outra loura, com grandes brilhantes nas grandes farripas, e de ombros tão nus, e braços tão nus, e peitos tão nus, que o seu vestido branco com bordados de ouro pálido parecia uma camisa, a escorregar. Impressionado, ainda retive Todelle, rugi baixinho: "Quem é?". Mas já o festivo homem correra para Madame d'Oriol, com quem riam, numa familiaridade superior e fácil, Marizac (o duque de Marizac) e um moço de barba cor de milho e mais leve que uma penugem, que se balouçava gracilmente sobre os pés, como uma espiga ao vento. E eu, encalhado contra o piano, esfregava lentamente as mãos, amassando o meu embaraço, quando Madame Verghane se ergueu do sofá onde conversava com um velho (que tinha a Grã-Cruz de Santo André),[23] avançou, deslizou no tapete, pequena e nédia, na sua copiosa

---

[22] Adelina Patti (1843-1919), célebre cantora italiana interpretando peças de Mozart, Rossini e Verdi, na época de Paris, obteve muito sucesso.
[23] A ordem militar mais elevada da Rússia, instituída em 1698 por Pedro, o Grande.

cauda de veludo verde-negro. Tão fina era a cinta, entre os encontros fecundos e a vastidão do peito, todo nu e cor de nácar,[24] que eu receava que ela partisse pelo meio, no seu lento ondular. Os seus famosos bandós negros, de um negro furioso, inteiramente lhe tapavam as orelhas; e, no grande aro de ouro que os circundava, reluzia uma estrela de brilhantes, como na fronte dos anjos de Boticelli.[25] Conhecendo sem dúvida a minha autoridade no 202, ela despediu sobre mim ao passar, como raio benéfico, um sorriso que lhe liquescia mais os olhos líquidos, e murmurou:

— O grão-duque vem, com certeza?
— Oh com certeza, minha senhora, para o peixe!
— Para o peixe?...

Mas justamente, na antecâmara, rompeu, em rufos e arcadas triunfais, a marcha de Rakoczy.[26] Era ele! Na biblioteca, o nosso retumbante mordomo anunciava:

— Sua Alteza o grão-duque Casimiro!

Madame de Verghane, com um curto suspiro de emoção, alteou o peito, como para lhe expor melhor a magnificência ebúrnea. E o homem do *Boulevard*, o velho da Grã-Cruz, Efraim, quase me empurraram, investindo para a porta, na imensa sofreguidão de Pessoa Real.

Precedido por Jacinto, o grão-duque surgiu. Era um possante homem, de barba em bico, já grisalha,

---

[24] Popularmente conhecida como madrepérola; cor de carmim, cor-de-rosa.
[25] Sandro di Mariano Filipeni, cognominado Sandro Boticelli (1445-1510); pintor italiano, autor de grande número de madonas e quadros de inspiração religiosa, comuns no Renascimento, pintou temas mitológicos pagãos, como o famoso quadro *O nascimento de Vênus*.
[26] Hino nacional da Hungria.

um pouco calvo. Durante um momento hesitou, com um balanço lento sobre os pés pequeninos, calçados de sapatos rasos, quase sumidos sob as pantalonas muito largas. Depois, pesado e risonho, veio apertar a mão às senhoras que mergulhavam nos veludos e sedas, em mesuras de corte. E imediatamente, batendo com carinhosa jovialidade no ombro de Jacinto:

— E o peixe?... Preparado pela receita que mandei, hem?

Um murmúrio de Jacinto tranquilizou Sua Alteza.

— Ainda bem, ainda bem! — exclamou ele, no seu vozeirão de comando. — Que eu não jantei, absolutamente não jantei! É que se está jantando deploravelmente em casa do Joseph. Mas por que se vai jantar ainda ao Joseph? Sempre que chego a Paris, pergunto: "Onde é que se janta agora?". Em casa do Joseph!... Qual! Não se janta! Hoje, por exemplo, galinholas... Uma peste! Não tem, não tem a noção da galinhola!

Os seus olhos azulados, de um azul sujo, rebrilhavam, alargados pela indignação:

— Paris está perdendo todas as suas superioridades. Já se não janta, em Paris!

Então, em redor, aqueles senhores concordaram, desolados. O conde de Trèves defendeu o Bignon, onde se conservavam nobres tradições. E o diretor do *Boulevard*, que se empurrava todo para Sua Alteza, atribuía a decadência da cozinha, em França, à República, ao gosto democrático e torpe pelo barato.

— No Paillard, todavia... — começou o Efraim.

— No Paillard! — gritou logo o grão-duque. — Mas os Borgonhas são tão maus! Os Borgonhas são tão maus!...

Deixara pender os braços, os ombros, descoroçoado. Depois, com o seu lento andar balançado como o de um velho piloto, atirando um pouco para trás as lapelas da casaca, foi saudar Madame d'Oriol, que toda ela faiscou, no sorriso, nos olhos, nas joias, em cada prega das suas sedas cor de salmão. Mas apenas a clara e macia criatura, batendo o leque como uma asa alegre, começara a chalrar, Sua Alteza reparou no aparelho do teatrofone, pousado sobre uma mesa entre flores, e chamou Jacinto:

— Em comunicação com o Alcazar?... O teatrofone?

— Certamente, meu senhor.

Excelente! Muito chique! Ele ficara com pena de não ouvir a Gilberte numa cançoneta nova, *Les casquettes*. Onze e meia! Era justamente a essa hora que ela cantava, no último ato da *Revista elétrica*... — Colou às orelhas os dois "receptores" do teatrofone, e quedou embebido, com uma ruga séria na testa dura. De repente, num comando forte:

— É ela! Chut! Venham ouvir!... É ela! Venham todos! Princesa de Carman, para aqui! Todos! É ela! Chut...

Então, como Jacinto instalara prodigamente dois teatrofones, cada um provido de doze fios, as senhoras, todos aqueles cavalheiros, se apressaram a acercar submissamente um "receptor" do ouvido, e a permanecer imóveis para saborear *Les casquettes*. E no salão cor de rosa murcha, na nave da biblioteca, onde se espalhara um silêncio augusto, só eu fiquei desligado do teatrofone, com as mãos nas algibeiras e ocioso.

No relógio monumental, que marcava a hora de todas as capitais e o movimento de todos os planetas, o ponteiro rendilhado adormeceu. Sobre a mudez e a imobilidade pensativa daqueles dorsos, daqueles decotes, a eletricidade refulgia com uma tristeza de sol regelado. E de cada orelha atenta, que a mão tapava, pendia um fio negro, como uma tripa. Dornan, esboroado sobre a mesa, cerrara as pálpebras, numa meditação de monge obeso. O historiador dos duques d'Anjou, com o "receptor" na ponta delicada dos dedos, erguendo o nariz agudo e triste, gravemente cumpria um dever palaciano. Madame d'Oriol sorria, toda lânguida, como se o fio lhe murmurasse doçuras. Para desentorpecer arrisquei um passo tímido. Mas caiu logo sobre mim um "chut" severo do grão-duque! Recuei para entre as cortinas da janela, a abrigar a minha ociosidade. O psicólogo da *Couraça*, distante da mesa, com o seu comprido fio esticado, mordia o beiço num esforço de penetração. A beatitude de Sua Alteza, enterrado numa vasta poltrona, era perfeita. Ao lado o colo de Madame Verghane arfava como uma onda de leite. E o meu pobre Jacinto, numa aplicação conscienciosa, pendia sobre o teatrofone tão tristemente como sobre uma sepultura.

Então, ante aqueles seres de superior civilização, sorvendo num silêncio devoto as obscenidades que a Gilberte lhes gania, por debaixo do solo de Paris, através de fios mergulhados nos esgotos, cingidos aos canos das fezes, pensei na minha aldeia adormecida. O crescente de lua, que, seguido de uma estrelinha, corria entre nuvens sobre os telhados e as chaminés negras dos Campos Elísios, também andava lá fugindo, mais lustrosa e mais doce, por cima dos pinheirais. As rãs coaxavam ao longe no pego[27] da Dona. A ermidinha de S. Joaquim branquejava no cabeço, nuazinha e cândida...

---

[27] Parte mais funda de um rio, lago, etc.; abismo.

Uma das senhoras murmurou:
— Mas, não é a Gilberte!...
E um dos homens:
— Parece um cornetim...
— Agora são palmas...
— Não, é o Paulim!

O grão-duque lançou um "chut" feroz... No pátio da nossa casa ladravam os cães. De além do ribeiro respondiam os cães do João Saranda. Como me encontrei descendo por uma quelha, sob as ramadas, com o meu varapau[28] ao ombro? E sentia, entre a seda das cortinas, num fino ar macio, o cheiro das pinhas estalando nas lareiras, o calor dos currais através das sebes altas, e o sussuro dormente das levadas...[29]

Despertei a um brado que não saía nem dos eidos,[30] nem das sombras. Era o grão-duque que se erguera, encolhia furiosamente os ombros:
— Não se ouve nada!... Só guinchos! E um zumbido! Que maçada!... Pois é uma beleza, a cançoneta:

Oh les casquettes,
Oh les casque-e-e-ttes!...

Todos largaram os fios — proclamavam a Gilberte deliciosa. E o mordomo bendito, abrindo largamente os dois batentes, anunciou:

---

[28] Pau comprido que serve de apoio como uma bengala, e também como arma de defesa; cajado.

[29] Correntes de água, de ordinário procedente de um rio, e que vão regando campos ou movendo moinhos.

[30] Quintais, pátios.

— *Monseigneur est servi!*[31]

Na mesa, que pelo esplendor das orquídeas mereceu os louvores ruidosos de Sua Alteza, fiquei entre o etéreo poeta Dornan e aquele moço de penugem loura que balouçava como uma espiga ao vento. Depois de desdobrar o guardanapo, de o acomodar regaladamente sobre os joelhos, Dornan desvencilhou da corrente do relógio uma enorme luneta para percorrer o *menu* — que aprovou. E inclinando para mim a sua face de apóstolo obeso:

— Este Porto[32] de 1834, aqui em casa de Jacinto, deve ser autêntico... hem?

Assegurei ao mestre dos ritmos que o Porto envelhecera nas adegas clássicas do avô Galião. Ele afastou, numa preparação metódica, os longos, densos fios do bigode que lhe cobriam a boca grossa. Os escudeiros serviram um *consommé* frio com trufas. E o moço cor de milho, que espalhara pela mesa o seu olhar azul e doce, murmurou, com uma desconsolação risonha:

— Que pena!... Só falta aqui um general e um bispo!

Com efeito! Todas as classes dominantes comiam nesse momento as trufas do meu Jacinto... Mas defronte Madame d'Oriol lançara um riso mais cantado que um gorjeio. O grão-duque, numa silva de orquídeas que orlava o seu talher, notara uma, sombriamente horrenda, semelhante a um lacrau esverdinhado, de asas lustrosas, gordo e túmido de veneno; e muito delicadamente ofertara a flor monstruosa a Madame d'Oriol, que, com

---

[31] Frase em francês que significa "Monsenhor, está servido" (o jantar).
[32] Vinho da região do Porto, Portugal.

trinado riso, solenemente, a colocou no seio. Colado àquela carne macia, de uma brancura de nata fina, o lacrau inchara, mais verde, com as asas frementes. Todos os olhos se acendiam, se cravavam no lindo peito, a que a flor disforme, de cor venenosa, apimentava o sabor. Ela reluzia, triunfava. Para ajeitar melhor a orquídea os seus dedos alargaram o decote, aclararam belezas, guiando aquelas curiosidades flamejantes que a despiam. A face vincada de Jacinto pendia para o prato vazio. E o alto lírico do *Crepúsculo místico*, passando a mão pelas barbas, rosnou com desdém:

— Bela mulher... Mas ancas secas, e aposto que não tem nádegas!

No entanto o moço de loura penugem voltara à sua estranha mágoa. Não possuirmos um general com a sua espada, e um bispo com o seu báculo!...[33]

— Para que, meu caro senhor?

Ele atirou um gesto suave em que todos os seus anéis faiscaram:

— Para uma bomba de dinamite... Temos aqui um esplêndido ramalhete de flores de Civilização, com um grão-duque no meio. Imagine uma bomba de dinamite, atirada da porta!... Que belo fim de ceia, num fim de século!

E como eu o considerava assombrado, ele, bebendo goles de Chateau-Yquem, declarou que hoje a única emoção, verdadeiramente fina, seria aniquilar a Civilização. Nem a ciência, nem as artes, nem o dinheiro, nem o amor, podiam já dar um gosto intenso e real às nossas almas saciadas. Todo o prazer que se extraíra de

---

[33] Bastão usado pelos bispos.

criar estava esgotado. Só restava, agora, o divino prazer de *destruir*!

Desenrolou ainda outras enormidades, com um riso claro nos olhos claros. Mas eu não atendia o gentil pedante, colhido por outro cuidado — reparando que em torno, subitamente, todo o serviço estacara como no conto do Palácio Petrificado. E o prato agora devido era o peixe famoso da Dalmácia, o peixe de Sua Alteza, o peixe inspirador da festa! Jacinto, nervoso, esmagava entre os dedos uma flor. E todos os escudeiros sumidos!

Felizmente o grão-duque contava a história de uma caçada, nas coutadas[34] de Sarvan, em que uma senhora, mulher de um banqueiro, saltara bruscamente do cavalo, num descampado, sem árvores. Ele e todos os caçadores param — e a galante senhora, lívida, com a amazona arregaçada, corre para trás de uma pedra... Mas nunca soubemos em que se ocupava a banqueira, nesse descampado, agachada atrás da pedra — porque justamente o mordomo apareceu, reluzente de suor e balbuciou uma confidência a Jacinto, que mordeu o beiço, trespassado. O grão-duque emudecera. Todos se entreolhavam, numa ansiedade alegre. Então o meu Príncipe, com paciência, com heroicidade, forçando palidamente o sorriso:

— Meus amigos, há uma desgraça...

Dornan pulou na cadeira:

— Fogo?

Não, não era fogo. Fora o elevador dos pratos que inesperadamente, ao subir o peixe de Sua Alteza, se desarranjara, e não se movia, encalhado!

---

[34] Terra reservada para pastagem ou lugar em que não é permitida a caça.

O grão-duque arremessou o guardanapo. Toda a sua polidez estalava como um esmalte mal posto:

— Essa é forte!... Pois um peixe que me deu tanto trabalho! Para que estamos nós aqui então a cear? Que estupidez! E por que o não trouxeram à mão, simplesmente? Encalhado... Quero ver! Onde é a copa?

E, furiosamente, investiu para a copa, conduzido pelo mordomo que tropeçava, vergava os ombros, ante esta esmagadora cólera de príncipe. Jacinto seguiu, como uma sombra, levado na rajada de Sua Alteza. E eu não me contive, também me atirei para a copa, a contemplar o desastre, enquanto Dornan, batendo na coxa, clamava que se ceasse sem peixe!

O grão-duque lá estava, debruçado sobre o poço escuro do elevador, onde mergulhara uma vela que lhe avermelhava mais a face esbraseada. Espreitei, por sobre o seu ombro real. Em baixo, na treva, sobre uma larga prancha, o peixe precioso alvejava, deitado na travessa, ainda fumegando, entre rodelas de limão. Jacinto, branco como a gravata, torturava desesperadamente a mola complicada do ascensor. Depois foi o grão-duque que, com os pulsos cabeludos, atirou um empuxão tremendo aos cabos em que ele rolava. Debalde! O aparelho enrijara numa inércia de bronze eterno.

Sedas roçagaram à entrada da copa. Era Madame d'Oriol, e atrás Madame Verghane, com os olhos a faiscar, na curiosidade daquele lance em que o príncipe soltara tanta paixão. Marizac, nosso íntimo, surgiu também, risonho, propondo uma descida ao poço com escadas. Depois foi o psicólogo, que se abeirou, psicologou, atribuindo intenções sagazes ao peixe que assim se recusava. E a cada um o grão-duque, escarlate, mostrava com dedo trágico, no fundo da cova, o seu peixe! Todos afundavam a face, murmuravam: "Lá está!". Todelle, na sua precipitação, quase se despenhou. O periquito descendente de Coligny batia as asas, ganindo: "Que cheiro ele deita, que delícia!". Na copa atulhada os decotes das senhoras roçavam a farda dos lacaios. O velho caiado de pó de arroz meteu o pé num balde de gelo, com um berro ferino. E o historiador dos duques d'Anjou movia por cima de todos o seu nariz bicudo e triste.

De repente, Todelle teve uma ideia:
— É muito simples... É pescar o peixe!

O grão-duque bateu na coxa uma palmada triunfal. Está claro! Pescar o peixe! E no gozo daquela facécia, tão rara e tão nova, toda a sua cólera se sumira, de novo se tornara o príncipe amável, de magnífica polidez, desejando que as senhoras se sentassem para assistir à pesca miraculosa! Ele mesmo seria o pescador! Nem se necessitava, para a divertida façanha, mais que uma bengala, uma guita[35] e um gancho. Imediatamente Madame d'Oriol, excitada, ofereceu um dos seus ganchos. Apinhados em volta dela, sentindo o seu perfume, o calor da sua pele, todos exaltamos a amorável dedicação. E o psicólogo proclamou que nunca se pescara com tão divino anzol!

Quando dois escudeiros estonteados voltaram, trazendo uma bengala e um cordel, já o grão-duque, radiante, vergara o gancho em anzol. Jacinto, com uma paciência lívida, erguia uma lâmpada sobre a escuridão do poço fundo. E os senhores mais graves, o historiador, o diretor do *Boulevard*, o conde de Trèves, o homem de

---

[35] Barbante.

cabeça à Van Dyck, sorriam, amontoados à porta, num interesse reverente pela fantasia de Sua Alteza. Madame de Trèves, essa, examinava serenamente, com a sua nobre luneta, a instalação da copa. Só Dornan não se erguera da mesa, com os punhos cerrados sobre a toalha, o gordo pescoço encovado, no tédio sombrio de fera a quem arrancaram a posta.

No entanto Sua Alteza pescava com fervor! Mas debalde! O gancho, pouco agudo, sem presa, bamboleando na extremidade da guita frouxa, não fisgava.

— Oh Jacinto, erga essa luz! — gritava ele, inchado e suado. — Mais!... Agora! Agora! É na guelra! Só na guelra é que o gancho o pode prender. Agora... Qual! Que diabo! Não vai!

Tirou a face do poço, resfolgando e afrontado. Não era possível! Só carpinteiros, com alavancas!... E todos, ansiosamente, bradamos que se abandonasse o peixe!

O príncipe, risonho, sacudindo as mãos, concordava que por fim "fora mais divertido pescá-lo do que comê-lo!". E o elegante bando refluiu sofregamente para a mesa, ao som de uma valsa de Strauss,[36] que os tziganes arremessaram em arcadas de lânguido ardor. Só Madame de Trèves se demorou ainda, retendo o meu pobre Jacinto, para lhe assegurar quanto admirava o arranjo da sua copa... Oh, perfeita! Que compreensão da vida, que fina inteligência do conforto!

Sua Alteza, encalmado pelo esforço, esvaziou poderosamente dois copos de Chateau-Lagrange. Todos o aclamavam como um pescador genial. E os escudeiros

---

[36] Johann Strauss (1825-1899), compositor austríaco do século XIX, célebre por suas valsas.

serviram o "Barão de Pauillac", cordeiro das lezírias marinhas, que, preparado com ritos quase sagrados, toma este grande nome sonoro e entra no nobiliário de França.

Eu comi com o apetite de um herói de Homero.[37] Sobre o meu copo e o de Dornan o champanhe cintilou e jorrou ininterrompidamente como uma fonte de inverno. Quando se serviram ortolans[38] gelados, que se derretiam na boca, o divino poeta murmurou, para meu regalo, seu soneto sublime a Santa Clara.[39] E como, do outro lado, o moço de penugem loura insistia pela destruição do velho mundo, também concordei, e, sorvendo o champanhe, coalhado em sorvete, maldissemos o século, a Civilização, todos os orgulhos da ciência! Através das flores e das luzes, no entanto, eu seguia as ondas arfantes do vasto peito de Madame Verghane, que ria como uma bacante.[40] E nem me apiedava de Jacinto que, com a doçura de S. Jacinto sobre o cepo, esperava o fim do seu martírio e da sua festa.

Ela findou. Ainda recordo, às três horas da noite, o grão-duque na antecâmara, muito vermelho, mal firme

---

[37] Alusão aos heróis dos poemas épicos *Ilíada* e *Odisseia*. Estabelece-se aqui uma antítese entre homens viris, rudes como os bárbaros, como os heróis de Homero, e homens superficiais, falsos, delicados e quando não efeminados, resultantes da civilização.

[38] O mesmo que hortulanas, uma iguaria francesa preparada com pássaros desse gênero e muito apreciada.

[39] Clara de Assis (1194-1253), fundadora da Ordem das Clarissas, seguidora de São Francisco de Assis. Notamos a profunda ironia do autor nesta passagem: o poeta, devorando ortolans, declama um soneto a quem, como o santo de Assis, achava que os elementos da natureza eram nossos "irmãos".

[40] Baco (Dionísio), deus do vinho, era celebrado em festas (bacanais) licenciosas e orgiásticas, promovidas por suas sacerdotisas — as bacantes; desse modo, o termo passou a significar mulher libertina, devassa, dissoluta.

nos pés pequeninos, sem acertar com as mangas da peliça que Jacinto e eu lhe ajudamos a enfiar — convidando o meu amigo, numa efusão carinhosa, a ir caçar às suas terras da Dalmácia...

— Devo ao meu Jacinto uma bela pesca; quero que ele me deva uma bela caçada!

E enquanto o acompanhávamos, entre as alas dos escudeiros, pela vasta escada onde o mordomo o precedia erguendo um candelabro de três lumes, Sua Alteza repisava, pegajoso:

— Uma bela caçada... E também vai Fernandes! Bom Fernandes, Zé Fernandes! Ceia superior, meu Jacinto! O "barão de Pauillac", divino!... Creio que o devemos nomear duque... O senhor duque de Pauillac! Mais um bocado da perna do senhor duque de Pauillac. Ah! Ah!... Não venham fora! Não se constipem!

E do fundo do *coupé*, ao rodar, ainda bradou:

— O peixe, Jacinto, desencalha o peixe! Excelente, ao almoço, frio, com molho verde!

Trepando cansadamente os degraus, numa moleza de champanhe e sono em que os olhos se me cerravam, murmurei para o meu Príncipe:

— Foi divertido, Jacinto! Suntuosa mulher, a Verghane! Grande pena, o elevador...

E Jacinto, num som cavo que era bocejo e rugido:

— Uma maçada! E tudo falha!

Três dias depois desta festa no 202 recebeu o meu Príncipe inesperadamente, de Portugal, uma nova considerável. Sobre a sua quinta e solar de Tormes, por toda a serra, passara uma tormenta devastadora de vento, corisco e água. Com as grossas chuvas, "ou por outras causas que os peritos dirão" (como exclamava na sua carta angustiada o procurador Silvério), um pedaço de monte, que se avançava em socalcos[41] sobre o vale da Carriça, desabara, arrastando a velha igreja, uma igrejinha rústica do século XVI, onde jaziam sepultados os avós de Jacinto desde os tempos de el-rei D. Manuel.[42] Os ossos veneráveis desses Jacintos jaziam agora soterrados sob um montão informe de terra e pedra. O Silvério já começara com os moços da quinta a desatulhar os "preciosos restos". Mas esperava ansiosamente as ordens de S. Ex.ª...

Jacinto empalidecera, impressionado. Esse velho solo serrano, tão rijo e firme desde os godos,[43] que de repente ruía! Esses jazigos de paz piedosa, precipitados com fragor, na borrasca e na treva, para um negro fundo de vale! Essas ossadas, que todas conservavam um nome, uma data, uma história, confundidas num lixo de ruína!

— Coisa estranha, coisa estranha!...

E toda a noite me interrogou acerca da serra e de Tormes, que eu conhecia desde pequeno, porque o velho solar, com a sua nobre alameda de faias seculares, se erguia a duas léguas da nossa casa, no antigo caminho de Guiães à estação e ao rio. O caseiro de Tormes, o bom Melchior, era cunhado do nosso feitor da Roqueirinha — e muitas vezes, depois da minha intimidade com Jacinto, eu entrara no robusto casarão de granito, e avaliara o grão espalhado pelas salas sonoras, e provara o vinho novo nas adegas imensas...

---

[41] Espécie de degraus numa encosta de montanha.
[42] D. Manuel I, o Venturoso, 14º rei de Portugal (1469-1521).
[43] Antigo povo germânico que se espalhou pelo sudeste da Europa.

— E a igreja, Zé Fernandes?... Entraste na igreja?

— Nunca... Mas era pitoresca, com uma torrezinha quadrada, toda negra, onde há muitos anos vivia uma família de cegonhas... Terrível transtorno para as cegonhas!

— Coisa estranha! — murmurava ainda o meu Príncipe, agourado.

E telegrafou ao Silvério que desentulhasse o vale, recolhesse as ossadas, reedificasse a igreja, e, para esta obra de piedade e reverência, gastasse o dinheiro, sem contar, como a água de um rio largo.

Capítulo V

No entanto Jacinto, desesperado com tantos desastres humilhadores — as torneiras que dessoldavam, os elevadores que emperravam, o vapor que se encolhia, a eletricidade que se sumia, decidiu valorosamente vencer as resistências finais da Matéria e da Força por novas e mais poderosas acumulações de mecanismos. E nessas semanas de abril, enquanto as rosas desabrochavam, a nossa agitada casa, entre aquelas quietas casas dos Campos Elísios que preguiçavam ao sol, incessantemente tremeu, envolta num pó de caliça e de empreitada, com o bruto picar de pedra, o retininte martelar de ferro. Nos silenciosos corredores, onde me era doce fumar antes do almoço um pensativo cigarro, circulavam agora, desde madrugada, ranchos de operários, de blusas brancas, assobiando o *Petit bleu*, e intimidando os meus passos, quando eu atravessava em fralda e chinelas para o banho ou para outros retiros. Apenas se varava com perícia algum andaime obstruindo as portas — logo se esbarrava com uma pilha de tábuas, uma seira[1] de ferramentas ou um balde enorme de argamassa. E os pedaços de soalho levantado mostravam tristemente, como num cadáver aberto, todos os interiores do 202, a ossatura, os sensíveis nervos de arame, os negros intestinos de ferro fundido.

Cada dia estacava diante do portão alguma lenta carroça, donde os criados, em mangas de camisa, descarregavam caixotes de madeira, fardos de lona, que se despregavam e se descosiam numa sala asfaltada, ao fundo do jardim, por trás da sebe de lilases. E eu descia,

---

[1] Cesta.

reclamado pelo meu Príncipe, para admirar uma nova máquina que nos tornaria a vida mais fácil, estabelecendo de um modo mais seguro o nosso domínio sobre a Substância. Durante os calores, que apertaram depois da Ascensão, ensaiamos esperançadamente, para refrescar as águas minerais, a *soda-water* e os Medocs[2] ligeiros, três geleiras, que se amontoaram na copa sucessivamente desprestigiadas. Com os morangos novos apareceu um instrumentozinho astuto, para lhes arrancar os pés, delicadamente. Depois recebemos outro, prodigioso, de prata e cristal, para remexer freneticamente as saladas; e, na primeira vez que o experimentei, todo o vinagre esparrinhou sobre os olhos do meu Príncipe, que fugiu aos uivos! Mas ele teimava... Nos atos mais elementares, para aliviar ou apressar o esforço, se socorria Jacinto da Dinâmica. E agora era por intervenção de uma máquina que abotoava as ceroulas.

E simultaneamente, ou em obediência à sua ideia, ou governado pelo despotismo do hábito, não cessava, ao lado da mecânica acumulada, de acumular erudição. Oh, a invasão dos livros no 202! Solitários, aos pares, em pacotes, dentro de caixas, franzinos, gordos e repletos de autoridade, envoltos em plebeia capa amarela ou revestidos de marroquim e ouro, perpetuamente, torrencialmente, invadiam por todas as largas portas a biblioteca, onde se estiravam sobre o tapete, se repimpavam nas cadeiras macias, se entronizavam em cima das mesas robustas, e sobretudo trepavam contra as janelas, em sôfregas pilhas, como se, sufocados pela sua própria multidão, procurassem com ânsia espaço e ar! Na erudita

---

[2] Tipo de vinho.

nave, onde apenas alguns vidros mais altos restavam descobertos, sem tapume de livros, perenemente se adensava um pensativo crepúsculo de outono enquanto fora junho refulgia. A biblioteca transbordara através de todo o 202! Não se abria um armário sem que de dentro se despenhasse, desamparada, uma pilha de livros! Não se franzia uma cortina sem que de trás surgisse, hirta, uma ruma de livros! E imensa foi a minha indignação quando uma manhã, correndo urgentemente, de mãos nas alças, encontrei, vedada por uma tremenda coleção de estudos sociais, a porta do *water-closet*![3]

Mais amargamente porém me lembro da noite histórica em que, no meu quarto, moído e mole de um passeio a Versalhes, com as pálpebras poeirentas e meio adormecidas, tive de desalojar do meu leito, praguejando, um pavoroso *Dicionário de indústria* em trinta e sete volumes! Senti então a suprema fartura do livro. Ajeitando, com murros, os travesseiros, maldisse a imprensa, a facúndia humana... E já me estirara, adormecia, quando topei, quase parti a preciosa rótula do joelho, contra a lombada de um tomo que velhacamente se aninhara entre a parede e os colchões. Com furor e um berro empolguei, arremessei o tomo afrontoso — que entornou o jarro, inundou um tapete rico de Daghestan.[4] E nem sei se depois adormeci — porque os meus pés, a que não sentia nem o pisar nem o rumor, como se um vento brando me levasse, continuaram a tropeçar em livros no corredor apagado, depois na areia do jardim

---

[3] Banheiro, em inglês.

[4] Daguestão, uma das repúblicas da ex-União Soviética, situada no Cáucaso, de população predominantemente muçulmana.

que o luar branqueava, depois na avenida dos Campos Elísios, povoada e ruidosa como numa festa cívica. E, oh portento!, todas as casas aos lados eram construí-das com livros. Nos ramos dos castanheiros ramalhavam folhas de livros. E os homens, as finas damas, vestidos de papel impresso, com títulos nos dorsos, mostravam em vez de rosto um livro aberto, a que a brisa lenta virava docemente as folhas. Ao fundo, na praça da Concórdia, avistei uma escarpada montanha de livros, a que tentei trepar, arquejante, ora enterrando a perna em flácidas camadas de versos, ora batendo contra a lombada, dura como calhau, de tomos de exegese e crítica. A tão vastas alturas subi, para além da Terra, para além das nuvens, que me encontrei, maravilhado, entre os astros. Eles rolavam serenamente, enormes e mudos, recobertos por espessas crostas de livros, donde surdia, aqui e além, por alguma fenda, entre dois volumes mal juntos, um raiozinho de luz sufocada e ansiada. E assim ascendi ao Paraíso. Decerto era o Paraíso — porque com meus olhos de mortal argila avistei o Ancião da Eternidade, aquele que não tem manhã nem tarde. Numa claridade que dele irradiava mais clara que todas as claridades, entre fundas estantes de ouro abarrotadas de códices,[5] sentado em vetustíssimos fólios,[6] com os flocos das infinitas barbas espalhados por sobre resmas de folhetos, brochuras, gazetas e catálogos — o Altíssimo lia. A fronte superdivina que concebera o mundo pousava sobre a mão superforte que o mundo criara — e o Criador lia e sorria. Ousei, arrepiado de sagrado horror, espreitar por

---

[5] Volumes antigos e manuscritos.
[6] Antiquíssimos livros.

cima do seu ombro coruscante. O livro era brochado, de três francos... O Eterno lia Voltaire,[7] numa edição barata, e sorria.

Uma porta faiscou e rangeu, como se alguém penetrasse no Paraíso. Pensei que um santo novo chegara da Terra. Era Jacinto, com o charuto em brasa, um molho de cravos na lapela, sobraçando três livros amarelos que a princesa de Carman lhe emprestara para ler!

Numa dessas ativas semanas, porém, a minha atenção subitamente se despegou deste interessante Jacinto. Hóspede do 202, conservara no 202 a minha mala e a minha roupa; e, acostado à bandeira do meu Príncipe, ainda ocasionalmente comia do seu caldeirão suntuoso. Mas a minha alma, a minha embrutecida alma, e o meu corpo, o meu embrutecido corpo, habitavam então na rua do Hélder, nº 16, quarto andar, porta à esquerda.

Descia eu uma tarde, numa leda paz de ideias e sensações, o *boulevard* da Madalena, quando avistei, diante da estação dos ônibus, rondando no asfalto, num passo lento e felino, uma criatura seca, muito morena, quase tisnada, com dois fundos olhos taciturnos e tristes, e uma mata de cabelos amarelados, toda crespa e rebelde, sob o chapéu velho de plumas negras. Parei, como colhido por um repuxão nas entranhas. A criatura passou — no seu magro rondar de gata negra, sobre um beiral de telhado, ao luar de janeiro. Dois poços fundos não luzem mais negro e taciturnamente do que luziam os seus

---

[7] Pseudônimo de François-Marie Arouet, escritor francês (1694-1778), autor de numerosas obras de literatura e filosofia, entre as quais a novela *Cândido*.

olhos taciturnos e negros. Não recordo (Deus louvado!) como rocei o seu vestido de seda, lustroso e ensebado nas pregas; nem como lhe rosnei uma súplica por entre os dentes que rangiam; nem como subimos ambos, morosamente e mais silenciosos que condenados, para um gabinete do Café Durand, safado[8] e morno. Diante do espelho, a criatura, com a lentidão de um rito triste, tirou o chapéu e a romeira[9] salpicada de vidrilhos. A seda puída do corpete esgaçava nos cotovelos agudos. E os seus cabelos eram imensos, de uma dureza e espessura de juba brava, em dois tons amarelos, uns mais dourados, outros mais crestados, como a côdea[10] de uma torta ao sair quente do forno.

Com um riso trêmulo, agarrei os seus dedos compridos e frios:

— E o nomezinho, hem?

Ela séria, quase grave:

— Madame Colombe, 16, rua do Hélder, quarto andar, porta à esquerda.

E eu (miserável Zé Fernandes!) também me senti muito sério, trespassado por uma emoção grave, como se nos envolvesse, naquela alcova de café, a majestade de um sacramento. À porta, empurrada levemente, o criado avançou a face nédia. Ordenei uma lagosta, pato com pimentões, e Borgonha. E foi somente ao findarmos o pato que me ergui, amarfanhando convulsamente o guardanapo, e a tremer lhe beijei a boca, todo a tremer, num beijo profundo e terrível, em que deixei a alma,

---

[8] Gasto com o uso.
[9] Espécie de manta.
[10] Casca, crosta.

entre saliva e gosto de pimentão! Depois, numa tipoia[11] aberta, sob um bafo mole de leste e de trovoada, subimos a avenida dos Campos Elísios. Em frente à grade do 202 murmurei, para a deslumbrar com o meu luxo: "Moro ali, todo o ano!...". E como ao mirar o palacete, debruçada, ela roçara a mata fulva do pelo crespo pela minha barba — berrei desesperadamente ao cocheiro que galopasse para a rua do Hélder, n.º 16, quarto andar, porta à esquerda!

Amei aquela criatura. Amei aquela criatura com amor, com todos os amores que estão no amor, o amor divino, o amor humano, o amor bestial, como Santo Antonino[12] amava a Virgem, como Romeu amava Julieta, como um bode ama uma cabra. Era estúpida, era triste. Eu deliciosamente apagava a minha alegria na cinza da sua tristeza; e com inefável gosto afundava a minha razão na densidade da sua estupidez. Durante sete furiosas semanas perdi a consciência da minha personalidade de Zé Fernandes — Fernandes de Noronha e Sande, de Guiães! Ora se me afigurava ser um pedaço de cera que se derretia, com horrenda delícia, num forno rubro e rugidor; ora me parecia ser uma faminta fogueira onde flamejava, estalava e se consumia um molho de galhos secos. Desses dias de sublime sordidez só conservo a impressão de uma alcova forrada de cretones sujos, de uma bata de lã cor de lilás com sotaches[13] negros, de

---

[11] Carruagem reles ou velha.
[12] Antonino Pierozzi, arcebispo de Florença (1389-1459). Em 1436, fundou em Florença o famoso mosteiro de São Marcos. Foi um exemplo de vida simples e integridade inabalável.
[13] Estreitas tranças de lã, de seda ou de algodão, que servem de adorno de vestidos.

vagas garrafas de cerveja no mármore de um lavatório, e de um corpo tisnado que rangia e tinha cabelos no peito. E também me resta a sensação de incessantemente e com arrobado deleite me despojar, arremessar para um regaço, que se cavava entre um ventre sumido e uns joelhos agudos, o meu relógio, os meus berloques, os meus anéis, os meus botões de punho de safira, e as cento e noventa e sete libras em ouro que eu trouxera de Guiães numa cinta de camurça. Do sólido, decoroso, bem fornecido Zé Fernandes, só restava uma carcaça errando através de um sonho, com as gâmbias[14] moles e a baba a escorrer.

Depois, uma tarde, trepando com a costumada gula a escada da rua do Hélder, encontrei a porta fechada — e arrancado da umbreira aquele cartão de Madame Colombe que eu lia sempre tão devotamente e que era a sua tabuleta... Tudo no meu ser tremeu como se o chão de Paris tremesse! Aquela era a porta do mundo que ante mim se fechara! Para além estavam as gentes, as cidades, a vida, Deus e ela. E eu ficara sozinho, naquele patamar do não ser, fora da porta que se fechara, único ser fora do mundo! Rolei pelos degraus, com o fragor e a incoerência de uma pedra, até ao cubículo da porteira e do seu homem que jogavam as cartas em ditosa pachorra, como se tão pavoroso abalo não tivesse desmantelado o universo!

— Madame Colombe?

A barbuda comadre recolheu lentamente a vaza:

— Já não mora... Abalou esta manhã, para outra terra, com outra porca!

---

[14] Termo popular que significa pernas.

Para outra terra! Com outra porca!... Vazio, negramente vazio de todo o pensar, de todo o sentir, de todo o querer — boiei aos tombos, como um tonel vazio, na corrente açodada do *boulevard*, até que encalhei num banco da praça da Madalena, onde tapei com as mãos, a que não sentia a febre, os olhos, a que não sentia o pranto! Tarde, muito tarde, quando já se cerravam com estrondo as cortinas de ferro das lojas, surdiu, de entre todas estas confusas ruínas do meu ser, a eterna sobrevivente de todas as ruínas — a ideia de jantar. Penetrei no Durand, com os passos entorpecidos de um ressuscitado. E, numa recordação que me escaldava a alma, encomendei a lagosta, o pato, o Borgonha! Mas ao alargar o colarinho, ensopado pelo ardor daquela tarde de julho, entre a poeira da Madalena, pensei com desconforto: "Santíssimo nome de Deus! Que imensa sede me fez esta desgraça!...". De manso acenei ao moço: "Antes do Borgonha, uma garrafa de champanhe, com muito gelo, e um grande copo!...". Creio que aquele champanhe se engarrafara no céu onde corre perenemente a fresca fonte da consolação, e que na garrafa bendita que me coube penetrara, antes de arrolhada, um jorro largo dessa fonte inefável. Jesus! Que transcendente regalo, o daquele nobre copo, embaciado, nevado, a espumar, a picar, num brilho de ouro! E depois, garrafa de Borgonha! E depois, garrafa de conhaque! E depois, hortelã-pimenta granitada em gelo! E depois, um desejo arquejante de espancar, com o meu rijo marmeleiro[15] de Guiães, a porca que fugira com outra porca! Dentro da tipoia fechada, que me transportou num galope ao 202,

---

[15] Vara, bengala, cajado.

não sufoquei este santo impulso, e com os meus punhos serranos atirei murros retumbantes contra as almofadas, onde via, furiosamente via a mata imensa de pelo amarelo, em que a minha alma uma tarde se perdera, e três meses se debatera, e para sempre se emporcalhara! Quando o fiacre estacou no 202 ainda eu espancava tão desesperadamente a besta ingrata, que, aos berros do cocheiro, dois moços acudiram e me sustiveram, recebendo pelos ombros, sobre as nucas servis, os restos cansados da minha cólera.

Em cima, repeli a solicitude do Grilo, que tentava impor ao siô Zé Fernandes, a Zé Fernandes de Guiães, a imensa indignidade de um chá de macela![16] E estirado no leito de D. Galião, com as botas sobre o travesseiro, o chapéu alto sobre os olhos, ri, num doloroso riso, deste mundo burlesco e sórdido de Jacintos e de Colombes! E de repente senti uma angústia horrenda. Era ela! Era a Madame Colombe, que esfuziara da chama da vela, e saltara sobre o meu leito, e desabotoara o meu colete, e arrombara as minhas costelas, e toda ela, com as saias sujas, mergulhara dentro do meu peito, e abocara o meu coração, e chupava a sorvos lentos, como na rua do Hélder, o sangue do meu coração! Então, certo da morte, ganindo pela tia Vicência, pendi do leito para mergulhar na minha sepultura, que, através da névoa final, eu distinguia sobre o tapete — redondinha, vidrada, de porcelana e com asa. E, sobre a minha sepultura, que tão irreverentemente se assemelhava ao meu vaso, vomitei o Borgonha, vomitei o pato, vomitei a lagosta. Depois, num esforço ultra-humano, com um rugido,

---

[16] Camomila.

sentindo que, não somente toda a entranha, mas a alma se esvaziava toda, vomitei Madame Colombe! Recaí sobre o leito de D. Galião.... Recarreguei o chapéu sobre os olhos para não sentir os raios do sol. Era um sol novo, um sol espiritual, que se erguia sobre a minha vida. E adormeci, como uma criancinha docemente embalada num berço de verga[17] pelo anjo da guarda.

De manhã, lavei a pele num banho profundo, perfumado com todos os aromas do 202, desde folhas de limonete da Índia até essência de jasmim de França; e lavei a alma com uma rica carta da tia Vicência, em letra farta, contando da nossa casa, e da linda promessa das vinhas, e da compota de ginja[18] que nunca lhe saíra tão fina, e da alegre fogueira do pátio em noite de S. João, e da menininha muito gorda e cabeluda que viera do céu para a minha afilhada Joaninha. Depois, à janela, bem limpo de alma e de corpo, numa quinzena[19] de sedinha branca, tomando chá de Naipó, respirando os rosais do jardim revividos pela chuva da madrugada, considerei, em divertido pasmo, que, durante sete semanas, me emporcalhara, na rua do Hélder, com um estardalho muito magro e muito tisnado! E concluí que padecera de uma longa sezão[20], sezão da carne, sezão da imaginação, apanhada num charco de Paris — nesses charcos que se formam através da cidade com as águas mortas, os limos, os lixos, os tortulhos[21] e os vermes de uma Civilização que apodrece.

---

[17] Vime, junco.
[18] Variedade de cereja.
[19] Casaco de homem.
[20] Febre.
[21] O mesmo que cogumelos.

Então, curado, todo o meu espírito, como uma agulha para o norte, se virou logo para o meu complicado Príncipe, que, nas derradeiras semanas da minha infecção sentimental, eu entrevira sempre descaído por cima de sofás, ou vagueando através da biblioteca entre os seus trinta mil volumes, com arrastados bocejos de inércia e de vacuidade. Eu, na minha pressa indigna, só lhe lançava um distraído "Que é isso?". Ele, no seu moroso desalento, só murmurava um seco "É calor!".

E, nessa manhã da minha libertação, ao penetrar antes do almoço no seu quarto, no sofá o encontrei enterrado, com o *Fígaro* aberto sobre a barriga, a agenda caída sobre o tapete, toda a face envolta em sombra, e os pés abandonados, numa soberana tristeza, ao pedicuro que lhe polia as unhas. Decerto o meu olhar realumiado e repurificado, a brancura das minhas flanelas reproduzindo a quietação das minhas sensações, e a segura harmonia em que todo o meu ser visivelmente se movia, impressionaram o meu Príncipe — a quem a melancolia nunca embotava a agudeza. Ergueu molemente um braço mole:

— Então esse capricho?

Derramei sobre ele todo o fulgor de um riso vitorioso:

— Morto! E, como o senhor de Marlborough,[22] "morto e bem enterrado". Jaz! Ou antes, rola! Com efeito deve andar agora rolando por dentro do cano do esgoto!

Jacinto bocejou, murmurou:

— Este Zé Fernandes de Noronha e Sande!...

---

[22] John Churchill, duque de Marlborough, general inglês (1650--1722). Seu nome tornou-se lendário graças a uma célebre canção burlesca em que ele é o herói.

E, no meu nome, no meu digno nome assim embrulhado num bocejo com desprendida ironia, se resumiu todo o interesse daquele Príncipe pela suja tormenta em que se debatera o meu coração! Mas não me melindrou esse consumado egoísmo... Claramente percebia eu que o meu Jacinto atravessava uma densa névoa de tédio, tão densa, e ele tão afundado na sua mole densidade, que as glórias ou os tormentos de um camarada não o comoviam, como muito remotas, intangíveis, separadas da sua sensibilidade por imensas camadas de algodão. Pobre Príncipe da Grã-Ventura, tombado para o sofá de inércia, com os pés no regaço do pedicuro! Em que lodoso fastio caíra, depois de renovar tão bravamente todo o recheio mecânico e erudito do 202, na sua luta contra a Força e a Matéria! E esse fastio não o escondeu mais do seu velho Zé Fernandes, quando recomeçou entre nós a comunhão de vida e de alma a que eu tão torpemente me arrancara, uma tarde, diante da estação dos ônibus, no charco da Madalena!

Não eram certamente confissões enunciadas. O elegante e reservado Jacinto não torcia os braços, gemendo: "Oh vida maldita!". Eram apenas expressões saciadas; um gesto de repelir com rancor a importunidade das coisas; por vezes uma imobilidade determinada, de protesto, no fundo de um divã, donde se não desenterrava, como para um repouso que desejasse eterno; depois os bocejos, os ocos bocejos com que sublinhava cada passo, continuado por fraqueza ou por dever iniludível; e sobretudo aquele murmurar que se tornara perene e natural: "Para quê?" — "Não vale a pena!" — "Que maçada!...".

Uma noite no meu quarto, descalçando as botas, consultei o Grilo:

— Jacinto anda tão murcho, tão corcunda... Que será, Grilo?

O venerando preto declarou com uma certeza imensa:

— S. Ex.ª sofre de fartura.

Era fartura! O meu Príncipe sentia abafadamente a fartura de Paris; e na Cidade, na simbólica Cidade, fora de cuja vida culta e forte (como ele outrora gritava, iluminado) o homem do século XIX nunca poderia saborear plenamente a "delícia de viver", ele não encontrava agora forma de vida, espiritual ou social, que o interessasse, lhe valesse o esforço de uma corrida curta numa tipoia fácil. Pobre Jacinto! Um jornal velho, setenta vezes relido desde a crônica até aos anúncios, com a tinta delida,[23] as dobras roídas, não enfastiaria mais o solitário, que só possuísse na sua solidão esse alimento intelectual, do que o parisianismo enfastiava o meu doce camarada! Se eu nesse verão capciosamente o arrastava a um café-concerto, ou ao festivo Pavilhão d'Armenonville, o meu bom Jacinto, colado pesadamente à cadeira, com um maravilhoso ramo de orquídeas na casaca, as finas mãos abatidas sobre o castão da bengala, conservava toda a noite uma gravidade tão estafada, que eu, compadecido, me erguia, o libertava, gozando a sua pressa em abalar, a sua fuga de ave solta... Raramente (e então com veemente arranque como quem salta um fosso) descia a um dos seus clubes, ao fundo dos Campos Elísios. Não se ocupara mais das suas sociedades e companhias, nem dos telefones de Constantinopla, nem das

---

[23] Do verbo delir: dissolver, derreter; no texto: apagar, desvanecer.

religiões esotéricas, nem do Bazar Espiritualista, cujas cartas fechadas se amontoavam sobre a mesa de ébano, donde o Grilo as varria tristemente como o lixo de uma vida finda. Também lentamente se despegava de todas as suas convivências. As páginas da agenda cor de rosa murcha andavam desafogadas e brancas. E se ainda cedia a um passeio de *mail-coach*,[24] ou a um convite para algum castelo amigo dos arredores de Paris, era tão arrastadamente, com um esforço tão saturado ao enfiar o paletó leve, que me lembrava sempre um homem, depois de um gordo jantar de província, a estalar, que, por polidez ou em obediência a um dogma, devesse ainda comer uma lampreia de ovos!

Jazer, jazer em casa, na segurança das portas bem cerradas e bem defendidas contra toda a intrusão do mundo, seria uma doçura para o meu Príncipe se o seu próprio 202, com todo aquele tremendo recheio de Civilização, não lhe desse uma sensação dolorosa de abafamento, de atulhamento! Julho escaldava; e os brocados, as alcatifas, tantos móveis roliços e fofos, todos os seus metais e todos os seus livros, tão espessamente o oprimiam, que escancarava sem cessar as janelas para prolongar o espaço, a claridade, a frescura. Mas era então a poeira, suja e acre, rolada em bafos mornos, que o enfurecia:

— Oh, este pó da cidade!

— Mas, oh Jacinto, por que não vamos para Fontainebleau, ou para Montmorency, ou...

— Para o campo? O quê! Para o campo?!

---

[24] Diligência, em inglês.

E na sua face enrugada, através deste berro, lampejava sempre tanta indignação, que curvava os ombros, humilde, no arrependimento de ter afrontosamente ultrajado o Príncipe que tanto amava. Desventurado Príncipe! Com o seu dourado cigarro de Yaka a fumegar, errava então pelas salas, lenta e murchamente, como quem vaga em terra alheia sem afeições e sem ocupações. Esses desafeiçoados e desocupados passos monotonamente o traziam ao seu centro, ao gabinete verde, à biblioteca de ébano, onde acumulara Civilização nas máximas proporções, para gozar nas máximas proporções a delícia de viver. Espalhava em torno um olhar farto. Nenhuma curiosidade ou interesse lhe solicitavam as mãos, enterradas nas algibeiras das pantalonas de seda, numa inércia de derrota. Anulado, bocejava com descoroçoada moleza. E nada mais instrutivo e doloroso do que este supremo homem do século XIX, no meio de todos os aparelhos reforçadores dos seus órgãos, e de todos os fios que disciplinavam ao seu serviço as forças universais, e dos seus trinta mil volumes repletos do saber dos séculos — estacando, com as mãos derrotadas no fundo das algibeiras, e exprimindo, na face e na indecisão mole de um bocejo, o embaraço de viver!

Capítulo VI

Todas as tardes, cultivando uma dessas intimidades que, entre tudo o que cansa, jamais cansam, Jacinto, às quatro horas, com regularidade devota, visitava Madame d'Oriol — porque essa flor de parisianismo permanecera em Paris, mesmo depois do *Grand-Prix*, a desbotar na calma e no cisco da cidade. Numa dessas tardes, porém, o telefone, ansiosamente repicado, avisou Jacinto de que a sua doce amiga jantava em Enghien com os Trèves. (Esses senhores gozavam o seu verão à beira do lago, numa casa toda branca e vestida de rosinhas brancas que pertencia a Efraim.)

Era um domingo silencioso, enevoado e macio, convidando às voluptuosidades da melancolia. E eu (no interesse da minha alma) sugeri a Jacinto que subíssemos à basílica do Sacré-Coeur, em construção nos altos de Montmartre.

— É uma seca, Zé Fernandes...

— Com mil demônios! Eu nunca vi a basílica...

— Bem, bem! Vamos à basílica, homem fatal de Noronha e Sande!

E por fim logo que começamos a penetrar, para além de S. Vicente de Paulo, em bairros estreitos e íngremes, de uma quietação de província, com muros velhos fechando quintalejos rústicos, mulheres despenteadas cosendo à soleira das portas, carriolas desatreladas descansando diante das tascas, galinhas soltas picando o lixo, cueiros molhados secando em canas — o meu fastidioso camarada sorriu àquela liberdade e singeleza das coisas.

A vitória parou em frente à larga rua de escadarias que trepa, cortando vielazinhas campestres, até à esplanada, onde, envolta em andaimes, se ergue a basílica imensa. Em cada patamar barracas de arraial devoto, forradas de paninho vermelho, transbordavam de imagens, bentinhos, crucifixos, corações de Jesus bordados a retrós, claros molhos de rosários. Pelos cantos, velhas agachadas resmungavam a ave-maria. Dois padres desciam, tomando risonhamente uma pitada. Um sino lento tilintava na doçura cinzenta da tarde. E Jacinto murmurou, com agrado:

— É curioso!

Mas a basílica em cima não nos interessou, abafada em tapumes e andaimes, toda branca e seca, de pedra muito nova, ainda sem alma. E Jacinto, por um impulso bem jacíntico, caminhou gulosamente para a borda do terraço, a contemplar Paris. Sob o céu cinzento, na planície cinzenta, a cidade jazia, toda cinzenta, como uma vasta e grossa camada de caliça e telha. E, na sua imobilidade e na sua mudez, algum rolo de fumo, mais tênue e ralo que o fumear de um escombro mal apagado, era todo o vestígio visível da sua vida magnífica.

Então chasqueei[1] risonhamente o meu Príncipe. Aí estava pois a Cidade, augusta criação da humanidade! Ei-la aí, belo Jacinto! Sobre a crosta cinzenta da Terra — uma camada de caliça, apenas mais cinzenta! No entanto ainda momentos antes a deixáramos prodigiosamente viva, cheia de um povo forte, com todos os seus poderosos órgãos funcionando, abarrotada de riqueza, resplandecente de sapiência, na triunfal plenitude do

---

[1] Chasquear: zombar, escarnecer.

seu orgulho, como rainha do mundo coroada de graça. E agora eu e o belo Jacinto trepávamos a uma colina, espreitávamos, escutávamos — e de toda a estridente e radiante civilização da cidade não percebíamos nem um rumor nem um lampejo! E o 202, o soberbo 202, com os seus arames, os seus aparelhos, a pompa da sua mecânica, os seus trinta mil livros? Sumido, esvaído na confusão de telha e cinza! Para este esvaecimento pois da obra humana, mal ela se contempla de cem metros de altura, arqueja o obreiro humano em tão angustioso esforço? Hem, Jacinto?... Onde estão os teus armazéns servidos por três mil caixeiros? E os bancos em que retine o ouro universal? E as bibliotecas atulhadas com o saber dos séculos? Tudo se fundiu numa nódoa parda que suja a Terra, aos olhos piscos[2] de um Zé Fernandes, logo que ele suba, fumando o seu cigarro, a uma arredada colina — a sublime edificação dos tempos não é mais que um silencioso monturo[3] da espessura e da cor do pó final. O que será então aos olhos de Deus!

E ante estes clamores, lançados com afável malícia para espicaçar o meu Príncipe, ele murmurou, pensativo:

— Sim, é talvez tudo uma ilusão... E a Cidade a maior ilusão!

Tão facilmente vitorioso redobrei de facúndia. Certamente, meu Príncipe, uma ilusão! E a mais amarga, porque o homem pensa ter na Cidade a base de toda a sua grandeza e só nela tem a fonte de toda a sua miséria. Vê, Jacinto! Na Cidade perdeu ele a força e beleza harmoniosa do corpo, e se tornou esse ser

---

[2] Entreabertos.
[3] Um monte de coisas desprezíveis e vis, sentido figurado.

ressequido e escanifrado[4] ou obeso e afogado em unto,[5] de ossos moles como trapos, de nervos trêmulos como arames, com cangalhas,[6] com chinós,[7] com dentaduras de chumbo, sem sangue, sem febra, sem viço, torto, corcunda — esse ser em que Deus, espantado, mal pode reconhecer o seu esbelto e rijo e nobre Adão! Na Cidade findou a sua liberdade moral: cada manhã ela lhe impõe uma necessidade, e cada necessidade o arremessa para uma dependência; pobre e subalterno, a sua vida é um constante solicitar, adular, vergar, rastejar, aturar; rico e superior como um Jacinto, a sociedade logo o enreda em tradições, preceitos, etiquetas, cerimônias, praxes, ritos, serviços mais disciplinares que os de um cárcere ou de um quartel... A sua tranquilidade (bem tão alto que Deus com ela recompensa os santos) onde está, meu Jacinto? Sumida para sempre, nessa batalha desesperada pelo pão, ou pela fama, ou pelo poder, ou pelo gozo, ou pela fugidia rodela de ouro! Alegria como a haverá na Cidade para esses milhões de seres que tumultuam na arquejante ocupação de *desejar* — e que, nunca fartando o desejo, incessantemente padecem de desilusão, desesperança ou derrota? Os sentimentos mais genuinamente humanos logo na Cidade se desumanizam! Vê, meu Jacinto! São como luzes que o áspero vento do viver social não deixa arder com serenidade e limpidez; e aqui abala e faz tremer; e além brutamente apaga; e adiante obriga a flamejar com desnaturada violência. As amizades nunca passam de alianças que o interesse, na

---

[4] Magro, seco.
[5] Gordura, banha.
[6] Óculos, em sentido figurado.
[7] Cabeleiras postiças; perucas.

hora inquieta da defesa ou na hora sôfrega do assalto, ata apressadamente com um cordel apressado, e que estalam ao menor embate da rivalidade ou do orgulho. E o amor, na Cidade, meu gentil Jacinto? Considera esses vastos armazéns com espelhos, onde a nobre carne de Eva se vende, tarifada ao arrátel,[8] como a de vaca! Contempla esse velho deus do himeneu,[9] que circula trazendo em vez do ondeante facho da paixão a apertada carteira do dote! Espreita essa turba que foge dos largos caminhos assoalhados em que os faunos[10] amam as ninfas[11] na boa lei natural, e busca tristemente os recantos lôbregos de Sodoma[12] ou de Lesbos!...[13] Mas o que a Cidade mais deteriora no homem é a inteligência, porque ou lha arregimenta dentro da banalidade ou lha empurra para a extravagância. Nesta densa e pairante camada de ideias e fórmulas que constitui a atmosfera mental das cidades, o homem que a respira, nela envolto, só pensa todos os pensamentos já pensados, só exprime todas as expressões já exprimidas — ou então, para se destacar na pardacenta e chata rotina e trepar ao frágil andaime

---

[8] Peso antigo, equivalente a 459 gramas.

[9] Primitivamente este termo indicava uma poesia ou hino nupcial, muito usado entre os gregos e os romanos; por extensão passou a significar núpcias, casamento, união.

[10] Divindades campestres romanas; tinham corpo humano, mas chifres e pés de bode.

[11] Divindades secundárias femininas representantes da força que preside à reprodução e à fecundidade das naturezas vegetal e animal; gozavam do privilégio da juventude eterna.

[12] Antiga cidade da Palestina, que segundo o Antigo Testamento foi destruída pelo fogo do céu, por causa da depravação e imoralidade de seus habitantes.

[13] Ilha grega, no mar Egeu, pátria de Safo, poetisa grega do século VI a.C.

da gloríola, inventa num gemente esforço, inchando o crânio, uma novidade disforme que espante e que detenha a multidão como um monstrengo numa feira. Todos, intelectualmente, são carneiros, trilhando o mesmo trilho, balando o mesmo balido, com o focinho pendido para a poeira onde pisam, em fila, as pegadas pisadas; e alguns são macacos, saltando no topo de mastros vistosos, com esgares[14] e cabriolas.[15] Assim, meu Jacinto, na Cidade, nesta criação tão antinatural onde o solo é de pau e feltro e alcatrão, e o carvão tapa o céu, e a gente vive acamada nos prédios como o paninho nas lojas, e a claridade vem pelos canos, e as mentiras se murmuram através de arames — o homem aparece como uma criatura anti-humana, sem beleza, sem força, sem liberdade, sem riso, sem sentimento, e trazendo em si um espírito que é passivo como um escravo ou impudente como um histrião...[16] E aqui tem o belo Jacinto o que é a bela Cidade!

E ante estas encanecidas e veneráveis invectivas, retumbadas pontualmente por todos os moralistas bucólicos, desde Hesíodo,[17] através dos séculos — o meu Príncipe vergou a nuca dócil, como se elas brotassem, inesperadas e frescas, de uma revelação superior, naqueles cimos de Montmartre:

— Sim, com efeito, a Cidade... É talvez uma ilusão perversa!

---

[14] Trejeitos, caretas, macaquices.
[15] Cambalhotas.
[16] Literalmente: ator cômico, palhaço; figuradamente: homem vil, charlatão.
[17] Poeta épico grego do século VIII a.C., a quem se atribui a autoria de *Os trabalhos e os dias* e da *Teogônia*.

Insisti logo, com abundância, puxando os punhos, saboreando o meu fácil filosofar. E se ao menos essa ilusão da Cidade tornasse feliz a totalidade dos seres que a mantêm... Mas não! Só uma estreita e reluzente casta goza na Cidade os gozos especiais que ela cria. O resto, a escura, imensa plebe, só nela sofre, e com sofrimentos especiais que só nela existem! Deste terraço, junto a esta rica basílica consagrada ao coração que amou o pobre e por ele sangrou, bem avistamos nós o lôbrego casario onde a plebe se curva sob esse antigo opróbrio de que nem religiões, nem filosofias, nem morais, nem a sua própria força brutal a poderão jamais libertar! Aí jaz, espalhada pela Cidade, como esterco vil que fecunda a Cidade. Os séculos rolam; e sempre imutáveis farrapos lhe cobrem o corpo, e sempre debaixo deles, através do longo dia, os homens labutarão e as mulheres chorarão. E com este labor e este pranto dos pobres, meu Príncipe, se edifica a abundância da Cidade! Ei-la agora coberta de moradas em que eles se não abrigam; armazenada de estofos, com que eles se não agasalham; abarrotada de alimentos, com que eles se não saciam! Para eles só a neve, quando a neve cai, e entorpece e sepulta as criancinhas aninhadas pelos bancos das praças ou sob os arcos das pontes de Paris... A neve cai, muda e branca na treva; as criancinhas gelam nos seus trapos; e a polícia, em torno, ronda atenta para que não seja perturbado o tépido sono daqueles que amam a neve, para patinar nos lagos do bosque de Bolonha com peliças de três mil francos. Mas quê, meu Jacinto! A tua Civilização reclama insaciavelmente regalos e pompas, que só obterá, nesta amarga desarmonia social, se o capital der ao trabalho, por cada arquejante esforço, uma migalha ratinhada.[18] Irremediável é, pois, que incessantemente a plebe sirva, a plebe pene! A sua esfalfada miséria é a condição do esplendor sereno da Cidade. Se nas suas tigelas fumegasse a justa ração de caldo — não poderia aparecer nas baixelas de prata a luxuosa porção de *foie--gras*[19] e túbaras que são o orgulho da Civilização. Há andrajos em trapeiras — para que as belas Madames d'Oriol, resplandecentes de sedas e rendas, subam, em doce ondulação, a escadaria da ópera. Há mãos regeladas que se estendem, e beiços sumidos que agradecem o dom magnânimo de um *sou*[20] — para que Efrains tenham dez milhões no Banco de França, se aqueçam à chama rica da lenha aromática, e surtam de colares de safiras as suas concubinas, netas dos duques de Atenas. E um povo chora de fome, e da fome dos seus pequeninos — para que os Jacintos, em janeiro, debiquem,[21] bocejando, sobre pratos de Saxe, morangos gelados em champanhe e avivados de um fio de éter!

— E eu comi dos teus morangos, Jacinto! Miseráveis, tu e eu!

Ele murmurou, desolado:

— É horrível, comemos desses morangos... E talvez por uma ilusão!

Pensativamente deixou a borda do terraço, como se a presença da cidade, estendida na planície, fosse escandalosa. E caminhamos devagar, sob a moleza cinzenta da tarde, filosofando — considerando que para esta

---

[18] Regatear muito (falando-se de preços).
[19] Patê de fígado de ganso.
[20] Moeda que representava a vigésima parte da antiga libra francesa.
[21] Debicar: comer pouco; comer em pequena quantidade.

iniquidade não havia cura humana, trazida pelo esforço humano. Ah, os Efrains, os Trèves, os vorazes e sombrios tubarões do mar humano, só abandonarão ou afrouxarão a exploração das plebes, se uma influência celeste, por milagre novo, mais alto que os milagres velhos, lhes converter as almas! O burguês triunfa, muito forte, todo endurecido no pecado — e contra ele são impotentes os prantos dos humanitários, os raciocínios dos lógicos, as bombas dos anarquistas. Para amolecer tão duro granito só uma doçura divina. Eis pois a esperança da Terra novamente posta num messias!... Um, decerto, desceu outrora dos grandes céus; e, para mostrar bem que mandado trazia, penetrou mansamente no mundo pela porta de um curral. Mas a sua passagem entre os homens foi tão curta! Um meigo sermão numa montanha, ao fim de uma tarde meiga; uma repreensão moderada aos fariseus que então redigiam o *Boulevard*; algumas vergastadas nos Efrains vendilhões; e logo, através da porta da morte, a fuga radiosa para o Paraíso! Esse adorável filho de Deus teve demasiada pressa em recolher a casa de seu Pai! E os homens a quem ele incumbira a continuação da sua obra, envolvidos logo pelas influências dos Efrains, dos Trèves, da gente do *Boulevard*, bem depressa esqueceram a lição da Montanha e do lago de Tiberíade[22] — eis que por seu turno revestem a púrpura, e são bispos, e são papas, e se aliam à opressão, e reinam com ela, e edificam a duração do seu reino sobre a miséria dos sem-pão e dos sem-lar! Assim tem de ser recomeçada

---

[22] Alusão ao Sermão da Montanha (S. Mateus, cap. 5 a 7; S. Lucas, 6, 17-49) e ao milagre da multiplicação dos pães (S. João, 6, 1-15; S. Mateus, 14, 13-21 e S. Marcos, 6, 30-34).

a obra da redenção. Jesus, ou Gautama,[23] ou Cristna, ou outro desses filhos que Deus por vezes escolhe no seio de uma virgem, nos quietos vergéis da Ásia, deverá novamente descer à terra de servidão. Virá ele, o desejado? Porventura, já algum grave rei do Oriente despertou, e olhou a estrela, e tomou a mirra nas suas mãos reais, e montou pensativamente sobre o seu dromedário? Já por esses arredores da dura cidade, de noite, enquanto Caifás[24] e Madalena[25] ceiam lagosta no Paillard, andou um anjo, atento, num voo lento, escolhendo um curral? Já de longe, sem moço que os tanja, na gostosa pressa de um divino encontro, vem trotando a vaca, trotando o burrinho?

— Tu sabes, Jacinto?

Não, Jacinto não sabia — e queria acender o charuto. Forneci um fósforo ao meu Príncipe. Ainda rondamos no terraço, espalhando pelo ar outras ideias sólidas que no ar se desfaziam. Depois penetrávamos na basílica — quando um sacristão nédio, de barrete de veludo, cerrou fortemente a porta, e um padre passou, enterrando na algibeira, com um cansado gesto final e como para sempre, o seu velho breviário.

— Estou com uma sede, Jacinto... Foi esta tremenda filosofia!

Descemos a escadaria, armada em arraial devoto. O meu pensativo camarada comprou uma imagem da

---

[23] Nome (em sânscrito) da família de Buda. Seu nome pessoal era Siddhartha. Nos textos budistas é geralmente mencionado como Bhagavat (Mestre).

[24] Sumo sacerdote e soberano sacrificador judeu, da seita dois Sudaceus. Presidiu à sessão do tribunal em que ficou resolvida a morte de Cristo. Foi quem interrogou a Jesus, acusando-o de blasfêmia.

[25] Personagem bíblica, mulher decaída e convertida por Jesus. Tornou-se o símbolo da pecadora arrependida.

basílica. E saltávamos para a vitória, quando alguém gritou rijamente, numa surpresa:

— Eh Jacinto!

O meu Príncipe abriu os braços, também espantado:

— Eh Maurício!

E, num alvoroço, atravessou a rua, para um café, onde, sob o toldo de riscadinho, um robusto homem, de barba em bico, remexia o seu absinto,[26] com o chapéu de palha descaído na nuca, a quinzena solta sobre a camisa de seda, sem gravata, como se descansasse num banco, entre as sombras do seu jardim.

E ambos, apertando as mãos, se admiravam daquele encontro, num domingo de verão, sobre as alturas de Montmartre.

— Oh! Eu estou aqui no meu bairro! — exclamava alegremente Maurício. — Em família, em chinelos... Há três meses que subi para estes cimos da Verdade... Mas tu na Santa Colina, homem profano da planície e das ruas de Israel!

O meu Príncipe mostrou o seu Zé Fernandes:

— Com este amigo, em peregrinação à basílica... O meu amigo Fernandes Lorena... Maurício de Mayolle, velho camarada.

Monsieur de Mayolle (que, pela face larga e nariz nobremente grosso, lembrava Francisco de Valois, rei de França) ergueu o seu chapéu de palha. E empurrava uma cadeira, insistia que nos acomodássemos para um absinto ou para um *bock*.

— Toma um *bock*, Zé Fernandes! — lembrou Jacinto.
— Tu estavas a ganir com sede!

---

[26] Bebida alcóolica, aromatizada com folhas da planta de absinto.

Corri lentamente a língua sobre os beiços, mais secos que pergaminhos:

— Estou a guardar esta sedezinha para logo, para o jantar, com um vinhozinho gelado!

Maurício saudou, com silenciosa admiração, esta minha avisada malícia. E imediatamente, para o meu Príncipe:

— Há três anos que te não vejo, Jacinto... Como tem sido possível, neste Paris, que é uma aldeola e que tu atravancas?

— A vida, Maurício, a espalhada vida... Com efeito! Há três anos, desde a casa dos Lamotte-Orcel. Tu ainda visitas esse santuário?

Maurício atirou um gesto desdenhoso e largo, que sacudia um mundo:

— Oh! Há mais de um ano que me separei dessa bicharia herética... Uma turba indisciplinada, meu Jacinto! Nenhuma fixidez, um diletantismo estonteado, carência complcta e cômica de toda a base experimental... Quando tu ias aos Lamotte-Orcel, e à Parola do 37, e à Cerveja Ideal, o que reinava?...

Jacinto catou lentamente as suas recordações por entre os pelos do bigode:

— Eu sei!... Reinava Wagner[27] e a mitologia édica,[28] e o Raganarock, e as normas... Muito pré-rafaelismo[29]

---

[27] Richard Wagner, compositor alemão (1813-1883), autor de óperas célebres, entre as quais *Tannhauser*, *Parsifal* e *Tristão e Isolda*.

[28] Que diz respeito aos Edas, livros em que se recolheu a mitologia dos povos nórdicos.

[29] Arte de um grupo de pintores e escultores ingleses, reunidos de 1848 até o início da década de 1850, que pretendiam reviver na pintura britânica a pureza da arte anterior a Rafael.

também, e Montagna,[30] e Fra Angélico...[31] Em moral, o renanismo.[32]

Maurício sacudia os ombros. Oh, tudo isso pertencia a um passado arcaico, quase lacustre! Quando Madame de Lamotte-Orcel remobiliara a sala com veludos Morris, grossas alcachofras sobre tons de açafrão, já o renanismo passara, tão esquecido como o cartesianismo...[33]

— Tu ainda és do tempo do culto do Eu?

O meu Príncipe suspirou risonhamente:

— Ainda o cultivei.

— Pois bem! Logo depois foi o hartmannismo,[34] o inconsciente. Depois o nietzschismo,[35] o feudalismo espiritual... Depois grassou o tolstoísmo,[36] um furor imenso de renunciamento neocenobítico,[37] Ainda me lembro de um jantar em que apareceu um monstrengo de um eslavo, de guedelha sórdida, que atirava olhos medonhos para o decote da pobre condessa de Arche,

---

[30] Bartommeo Montagna (aprox. 1450-1523), pintor italiano que se dedicou essencialmente a temas religiosos.

[31] Giovanni da Fiesole, cognominado Fra Angélico (aprox. 1387-1455), pintor e dominicano italiano conhecido pelos seus afrescos do convento de S. Marcos, em Florença.

[32] Conjunto de doutrinas do literato, filólogo e filósofo francês Ernest Renan.

[33] Alusão à filosofia do francês Renê Descartes (1596-1650), considerado o fundador da filosofia moderna.

[34] Referência à doutrina de Karl Robert Eduard Hartmann, filósofo alemão (1842-1906), autor da *Filosofa do inconsciente*.

[35] Referência à doutrina de Friedrich Nietzsche, filósofo alemão (1844-1900); funda a sua moral na cultura da energia vital e da "vontade de poder" que eleva o homem até ao super-homem.

[36] Alusão às ideias de Leon Tolstói, escritor russo (1828-1910), autor de obras célebres como *Ana Karenina* e *Guerra e paz*.

[37] Alusão aos cenobitas, monges ou monjas que viviam em comunidade, levando uma vida austera e retirada.

e que grunhia com o dedo espetado: "Busquemos a luz, muito por baixo, no pó da terra!". E à sobremesa bebemos à delícia da humildade e do trabalho servil, com aquele champanhe Marceaux granitado que a Matilde dava nos grandes dias em copos da forma do Santo Graal![38] Depois veio o emersonismo...[39] Mas a praga cruel foi o ibsenismo![40] Enfim, meu filho, uma babel de éticas e estéticas. Paris parecia demente. Já havia uns desgarrados que tendiam para o luciferismo.[41] E amiguinhas nossas, coitadas, iam descambando para o falicismo,[42] uma moxinifada[43] místico-brejeira, pregada por aquele pobre La Carte que depois se fez monge branco e que anda no deserto... Um horror! E uma tarde, de repente, toda esta massa se precipita com ânsia para o ruskinismo!

Eu, agarrado à bengala, bem fincada no chão, sentia como um vendaval que redemoinhava, me torcia o crânio! E até Jacinto balbuciou, esgazeado:

— O ruskinismo?

---

[38] Vaso ou cálice em que José de Arimateia teria recolhido o sangue de Cristo na cruz.

[39] Sistema filosófico do americano Ralph Waldo Emerson (1803-1882). Criador do transcendentalismo, defendia uma filosofia idealista, fundada na razão pura, pondo de parte a observação e a análise. Tendia para um certo panteísmo, unificando Deus, a natureza e o homem.

[40] Henrik Ibsen, dramaturgo norueguês (1826-1906). Levou ao palco problemas do mundo moderno, utilizando-se, às vezes, de simbolismo, e criando um teatro de tese; é considerado a grande figura renovadora do teatro moderno. Entre suas peças mais famosas estão *Casa de bonecas* e *Peer Gynt*.

[41] O mesmo que satanismo.

[42] Culto do falo; falo é a representação do pênis, adorado pelos antigos como símbolo da fecundidade da natureza.

[43] Mistura, mixórdia.

— Sim, o velho Ruskin... John Ruskin![44]

O meu ditoso Príncipe compreendeu:

— Ah, Ruskin... *As sete lâmpadas da arquitetura*, *A coroa de oliveira brava*... É o culto da beleza.

— Sim! O culto da beleza — confirmou Maurício. — Mas a esse tempo eu, enojado, já descera de todas essas nuvens vãs... Pisava um chão mais seguro, mais fértil.

Deu um sorvo lento ao absinto, cerrando as pálpebras. Jacinto esperava, com o seu fino nariz dilatado, como para respirar a flor de novidade que ia desabrochar:

— E então? Então?...

Mas o outro murmurou, dispersamente, por entre reticências em que se velava:

— Vim para Montmartre... Tenho aqui um amigo, um homem de gênio, que percorreu toda a Índia... Viveu com os Toddas,[45] esteve nos mosteiros de Garma-Khian e de Dashi-Lumbo, e estudou com Gegen-Chutu no retiro santo de Urga...[46] Gegen-Chutu foi a décima sexta encarnação de Gautama, e era portanto um bodhi--sattva...[47] Trabalhamos, procuramos... Não são visões. Mas fatos, experiências bem antigas, que vêm talvez desde os tempos de Cristna...

---

[44] Escritor inglês (1819-1900), notabilizou-se como crítico de arte. Destacam-se as obras *Pintores modernos* e *As sete lâmpadas da arquitetura*.

[45] Povo da Índia, que falava uma das línguas da família dravídica, línguas faladas na Índia antes da ocupação indo-europeia e hoje faladas ao sul da península índica e ao norte do Ceilão.

[46] Atual Ulan Bator, capital da Mongólia.

[47] A grafia moderna é bodisatva, literalmente "ser de iluminação". O título indica alguém destinado a tornar-se iluminado, um futuro Buda.

Através destes nomes, que exalavam um perfume triste de vetustos ritos, arredara a cadeira. E de pé, deixando cair sobre a mesa, distraidamente, para pagar o absinto, moedas de prata e moedas de cobre, murmurava com os olhos descansados em Jacinto, mas perdidos noutra visão:

— Por fim tudo se reduz ao supremo desenvolvimento da vontade dentro da suprema pureza da vida. E toda a ciência e força dos grandes mestres hindus... Mas a pureza absoluta da vida, eis a luta, eis o obstáculo! Não basta mesmo o deserto, nem o bosque do mais velho templo no alto Tibete... Ainda assim, meu Jacinto, já obtivemos resultados bem estranhos. Sabes as experiências de Tyndall,[48] com as chamas sensitivas... O pobre químico, para demonstrar as vibrações do som, tocou quase às portas da verdade esotérica! Mas quê! Homem de ciência, portanto homem de estupidez, ficou aquém, entre as suas placas e as suas retortas! Nós fomos além. Verificamos as *ondulações da vontade*! Diante de nós, pela expansão da energia do meu companheiro, e em cadência com o seu mandado, uma chama, a três metros, ondulou, rastejou, despediu línguas ardentes, lambeu uma alta parede, rugiu furiosa e negra, resplandeceu direita e silenciosa, e bruscamente abatida em cinza morreu!

E o estranho homem, com o chapéu para a nuca, ficou imóvel, de braços abertos e os olhares esgazeados, como no renovado assombro e no transe daquele prodígio. Depois, recaindo no seu modo fácil e sereno, acendendo devagar um cigarro:

---

[48] John Tyndall, cientista inglês (1820-1893), autor de trabalhos sobre o calor, a eletricidade, as geleiras, a luz, além de outros.

— Uma destas manhãs, Jacinto, apareço no 202, para almoçar contigo, e levo o meu amigo. Ele só come arroz, uma pouca de salada, e fruta. E conversamos... Tu tinhas um exemplar do *Sepher-Zerijah*[49] e outro do *Targum de Onkelus*.[50] Preciso folhear esses livros.

Apertou a mão do meu Príncipe, saudou este assombrado Zé Fernandes, e serenamente seguiu pela quieta rua, com o chapéu de palha para a nuca, as mãos enterradas nas algibeiras, como um homem natural entre coisas naturais.

— Oh Jacinto! Quem é este bruxo? Conta!... Quem é ele, santíssimo nome de Deus?

Recostado na vitória, ajeitando o vinco das calças, o meu Príncipe contou, concisamente. Era um nobre e leal rapaz, muito rico, muito inteligente, da antiga casa soberana de Mayolle, descendente dos duques de Septimânia... E murmurou, através do costumado bocejo:

— O desenvolvimento supremo da vontade!... Teosofia, budismo esotérico... Aspirações, decepções... Já experimentei... Uma maçada!

Atravessamos, calados, o rumor de Paris, sob a moleza abafada do crepúsculo de verão, para jantar no bosque, no Pavilhão de Armenonville, onde os tziganes, avistando Jacinto, tocaram o *Hino da Carta* com paixão, com langor, numa cadência de czarda dolorosa e áspera.

E eu, desdobrando regaladamente o guardanapo:

---

[49] Breve tratado especulativo judeu, em hebraico, escrito provavelmente no desterro da Babilônia.

[50] É uma tradução comentada da *Bíblia* em aramaico; dessas traduções, a mais conhecida é o *Targum de Onkelus*, sobre o Pentateuco (os primeiros cinco livros do Antigo Testamento).

— Pois venha agora para a minha rica sede esse vinhozinho gelado! Grandemente o mereço, caramba, que superiormente filosofei!... E creio que estabeleci definitivamente no espírito do Sr. D. Jacinto o salutar horror da Cidade!

O meu Príncipe percorria, catando o bigode, a lista dos vinhos, enquanto o copeiro esperava com pensativa reverência:

— Mande gelar duas garrafas de champanhe St. Marceaux... Mas antes, um Barsac velho, apenas refrescado... Água de Evian... Não, de Bussang! Bem, de Evian e de Bussang! E, para começar, um *bock*.

Depois, bocejando, desabotoando lentamente a sobrecasaca cinzenta:

— Pois estou com vontade de construir uma casa nos cimos de Montmartre, com um miradouro no alto, todo de vidro e ferro, para descansar de tarde e dominar a cidade...

Capítulo VII

Julho findara com uma chuva refrescante e consoladora; e eu pensava em realizar finalmente a minha romagem[1] às cidades da Europa, sempre retardada, através da primavera, pelas surpresas do mundo e da carne. Mas, de repente, Jacinto começou a rogar e a reclamar que o seu Zé Fernandes o acompanhasse, todas as tardes, à casa de Madame d'Oriol! E eu compreendi que o meu Príncipe (à maneira do divino Aquiles[2] que, sob a tenda, e junto da branca, insípida e dócil Briseida, nunca dispensava Pátroclo) desejava ter, no retiro do amor, a presença, o conforto e o socorro da amizade. Pobre Jacinto! Logo pela manhã combinava pelo telefone com Madame d'Oriol essa hora de quietação e doçura. E assim encontrávamos sempre a superfina dama prevenida e solitária naquela sala da *rue de Lisbonne*, onde Jacinto e eu mal cabíamos, sufocávamos na confusão, entre os cestos de flores, e os ouros rocalhados, e os monstros do Japão, e a galante fragilidade dos Saxes, e as peles de feras estiradas aos pés de sofás adormecedores, e os biombos de Aubusson[3] formando alcovas favoráveis e lânguidas... Aninhada numa cadeira de bambu lacada de branco, entre almofadas aromatizadas de verbena[4] da Índia, com um romance pousado no regaço, ela esperava

---

[1] Romaria, peregrinação; em sentido figurado: viagem feita para recreação ou instrução.
[2] O mais famoso dos heróis gregos na guerra de Tróia; conquistou várias cidades, pilhando-as e fazendo dos vencidos seus escravos. Ver *Ilíada* de Homero.
[3] Cidade francesa, conhecida por sua tapeçaria.
[4] Trata-se de um gênero de plantas, com numerosas espécies de ervas.

o seu amigo, numa certa indolência passiva e mansa que me lembrava sempre o Oriente e um harém. Mas, pelas frescas sedinhas Pompadour,[5] parecia também uma marquesinha de Versalhes cansada do grande século; ou então, com brocados sombrios e largos cintos cravejados, era como uma veneziana preparada para um doge.[6] A minha intrusão, na intimidade daquelas tardes, não a contrariava — antes lhe trazia um vassalo novo, com dois olhos novos para a contemplar. Eu era já o seu *cher*[7] *Fernandez*!

E apenas descerrava os lábios avivados de vermelho, semelhantes a uma ferida fresca, e começava a chalrar — logo nos envolvia o burburinho e a murmuração de Paris. Ela só sabia chalrar sobre a sua pessoa que era o resumo da sua classe, e sobre a sua existência que era o resumo do seu Paris; e a sua existência, desde casada, consistira em ornar com suprema ciência o seu lindo corpo; entrar com perfeição numa sala e irradiar; remexer em estofos e conferenciar pensativamente com o grande costureiro; rolar pelo Bois pousada na sua vitória como uma imagem de cera; decotar e branquear o colo; debicar uma perna de galinhola em mesas de luxo; fender turbas ricas em bailes espessos; adormecer com a vaidade esfalfada; percorrer de manhã, tomando chocolate, os ecos e as festas do *Fígaro*; e de vez em quando murmurar para o marido: "Ah, és tu?...". Além disso, ao ("fusco-fusco"), num sofá, alguns curtos suspiros, entre os braços de

---

[5] Jeanne Antoinette Poisson, marquesa de Pompadour (1721--1764), a favorita do rei Luís XV, brilhava nos salões franceses do século XVIII. O "estilo Pompadour" é uma forma de estilo rococó.

[6] Magistrado supremo das antigas repúblicas de Veneza e Gênova.

[7] Querido, caro, prezado, em francês.

alguém a quem era constante. Ao meu Príncipe, nesse ano, pertencia o sofá. E todos estes deveres de cidade e de casta os cumpria sorrindo. Tanto sorrira, desde casada, que já duas pregas lhe vincavam os cantos dos beiços, indelevelmente. Mas nem na alma, nem na pele, mostrava outras máculas de fadiga. A sua agenda de visitas continha mil e trezentos nomes, todos do nobiliário. Através, porém, desta fulgurante sociabilidade arranjara no cérebro (onde decerto penetrara o pó de arroz que desde o colégio acamava na testa) algumas ideias gerais. Em política era pelos príncipes; e todos os outros "horrores", a república, o socialismo, a democracia que se não lava, os sacudia risonhamente, com um bater de leque. Na Semana Santa juntava às rendas do chapéu a coroa amarga dos espinhos — por serem esses, para a gente bem-nascida, dias de penitência e dor. E, diante de todo o livro ou de todo o quadro, sentia a emoção e formulava finamente o juízo, que no seu mundo, e nessa semana, fosse elegante formular e sentir. Tinha trinta anos. Nunca se embaraçara nos tormentos de uma paixão. Marcava, com rígida regularidade, todas as suas despesas num livro de contas encadernado em pelúcia verde-mar. A sua religião íntima (e mais genuína do que a outra, que a levava todos os domingos à missa de S. Philippe du Roule) era a ordem. No inverno, logo que na amável cidade começavam a morrer de frio, debaixo das pontes, criancinhas sem abrigo — ela preparava com comovido cuidado os seus vestidos de patinagem. E preparava também os de caridade — porque era boa, e concorria para bazares, concertos e tômbolas, quando fossem patrocinados pelas duquesas do seu "rancho". Depois, na primavera, muito metodicamente, regateando, vendia a uma adela[8] os vestidos e as capas de inverno. Paris admirava nela uma suprema flor de parisianismo.

Pois respirando esta macia e fina flor passamos nós as tardes desse julho, enquanto as outras flores pendiam e murchavam na calma e no pó. Mas, na intimidade do seu perfume, Jacinto não parecia encontrar esse contentamento de alma, que entre tudo que cansa jamais cansa. Era já com a paciente lentidão com que se sobem todos os calvários, os mais bem tapetados, que ele subia a escadaria de Madame d'Oriol, tão suave e orlada de tão frescas palmeiras. Quando a apetitosa criatura, com dedicação, para o entreter, desdobrava a sua vivacidade como um pavão desdobra a cauda, o meu pobre Príncipe puxava os pelos do bigode murcho, na murcha postura de quem, por uma manhã de maio, enquanto os melros cantam nas sebes, assiste, numa igreja negra, a um responso fúnebre por um príncipe. E no beijo que ele chuchurreava sobre a mão da sua doce amiga, para se despedir, havia sempre alacridade e alívio.

Mas ao outro dia, ao começar da tarde, depois de errar através da biblioteca e do gabinete, puxando sem curiosidade a tira do telégrafo, atirando algum recado mole pelo telefone, espalhando o olhar desalentado sobre o saber imenso dos trinta mil livros, remexendo a colina dos jornais e revistas, terminava por me chamar, já com a preguiça triste da façanha a que se impelia:

— Vamos à casa de Madame d'Oriol, Zé Fernandes? Eu tinha marcadas para hoje seis ou sete coisas, mas não posso, é uma seca! Vamos à casa de Madame d'Oriol... Ao menos lá, às vezes, há um bocado de frescura e paz.

---

[8] Idem a adeleira, mulher que compra e vende roupas e outros objetos usados.

E foi numa dessas tardes, em que o meu Príncipe assim procurava desesperadamente um "bocado de frescura e paz", que encontramos, ao meio da escadaria suave, entre as palmeiras, o marido de Madame d'Oriol. Eu já o conhecia — porque Jacinto me mostrara uma noite, no *Grand Café*, ceando com dançarinas do *Moulin Rouge*. Era um moço gordalhufo, indolente, de uma brancura crua de toucinho, com uma calvície já séria e já lustrosa, constantemente acariciada pelos seus gordos dedos carregados de anéis. Nessa tarde, porém, vinha vermelho, todo emocionado, calçando as luvas com cólera. Estacou diante de Jacinto — e sem mesmo lhe apertar a mão, atirando um gesto para o patamar:

— Visita lá acima? Vai achar a Joana em péssima disposição... Tivemos uma cena, e tremenda.

Deu outro puxão desesperado à luva cor de palha, já esgarçada:

— Estamos separados, cada um vive como lhe apetece, é excelente! Mas em tudo há medida e forma... Ela tem o meu nome, não posso consentir que em Paris, com conhecimento de todo o Paris, seja a amante do trintanário.[9] Amantes da nossa roda, vá! Um lacaio, não!... Se quer dormir com os criados que emigre para o fundo da província, para a sua casa de Corbelle. E lá até com os animais!... Foi o que eu lhe disse! Ficou como uma fera.

Sacudiu então a mão de Jacinto que "era da sua roda" — rebolou pela escadaria florida e nobre. O meu Príncipe, imóvel nos degraus, de face pendida, cofiava

---

[9] Lacaio que nas carruagens se assentava ao lado do cocheiro e que tinha a obrigação de abrir e fechar a portinhola, levar recados, etc.

lentamente os fios pendidos do bigode. Depois, olhando para mim, como um ser saturado de tédio e em quem nenhum tédio novo pode caber:

— Já agora subamos, sim?

Parti então, com muita alegria, para a minha apetecida romagem às cidades da Europa.

Ia viajar!... Viajei. Trinta e quatro vezes, à pressa, bufando, com todo o sangue na face, desfiz e refiz a mala. Onze vezes passei o dia num vagão, envolto em poeira e fumo, sufocado, a arquejar, a escorrer de suor, saltando em cada estação para sorver desesperadamente limonadas mornas que me escangalhavam a entranha. Catorze vezes subi derreadamente, atrás de um criado, a escadaria desconhecida de um hotel; e espalhei o olhar incerto por um quarto desconhecido; e estranhei uma cama desconhecida, donde me erguia, estremunhado, para pedir em línguas desconhecidas um café com leite que me sabia a fava, um banho de tina que me cheirava a lodo. Oito vezes travei bulhas[10] abomináveis na rua com cocheiros que me espoliavam. Perdi uma chapeleira, quinze lenços, três ceroulas, e duas botas, uma branca, outra envernizada, ambas do pé direito. Em mais de trinta mesas redondas esperei tristonhamente que me chegasse o *boeuf-à-la-mode*,[11] já frio, com molho coalhado — e que o copeiro me trouxesse a garrafa de Bordéus que eu provava e repelia com desditosa carantonha.[12] Percorri, na fresca penumbra dos granitos e dos mármores,

---

[10] Brigas, confusões, gritos.
[11] Carne de boi ou vaca, em francês.
[12] Cara feia.

com pé respeitoso e abafado, vinte e nove catedrais. Trilhei molemente, com uma dor surda na nuca, em catorze museus, cento e quarenta salas revestidas até aos tetos de Cristos, heróis, santos, ninfas, princesas, batalhas, arquiteturas, verduras, nudezas, sombrias manchas de betume, tristezas das formas imóveis!... E o dia mais doce foi quando em Veneza, onde chovia desabaladamente, encontrei um velho inglês de penca flamejante que habitara o Porto, conhecera o Ricardo, o José Duarte, o Visconde do Bom Sucesso, e as Limas da Boa Vista... Gastei seis mil francos. Tinha viajado.

Enfim, numa bendita manhã de outubro, na primeira friagem e névoa de outono, avistei com enternecido alvoroço as cortinas de seda ainda fechadas no meu 202! Afaguei o ombro do porteiro. No patamar, onde encontrei o ar macio e tépido que deixara em Florença, apertei os ossos do Grilo excelente:

— E Jacinto?

O digno negro murmurou, de entre os altos, reluzentes colarinhos:

— S. Ex.ª circula... Pesadote, fartote. Entrou tarde do baile da Duquesa de Loches. Era o contrato de casamento de *Mademoiselle* de Loches... Ainda tomou, antes de se deitar, um chá gelado... E disse a coçar a cabeça: "Eh! que maçada! Eh! que maçada!".

Depois do banho e do chocolate, às dez horas, consolado e quentinho dentro do roupão de veludo, rompi pelo quarto do meu Príncipe, de braços abertos e sedentos:

— Oh Jacinto!

— Oh viajante!...

Quando nos estreitamos, fartamente, eu recuei para lhe contemplar a face — e nela a alma. Encolhido numa quinzena de pano cor de malva orlada de peles de marta,[13] com os pelos do bigode murchos, as suas duas rugas mais cavadas, uma moleza nos ombros largos, o meu amigo parecia já vergado sob o peso e a opressão e o terror do seu dia. Eu sorri, para que ele sorrisse:

— Valente Jacinto... Então, como tens vivido?

Ele respondeu, muito serenamente:

— Como um morto.

Forcei uma gargalhada leve, como se o seu mal fosse leve:

— Aborrecidote, hem?

O meu Príncipe lançou, num gesto tão vencido, um "Oh" tão cansado — que eu compadecido de novo o abracei, o estreitei, como para lhe comunicar uma parte desta alegria sólida e pura que recebi do meu Deus!

Desde essa manhã, Jacinto começou a mostrar claramente, escancaradamente, ao seu Zé Fernandes, o tédio de que a existência o saturava. O seu cuidado realmente e o seu esforço consistiram então em sondar e formular esse tédio — na esperança de o vencer logo que lhe conhecesse bem a origem e a potência. E o meu pobre Jacinto reproduziu a comédia pouco divertida de um melancólico que perpetuamente raciocina a sua melancolia! Nesse raciocínio, ele partia sempre do fato irrecusável e maciço — que a sua vida especial de Jacinto continha todos os interesses e todas as facilidades possíveis no século XIX, numa vida de homem que não é um gênio, nem um santo. Com efeito! Apesar do apetite embotado por doze anos de champanhes e molhos

---

[13] Espécie de pequenos mamíferos carnívoros do norte da Europa.

ricos ele conservava a sua rijeza de pinheiro bravo; na luz da sua inteligência não aparecera nem tremor nem morrão;[14] a boa terra de Portugal, e algumas companhias maciças, pontualmente lhe forneciam a sua doce centena de contos; sempre ativas e sempre fiéis o cercavam as simpatias de uma cidade inconstante e chasqueadora; o 202 estourava de confortos; nenhuma amargura de coração o atormentava; e todavia era um triste. Por quê?... E daqui saltava, com certeza fulgurante, à conclusão de que a sua tristeza, esse cinzento burel em que a sua alma andava amortalhada, não provinha da sua individualidade de Jacinto — mas da vida, do lamentável, do desastroso fato de viver! E assim o saudável, intelectual, riquíssimo, bem acolhido Jacinto tombara no pessimismo.

E um pessimismo irritado! Porque (segundo afirmava) ele nascera para ser tão naturalmente otimista como um pardal ou um gato. E, até aos 12 anos, enquanto fora um bicho superiormente amimado, com a sua pele sempre bem coberta, o seu prato sempre bem cheio, nunca sentira fadiga, ou melancolia, ou contrariedade, ou pena — e as lágrimas eram para ele tão incompreensíveis que lhe pareciam viciosas. Só quando crescera, e da animalidade penetrara na humanidade, despontara nele esse fermento de tristeza, muito tempo indesenvolvido no tumulto das primeiras curiosidades, e que depois alastrara, o invadira todo, se lhe tornara consubstancial e como o sangue das suas veias. Sofrer, portanto, era inseparável de viver. Sofrimentos diferentes nos destinos diferentes da vida. Na turba dos humanos é a angustiada luta pelo pão, pelo teto, pelo lume; numa casta, agitada

---

[14] Grão que apodrece na espiga antes de amadurecer.

por necessidades mais altas, é a amargura das desilusões, o mal da imaginação insatisfeita, o orgulho chocando contra o obstáculo; nele, que tinha os bens todos e desejos nenhuns, era o tédio. Miséria do corpo, tormento da vontade, fastio da inteligência — eis a vida! E agora aos 33 anos a sua ocupação era bocejar, correr com os dedos desalentados a face pendida para nela palpar e apetecer a caveira.

Foi então que o meu Príncipe começou a ler apaixonadamente, desde o *Eclesiastes* até Schopenhauer,[15] todos os líricos e todos os teóricos do pessimismo. Nestas leituras encontrava a reconfortante comprovação de que o seu mal não era mesquinhamente "jacíntico" — mas grandiosamente resultante de uma lei universal. Já há quatro mil anos, na remota Jerusalém, a vida, mesmo nas suas delícias mais triunfais, se resumia em ilusão. Já o rei incomparável, de sapiência divina, sumo vencedor, sumo edificador, se enfastiava, bocejava, entre os despojos das suas conquistas, e os mármores novos dos seus templos, e as suas três mil concubinas, e as rainhas que subiam do fundo da Etiópia para que ele as fecundasse e no seu ventre depusesse um deus! Não há nada novo sob o sol, e a eterna repetição das coisas é a eterna repetição dos males. Quanto mais se sabe mais se pena. E o justo como o perverso, nascidos do pó, em pó se tornam. Tudo tende ao pó efêmero, em Jerusalém e em Paris! E ele, obscuro no 202, padecia por ser homem e por viver — como no seu trono de ouro, entre os seus quatro leões de ouro, o filho magnífico de Davi.

---

[15] Arthur Schopenhauer (1788-1860), filósofo alemão, cujo pessimismo teve grande influência na arte e filosofia do séc. XIX. Sua obra mais conhecida é *O mundo como vontade e representação*.

Não se separava então do *Eclesiastes*. E circulava por Paris trazendo dentro do *coupé* Salomão, como irmão de dor, com quem repetia o grito desolado que é a suma da verdade humana — *Vanitas Vanitatum!* Tudo é vaidade! Outras vezes, logo de manhã o encontrava estendido no sofá, num roupão de seda, absorvendo Schopenhauer — enquanto o pedicuro, ajoelhado sobre o tapete, lhe polia com respeito e perícia as unhas dos pés. Ao lado pousava a chávena de Saxe, cheia desse café de Moka enviado por emires do deserto, que não o contentava nunca, nem pela força, nem pelo aroma. A espaços pousava o livro no peito, resvalava um olhar compassivo para o pedicuro, como a procurar que dor o torturaria — pois que a todo o viver corresponde um sofrer. Decerto o remexer assim, perpetuamente, em pés alheios... E quando o pedicuro se erguia, Jacinto abria para ele um sorriso de confraternidade — com um "adeus, meu amigo" que era um "adeus, meu irmão!".

Esse foi o período esplêndido e soberbamente divertido do seu tédio. Jacinto encontrara enfim na vida uma ocupação grata — maldizer a vida! E para que a pudesse maldizer em todas as suas formas, as mais ricas, as mais intelectuais, as mais puras, sobrecarregou a sua vida própria de novo luxo, de interesses novos de espírito, e até de fervores humanitários, e até de curiosidades supernaturais.

O 202, nesse inverno, refulgiu de magnificência. Foi então que ele iniciou em Paris, repetindo Heliogábalo,[16]

---

[16] Imperador romano de origem síria, reinou de 218 a 222 d.C; célebre por suas loucuras, crueldades e devassidões.

os festins de cor contados na *História augusta*;[17] e ofereceu às suas amigas esse sublime jantar cor-de-rosa, em que tudo era róseo, as paredes, os móveis, as luzes, as louças, os cristais, os gelados, os champanhes, e até (por uma invenção da alta cozinha) os peixes, e as carnes, e os legumes, que os escudeiros serviam, empoados de pó rosado, com librés da cor da rosa, enquanto do teto, de um velário de seda rosada, caíam pétalas frescas de rosas... A cidade, deslumbrada, clamou: "Bravo, Jacinto!". E o meu Príncipe, ao rematar a festa fulgurante, plantou diante de mim as mãos nas ilhargas e gritou triunfalmente: "Hem? Que maçada!...".

Depois foi o humanitarismo: e fundou um hospício no campo, entre jardins, para velhinhos desamparados, outro para crianças débeis à beira do Mediterrâneo. Depois com o major Dorchas, e Mayolle, e o hindu de Mayolle penetrou no teosofismo: e montou tremendas experiências para verificar a misteriosa *exteriorização da motilidade*. Depois, desesperadamente, ligou o 202 com os fios telegráficos do *Times*, para que no seu gabinete, como num coração, palpitasse toda a vida social da Europa.

E a cada um destes esforços da elegância, do humanitarismo, da sociabilidade, e da inteligência indagadora, voltava para mim, de braços alegres, com um grito vitorioso: "Vês tu, Zé Fernandes? Uma maçada!". Arrebatava então o seu *Eclesiastes*, o seu Schopenhauer, e estendido no sofá, saboreava voluptuosamente a concordância da doutrina e da experiência. Possuía uma fé — o

---

[17] Obra coletiva escrita por vários historiadores no começo do séc. IV. De gênero anedótico.

pessimismo: era um apóstolo rico e esforçado; e tudo tentava, com suntuosidade, para provar a verdade da sua fé! Muito gozou nesse ano o meu desgraçado Príncipe!

No começo do inverno, porém, notei com inquietação que Jacinto já não folheava o *Eclesiastes*, desleixava Schopenhauer. Nem festas, nem teosofismos, nem os seus hospícios, nem os fios do *Times* pareciam interessar agora o meu amigo, mesmo como demonstrações gloriosas da sua crença. E a sua abominável função de novo se limitou a bocejar, a passar os dedos moles sobre a face pendida, palpando a caveira. Incessantemente aludia à morte como a uma libertação. Uma tarde mesmo, no melancólico crepúsculo da biblioteca, antes de refulgirem as luzes, consideravelmente me aterrou, falando num tom regelado de mortes rápidas, sem dor, pelo choque de uma vasta pilha elétrica ou pela violência compassiva do ácido cianídrico. Diabo! O pessimismo, que aparecera na inteligência do meu Príncipe como um conceito elegante — atacara bruscamente a vontade!

Todo o seu movimento então foi o de um boi inconsciente que marcha sob a canga e o aguilhão.[18] Já não esperava da vida contentamento — nem mesmo se lastimava que ela lhe trouxesse tédio ou pena. "Tudo é indiferente, Zé Fernandes!" E tão indiferentemente sairia à sua janela para receber uma coroa imperial oferecida por um povo — como se estenderia numa poltrona rota para emudecer e jazer. Sendo tudo inútil, e não conduzindo senão a maior desilusão, que podia

---

[18] Canga é a peça de madeira com que se unem, pelo pescoço, os bois para o trabalho; aguilhão é a ponta de ferro da aguilhada, uma vara comprida usada para tanger os bois.

importar a mais rutilante atividade ou a mais desgostada inércia? O seu gesto constante, que me irritava, era encolher os ombros. Perante duas ideias, dois caminhos, dois pratos, encolhia os ombros! Que importava?... E no mínimo ato, raspar um fósforo ou desdobrar um jornal, punha uma morosidade tão desconsolada que todo ele parecia ligado, desde os dedos até à alma, pelas voltas apertadas de uma corda que se não via e que o travava.

Muito desagradavelmente me recordo do dia dos seus anos, a 10 de janeiro. Cedo, de manhã, recebera, com uma carta de Madame de Trèves, um açafate de camélias, azáleas, orquídeas e lírios do vale. E foi este mimo que lhe recordou a data considerável. Soprou sobre as pétalas o fumo do cigarro e murmurou com um riso de lento escárnio:

— Então, há trinta e quatro anos que eu ando nesta maçada?

E como eu propunha que telefonássemos aos amigos para beberem no 202 o champanhe do "natalício" — ele recusou, com o nariz enojado. Oh! Não! Que horrível seca!... E bradou mesmo para o Grilo:

— Eu hoje não estou em Paris para ninguém. Abalei para o campo, abalei para Marselha... Morri!

E a sua ironia não cessou até ao almoço perante os bilhetes, os telegramas, as cartas, que subiam, se arredondavam em colina sobre a mesa de ébano, como um preito da cidade. Outras flores que vieram, em vistosos cestos, com vistosos laços, foram por ele comparadas às que se depõem sobre uma tumba. E apenas se interessou um momento pelo presente de Efraim, uma engenhosa mesa, que se abaixava até ao tapete ou se alteava até ao teto — para quê, senhor Deus meu?

Depois do almoço, como chovia sombriamente, não arredamos do 202, com os pés estendidos ao lume, em preguiçoso silêncio. Eu terminara por adormecer beatificamente. Acordei aos passos açodados do Grilo... Jacinto, enterrado na poltrona, com umas tesouras, recortava um papel! E nunca eu me compadeci daquele amigo, que cansara a mocidade a acumular todas as noções formuladas desde Aristóteles e ajuntar todos os inventos realizados desde Teramenes, como nessa tarde de festa, em que ele, cercado de Civilização nas máximas proporções, para gozar nas máximas proporções a delícia de viver, se encontrava reduzido, junto ao seu lar, a recortar papéis com uma tesoura!

O Grilo trazia um presente do grão-duque — uma caixa de prata, forrada de cedro, e cheia de um chá precioso, colhido, flor a flor, nas veigas[19] de Kiang-Su por mãos puras de virgens, e conduzido através da Ásia, em caravanas, com a veneração de uma relíquia. Então, para despertar o nosso torpor, lembrei que tomássemos o divino chá — ocupação bem harmônica com a tarde triste, a chuva grossa alagando os vidros, e a clara chama bailando no fogão. Jacinto acedeu, e um escudeiro acercou logo a mesa de Efraim para que nós lhe estreássemos os serviços destros. Mas o meu Príncipe, depois de a altear, para o meu espanto, até aos cristais do lustre, não conseguiu, apesar de uma suada e desesperada batalha com as molas, que a mesa regressasse a uma altura humana e caseira. E o escudeiro de novo a levou, levantada como um andaime, quimérica, unicamente aproveitável para

---

[19] Planícies cultivadas e férteis; várzeas.

o gigante Adamastor.[20] Depois veio a caixa do chá entre chaleiras, lâmpadas, coadores, filtros, todo um fausto de alfaias de prata, que comunicavam a essa ocupação, tão simples e doce em casa de minha tia, *fazer chá*, a majestade de um rito. Prevenido pelo meu camarada da sublimidade daquele chá de Kiang-Su, ergui a chávena aos lábios com reverência. Era uma infusão descorada que sabia[21] a malva e a formiga. Jacinto, provou, cuspiu, blasfemou... Não tomamos chá.

Ao cabo de outro pensativo silêncio, murmurei, com os olhos perdidos no lume:

— E as obras de Tormes? A igreja... Já haverá igreja nova?

Jacinto retomara o papel e a tesoura:

— Não sei... Não tornei a receber carta do Silvério... Nem imagino onde param os ossos... Que lúgubre história!

Depois chegou a hora das luzes e do jantar. Eu encomendara pelo Grilo ao nosso magistral cozinheiro uma larga travessa de arroz-doce, com as iniciais de Jacinto e a data ditosa em canela, à moda amável da nossa meiga terra. E o meu Príncipe à mesa, percorrendo a lâmina de marfim onde no 202 se escreviam os pratos a lápis vermelho, louvou com fervor a ideia patriarcal:

— Arroz-doce! Está escrito com dois *ss* mas não tem dúvida... Excelente lembrança! Há que tempos não como arroz-doce! Desde a morte da avó.

---

[20] Simboliza o cabo das Tormentas, depois cabo da Boa Esperança, que em *Os Lusíadas* de Camões aparece e fala aos portugueses no seu caminho para a Índia.

[21] O verbo saber seguido da preposição *a* significa ter o sabor ou ter o gosto de.

Mas quando o arroz-doce apareceu triunfalmente, que vexame! Era um prato monumental, de grande arte! O arroz, maciço, moldado em forma de pirâmide do Egito, emergia de uma calda de cereja, e desaparecia sob os frutos secos que o revestiam até ao cimo, onde se equilibrava uma coroa de conde feita de chocolate e gomos de tangerina gelada! E as iniciais, a data, tão lindas e graves na canela ingênua, vinham traçadas nas bordas da travessa com violetas pralinadas![22] Repelimos, num mudo horror, o prato acanalhado.[23] E Jacinto, erguendo o copo de champanhe, murmurou como num funeral pagão:

— *Ad manes*, aos nossos mortos!

Recolhemos à biblioteca, a tomar o café no conchego e alegria do lume. Fora, o vento bramava como num ermo serrano; e as vidraças tremiam, alagadas, sob as bátegas da chuva irada. Que dolorosa noite para os dez mil pobres que em Paris erram sem pão e sem lar! Na minha aldeia, entre cerro e vale, talvez assim rugisse a tormenta. Mas aí cada pobre, sob o abrigo da sua telha-vã, com a sua panela atestada de couves, se agacha no seu mantéu[24] ao calor da lareira. E para os que não tenham lenha ou couve, lá está o João das Quintãs, ou a tia Vicência, ou o abade, que conhecem todos os pobres pelos seus nomes, e com eles contam, como sendo dos seus, quando o carro vai ao mato e a fornada entra no forno. Ah Portugal pequenino, que ainda és doce aos pequeninos!

---

[22] Deriva-se de pralina: amêndoa coberta com açúcar.
[23] Vil, infame.
[24] Espécie de capa ou manto; também é um tipo de saia usada pelas mulheres do campo.

Suspirei; Jacinto preguiçava. E terminamos por remexer languidamente os jornais que o mordomo trouxera, num monte facundo, sobre uma salva de prata — jornais de Paris, jornais de Londres, semanários, magazines, revistas, ilustrações... Jacinto desdobrava, arremessava; das revistas espreitava o sumário, logo farto; às ilustrações rasgava as folhas com o dedo indiferente, bocejando por cima das gravuras. Depois, mais estirado para o lume:

— É uma seca... Não há que ler. E, de repente, revoltado contra este fastio opressor que o escravizava, saltou da poltrona com um arranque de quem despedaça algemas, e ficou ereto, dardejando em torno um olhar imperativo e duro, como se intimasse aquele seu 202, tão abarrotado de Civilização, a que por um momento sequer fornecesse à sua alma um interesse vivo, à sua vida um fugitivo gosto! Mas o 202 permaneceu insensível: nem uma luz, para o animar, avivou o seu brilho mudo; só as vidraças tremeram sob o embate mais rude de água e vento.

Então o meu Príncipe, sucumbido, arrastou os passos até ao seu gabinete, começou a percorrer todos os aparelhos completadores e facilitadores da vida — o seu telégrafo, o seu telefone, o seu fonógrafo, o seu radiômetro, o seu gramofone, o seu microfone, a sua máquina de escrever, a sua máquina de contar, a sua imprensa elétrica, a outra magnética, todos os seus utensílios, todos os seus tubos, todos os seus fios... Assim um suplicante percorre altares donde espera socorro. E toda a sua suntuosa mecânica se conservou rígida, reluzindo frigidamente, sem que uma roda girasse, nem uma lâmina vibrasse, para entreter o seu senhor.

Só o relógio monumental, que marcava a hora de todas as capitais e o curso de todos os planetas, se compadeceu, batendo a meia-noite, anunciando ao meu amigo que mais um dia partira levando o seu peso — diminuindo esse sombrio peso da vida, sob que ele gemia, vergado. O Príncipe da Grã-Ventura, então, decidiu recolher para a cama — com um livro... E durante um momento, estacou no meio da biblioteca, considerando os seus setenta mil volumes estabelecidos com pompa e majestade como doutores num concílio — depois as pilhas tumultuárias dos livros novos que esperavam pelos cantos, sobre o tapete, o repouso e a consagração das estantes de ébano. Torcendo molemente o bigode caminhou por fim para a região dos historiadores: espreitou séculos, farejou raças; pareceu atraído pelo esplendor do Império Bizantino; penetrou na Revolução Francesa donde se arredou desencantado; e palpou com mão indeliberada toda a vasta Grécia desde a criação de Atenas até à aniquilação de Corinto. Mas bruscamente virou para a fila dos poetas, que reluziam em marroquins claros, mostrando, sobre a lombada, em ouro, nos títulos fortes ou lânguidos, o interior das suas almas. Não lhe apeteceu nenhuma dessas seis mil almas — e recuou, desconsolado, até aos biólogos... Tão maciça e cerrada era a estante de biologia, que o meu pobre Jacinto estarreceu, como ante uma cidadela inacessível! Rolou a escada — e, fugindo, trepou até às alturas da astronomia: destacou astros, recolocou mundos: todo um sistema solar desabou com fragor. Aturdido, desceu; começou a procurar por sobre as rimas das obras novas, ainda brochadas, nas suas roupas leves de combate. Apanhava, folheava, arremessava; para desentulhar um volume, demolia uma torre de doutrinas: saltava por cima dos problemas, pisava as religiões; e relanceando uma linha, esgravatando além num índice, todos interrogava, de todos se desinteressava, rolando quase de rastos, nas grossas vagas de tomos que rolavam, sem se poder deter, na ânsia de encontrar um livro! Parou então no meio da imensa nave, de cócoras, sem coragem, contemplando aqueles muros todos forrados, aquele chão todo alastrado, os seus setenta mil volumes — e, sem lhes provar a substância, já absolutamente saciado, abarrotado, nauseado pela opressão da sua abundância. Findou por voltar ao montão de jornais amarrotados, ergueu melancolicamente um velho *Diário de notícias*, e com ele debaixo do braço subiu ao seu quarto, para dormir, para esquecer.

Capítulo VIII

Ao fim desse inverno escuro e pessimista, uma manhã que eu preguiçava na cama, sentindo através da vidraça cheia de sol ainda pálido um bafo de primavera ainda tímido — Jacinto assomou à porta do meu quarto, revestido de flanelas leves, de uma alvura de açucena. Parou lentamente à beira dos colchões, e, com gravidade, como se anunciasse o seu casamento ou a sua morte, deixou desabar sobre mim esta declaração formidável:

— Zé Fernandes, vou partir para Tormes.

O pulo com que me sentei abalou o rijo leito de pau-preto do velho D. Galião:

— Para Tormes? Oh Jacinto, quem assassinaste?...

Deleitado com a minha emoção, o Príncipe da Grã-Ventura tirou da algibeira uma carta, e encetou estas linhas, já decerto relidas, fundamente estudadas:

— "Il.mo e Ex.mo Sr. — Tenho grande satisfação em comunicar a V. Ex.ª que por toda esta semana devem ficar prontas as obras da capela..."

— É do Silvério? — exclamei.

— É do Silvério. "... as obras da capela nova. Os veneráveis restos dos excelsos avós de V. Ex.ª, senhores de todo o meu respeito, podem pois ser em breve trasladados da igreja de S. José, onde têm estado depositados por bondade do nosso abade, que muito se recomenda a V. Exª... Submisso, aguardo as prestantes ordens de V. Ex.ª a respeito dessa majestosa e aflitiva cerimônia..."

Atirei os braços, compreendendo:

— Ah! Bem! Queres ir assistir à trasladação...

Jacinto sumiu a carta no bolso.

— Pois não te parece, Zé Fernandes? Não é por causa dos outros avós, que são ossos vagos, e que eu não conheci. É por causa do avô Galião... Também não o conheci. Mas este 202 está cheio dele, tu estás deitado na cama dele; eu ainda uso o relógio dele. Não posso abandonar ao Silvério e aos caseiros o cuidado de o instalarem no seu jazigo novo. Há aqui um escrúpulo de decência, de elegância moral... Enfim, decidi. Apertei os punhos na cabeça, e gritei — *vou a Tormes*! E vou!... E tu vens!

Eu enfiara as chinelas, apertava os cordões do roupão:

— Mas tu sabes, meu bom Jacinto, que a casa de Tormes está inabitável...

Ele cravou em mim os olhos aterrados:

— Medonha, hem?

— Medonha, medonha, não... É uma bela casa, de bela pedra. Mas os caseiros, que lá vivem há trinta anos, dormem em catres,[1] comem o caldo à lareira, e usam as salas para secar o milho. Creio que os únicos móveis de Tormes, se bem recordo, são um armário e uma espineta de charão,[2] coxa, já sem teclas.

O meu pobre Príncipe suspirou, com um gesto rendido em que se abandonava ao destino:

— Acabou!... *Alea jacta est*![3] E como só partimos para abril, há tempo de pintar, de assoalhar, de envidraçar... Mando daqui de Paris tapetes e camas... Um estofador

---

[1] Leitos toscos e pobres.
[2] Cravo pequeno polido com um verniz especial preto ou vermelho.
[3] "Os dados estão lançados", isto é, "A sorte está lançada". Frase atribuída a Júlio César ao transpor, em 49 a.C., o Rubicão, pequeno rio que separava a Itália da Gália Cisalpina. Quem transpusesse tal rio era considerado traidor da pátria pelo senado.

de Lisboa vai depois forrar e disfarçar algum buraco... Levamos livros, uma máquina para fabricar gelo... E é mesmo uma ocasião de pôr enfim numa das minhas casas de Portugal alguma decência e ordem. Pois não achas? E então essa! Uma casa que data de 1410... Ainda existia o Império Bizantino!

Eu espalhava, com o pincel, sobre a face, flocos lentos de sabão. O meu Príncipe acendeu muito pensativamente um cigarro; e não se arredou do toucador, considerando o meu preparo com uma atenção triste que me incomodava. Por fim, como se remoesse uma sentença minha, para lhe reter bem a moral e o suco:

— Então, definitivamente, Zé Fernandes, entendes que é um dever, um absoluto dever, ir eu a Tormes?

Afastei do espelho a cara ensaboada para encarar com divertido espanto o meu Príncipe:

— Oh Jacinto! Foi em ti, só em ti que nasceu a ideia desse dever! E honra te seja, menino... Não cedas a ninguém essa honra!

Ele atirou o cigarro — e, com as mãos enterradas nas algibeiras das pantalonas, vagou pelo quarto, topando nas cadeiras, embicando contra os postes torneados do velho leito de D. Galião, num balanço vago, como barco já desamarrado do seu seguro ancoradouro, e sem rumo no mar incerto. Depois encalhou sobre a mesa onde eu conservava enfileirada, por gradações de sentimentos, desde o daguerreótipo[4] do papá até à fotografia do "Carocho" perdigueiro, a galeria da minha família.

E nunca o meu Príncipe (que eu contemplava esticando os suspensórios) me pareceu tão corcovado, tão

---

[4] Espécie de fotografia.

minguado, como gasto por uma lima que desde muito o andasse fundamente limando. Assim viera findar, desfeita em Civilização, naquele super-requintado magricela sem músculo e sem energia, a raça fortíssima dos Jacintos! Esses guedelhudos Jacintões, que nas suas altas terras de Tormes, de volta de bater o mouro no Salado[5] ou castelhano em Valverde,[6] nem mesmo despiam as fuscas armaduras para lavrar as suas chãs e amarrar a vide ao olmo, edificando o reino com a lança e com a enxada, ambas tão rudes e rijas! E agora, ali estava aquele último Jacinto, um Jacintículo, com a macia pele embebida em aromas, a curta alma enrodilhada em filosofias, travado e suspirando baixinho na miúda indecisão de viver.

— Oh Zé Fernandes, quem é esta lavradeirona tão rechonchuda?

Estendi o pescoço para a fotografia que ele erguera de entre a minha galeria, no seu honroso caixilho de pelúcia escarlate:

— Mais respeito, Sr. D. Jacinto... Um pouco mais de respeito, cavalheiro! É minha prima Joaninha, de Sandofim, da casa da Flor da Malva.

— Flor da Malva — murmurou o meu Príncipe. — É a casa do condestável, de Nuno Álvares.

— Flor da Rosa, homem! A casa do condestável era na Flor da Rosa, no Alentejo... Essa tua ignorância trapalhona das coisas de Portugal!

---

[5] Rio da Espanha, na Andaluzia, nas margens do qual os reis aliados, Afonso XI de Castela e Afonso IV de Portugal, derrotaram o grande exército de Abul-Hassan, emir de Marrocos, em 1340.

[6] Aldeia espanhola à beira do rio Guadiana, na qual, em outubro de 1335, o condestável Nuno Álvares Pereira derrotou os castelhanos.

O meu Príncipe deixou escorregar molemente a fotografia da minha prima de entre os dedos moles — que levou à face, no seu gesto horrendo de palpar através da face a caveira. Depois, de repente, com um soberbo esforço, em que se endireitou e cresceu:

— Bem! *Alea jacta est!* Partamos pois para as serras!... E agora nem reflexão, nem descanso!... À obra! E a caminho!

Atirou a mão ao fecho dourado da porta como se fosse o negro loquete[7] que abre os destinos — e no corredor gritou pelo Grilo, com uma larga e açodada voz que eu nunca lhe conhecera, e me lembrou a de um chefe ordenando, na alvorada, que se levante o acampamento, e que a hoste marche, com pendões e bagagens...

Logo nessa manhã (com uma atividade em que eu reconheci a pressa enjoada de quem bebe óleo de rícino) escreveu ao Silvério mandando caiar, assoalhar, envidraçar o casarão. E depois do almoço apareceu na biblioteca, chamando violentamente pelo telefone, para combinar a remessa de mobílias e confortos, o diretor da Companhia Universal de Transportes.

Era um homem que parecia o cartaz da sua companhia, apertado num jaquetão de xadrezinho escuro, com polainas de jornada sobre botas brancas, uma sacola de marroquim a tiracolo, e na botoeira[8] uma roseta multicor resumindo as suas condecorações exóticas de Madagáscar, da Nicarágua, da Pérsia, outras ainda, que provavam a universalidade dos seus serviços. Apenas Jacinto mencionou "Tormes, no Douro..." — ele logo,

---

[7] Cadeado, fechadura.
[8] Abertura em que entra o botão.

através de um sorriso superior estendeu o braço, detendo outros esclarecimentos, na sua intimidade minuciosa com essas regiões.

— Tormes... Perfeitamente! Perfeitamente!

Sobre o joelho, na carteira, escrevinhou uma fugidia nota — enquanto eu considerava, assombrado, a vastidão do seu saber corográfico,[9] assim familiar com os recantos de uma serra de Portugal e com todos os seus velhos solares. Já ele atirara a carteira para o bolso... "E nós, seus caros senhores, não tínhamos senão a encaixotar as roupas, as mobílias, as preciosidades! Ele mandaria as suas carroças buscar os caixotes, a que poria, em grossa letra, com grossa tinta, o endereço..."

— Tormes, perfeitamente! Linha Norte-Espanha-Medina-Salamanca... Perfeitamente! Tormes... Muito pitoresco! E antigo, histórico! Perfeitamente, perfeitamente!

Desengonçou a cabeça numa vênia profundíssima — e saiu da biblioteca, com passos que devoravam léguas, anunciavam a presteza dos seus transportes.

— Vê tu — murmurou Jacinto muito sério. — Que prontidão, que facilidade!... Em Portugal era uma tragédia. Não há senão Paris!

Começou então no 202 o colossal encaixotamento de todos os confortos necessários ao meu Príncipe para um mês de serra áspera — camas de pena, banheiras de níquel, lâmpadas Carcel,[10] divãs profundos, cortinas para

---

[9] Corografia: descrição geográfica de uma região.

[10] Candeeiro (que leva o nome do relojoeiro francês que o inventou) em que um mecanismo de relojoaria faz subir o azeite (ou outro combustível) até a mecha.

vedar as gretas rudes, tapetes para amaciar os soalhos broncos. Os sótãos, onde se arrecadavam os pesados trastes do avô Galião foram esvaziados — porque o casarão medieval de 1410 comportava os tremós[11] românticos de 1830. De todos os armazéns de Paris chegavam cada manhã fardos, caixas, temerosos embrulhos que os emaladores desfaziam, atulhando os corredores de montes de palha e de papel pardo, onde os nossos passos açodados se enrodilhavam. O cozinheiro, esbaforido, organizava a remessa de fornalhas, geleiras, bocais de trufas, latas de conservas, bojudas garrafas de águas minerais. Jacinto, lembrando as trovoadas da serra, comprou um imenso para-raios. Desde o amanhecer, nos pátios, no jardim, se martelava, se pregava, com vasto fragor, como na construção de uma cidade. E o desfilar das bagagens, através do portão, lembrava uma página de Heródoto contando a marcha dos persas.[12]

Das janelas, Jacinto, com o braço estendido, saboreava aquela atividade e aquela disciplina:

— Vê tu, Zé Fernandes, que facilidade!... Saímos do 202, chegamos à serra, encontramos o 202. Não há senão Paris!

Recomeçara a amar a cidade, o meu Príncipe, enquanto preparava o seu êxodo. Depois de ter, toda a manhã, apressado os encaixotadores, descortinado confortos novos para o abandonado solar, telefonado gordas listas de encomendas a cada loja de Paris — era com delícia

---

[11] Espelhos, geralmente encimados com uma pintura e usados no espaço de uma parede entre duas janelas.

[12] Alusão às *Histórias* de Heródoto (aprox. 480-425 a.C.), escritor grego, obra em que narra as guerras contra os persas.

que se vestia, se perfumava, se floria, se enterrava na vitória ou saltava para a almofada do faetonte, e corria ao bosque, e saudava a barba talmúdica do Efraim, e os bandós furiosamente negros da Verghane, e o psicólogo de fiacre, e a condessa de Trèves na sua nova caleche de oito molas fornecida pelas operações conjuntas da Bolsa e da alcova. Depois arrebanhava amigos para jantares de surpresa no Voisin ou no Bignon, onde desdobrava o guardanapo com a impaciên-cia de uma fome alegre, vigiando fervorosamente que os Bordéus estivessem bem aquecidos e os champanhes bem granitados. E no teatro das *Nouveautés*, no *Palais Royal*, nos Bufos, ria, batendo na coxa, com encanecidas facécias de encanecidas farsas, antiquíssimos trejeitos de antiquíssimos atores, com que já rira na sua infância, antes da guerra, sob o segundo Napoleão!

De novo, em duas semanas, se abarrotaram as páginas da sua agenda. A magnificência do seu traje, como imperador Frederico II[13] de Suábia, deslumbrou, no baile mascarado da princesa de Cravon-Rogan (onde também fui, de "moço de forcado").[14] E na Associação para o Desenvolvimento das Religiões Esotéricas discursou e batalhou bravamente pela construção de um templo budista em Montmartre!

Com espanto meu recomeçou também a conversar, como nos tempos de escola, da "famosa Civilização nas suas máximas proporções". Mandou encaixotar o seu

---

[13] Conhecido como Frederico II, o Grande (1712-1786), rei que elevou a Prússia à condição de potência europeia. Atual parte sudoeste da Baviera.

[14] Homem cujo distintivo é um forcado e que pega o touro à unha nas touradas.

velho telescópio para o usar em Tormes. Receei mesmo que no seu espírito germinasse a ideia de criar, no cimo da serra, uma cidade com todos os seus órgãos. Pelo menos não consentia o meu Jacinto que essas semanas da silvestre Tormes interrompessem a ilimitada acumulação das noções — porque uma manhã rompeu pelo meu quarto, desolado, gritando que entre tantos confortos e formas de Civilização esquecêramos os livros! Assim era — e que vexame para a nossa intelectualidade! Mas que livros escolher entre os facundos milhares sob que vergava o 202? O meu Príncipe decidiu logo dedicar os seus dias serranos ao estudo da história natural — e nós mesmos, imediatamente, deitamos para o fundo de um vasto caixote novo, como lastro, os vinte e cinco tomos de Plínio.[15] Despejamos depois para dentro, às braçadas, geologia, mineralogia, botânica... Espalhamos por cima uma camada aérea de astronomia. E, para fixar bem no caixote estas ciências oscilantes, entalamos em redor cunhas de metafísica.

Mas quando a derradeira caixa, pregada e cintada de ferro, saiu do portão do 202 na derradeira carroça da Companhia dos Transportes, toda esta animação de Jacinto se abateu como a efervescência num copo de champanhe. Era em meados já tépidos de março. E de novo os seus desagradáveis bocejos atroaram o 202, e todos os sofás rangeram sob o peso do corpo que ele lhes atirava para cima, mortalmente vencido pela fartura e pelo tédio, num desejo de repouso eterno, bem envolto

---

[15] Plínio, o Velho (Gaius Plinius Secundus — 23 ou 24-79), escritor romano, cognominado "o Naturalista", compôs inúmeras obras, das quais se conservaram apenas a *História natural*.

de solidão e silêncio. Desesperei. O quê! Aturaria eu ainda aquele Príncipe palpando amargamente a caveira, e, quando o crepúsculo entristecia a biblioteca, aludindo, num tom rouco, à doçura das mortes rápidas pela violência misericordiosa do ácido cianídrico? Ah não, caramba! E uma tarde em que o encontrei estirado sobre um divã, de braços em cruz, como se fosse a sua estátua de mármore sobre o seu jazigo de granito, positivamente o abanei com furor, berrando:

— Acorda, homem! Vamos para Tormes! O casarão deve estar pronto, a reluzir, a abarrotar de coisas! Os ossos de teus avós pedem repouso, em cova sua!... A caminho, a enterrar esses mortos, e a vivermos nós, os vivos!... Irra! São 5 de abril!... É o bom tempo da serra!

O meu Príncipe ressurgiu lentamente da inércia de pedra:

— O Silvério não me escreveu, nunca me escreveu... Mas, com efeito, deve estar tudo preparado... Já lá temos certamente criados, o cozinheiro de Lisboa... Eu só levo o Grilo, e o Anatole que enverniza bem o calçado, e tem jeito como pedicuro... Hoje é domingo.

Atirou os pés para o tapete, com heroísmo:

— Bem, partimos no sábado!... Avisa, tu, o Silvério!

Começou então o laborioso e pensativo estudo dos horários — e o dedo magro de Jacinto, por sobre o mapa, avançando e recuando entre Paris e Tormes. Para escolher o salão que devíamos habitar durante a temida jornada, duas vezes percorremos o depósito da estação de Orleães, atolados em lama, atrás do chefe do tráfico que entontecia. O meu Príncipe recusava este salão por causa da cor tristonha dos estofos; depois recusava aquele por causa da mesquinhez aflitiva do *water-closet*!

Uma das suas inquietações era o banho, nas manhãs que passaríamos rolando. Sugeri uma banheira de borracha. Jacinto, indeciso, suspirava... Mas nada o aterrou como o transbordo em Medina del Campo, de noite, nas trevas da velha Castela. Debalde a Companhia do Norte de Espanha e de Salamanca, por cartas, por telegramas, sossegaram o meu camarada, afirmando que, quando ele chegasse no comboio de Irun dentro do seu salão, já outro salão ligado ao comboio de Portugal esperaria, bem aquecido, bem alumiado, com uma ceia que lhe ofertava um dos diretores, D. Esteban Castillo, ruidoso e rubicundo conviva do 202! Jacinto corria os dedos ansiosos pela face: "E os sacos, as peles, os livros, quem os transportaria do salão de Irun para o salão de Salamanca?". Eu berrava, desesperado, que os carregadores de Medina eram os mais rápidos, os mais destros de toda a Europa! Ele murmurava: "Pois sim, mas em Espanha, de noite!...". A noite, longe da cidade, sem telefone, sem luz elétrica, sem postos de polícia, parecia ao meu Príncipe povoada de surpresas e assaltos. Só acalmou depois de verificar no Observatório Astronômico, sob a garantia do sábio professor Bertrand, que a noite da nossa jornada era de lua cheia!

Enfim, na sexta-feira, findou a tremenda organização daquela viagem histórica! O sábado predestinado amanheceu com generoso sol, de afagadora doçura. E eu acabava de guardar na mala, embrulhadas em papel pardo, as fotografias das criaturinhas suaves que, nesses vinte e sete meses de Paris, me tinham chamado *"mon petit chou! Mon rat chéri!"*[16] — quando Jacinto rompeu

---

[16] "Meu pequeno repolho! Meu rato querido!", em francês.

pelo quarto, com um soberbo ramo de orquídeas na sobrecasaca, pálido e todo nervoso.

— Vamos ao bosque, por despedida?

Fomos — à grande despedida! E que encanto! Até nas almofadas e molas da vitória senti logo uma elasticidade mais embaladora. Depois, pela avenida do bosque, quase me pesava não ficar sempiternamente rolando, ao trote rimado das éguas perfeitas, no rebrilho rico de metais e vernizes, sobre aquele macadame mais alisado que mármore, entre tão bem regadas flores e relvas de tão tentadora frescura, cruzando uma humanidade fina, de elegância bem-acabada, que almoçara o seu chocolate em porcelanas de Sèvres[17] ou de Minton, saíra de entre sedas e tapetes de três mil francos, e respirava a beleza de abril com vagar, requinte e pensamentos ligeiros! O bosque resplandecia numa harmonia de verde, azul e ouro. Nenhuma cova ou terra solta desalisava as polidas aleias que a arte traçou e enroscou na espessura — nenhum esgalho desgrenhado desmanchava as ondulações macias da folhagem que o Estado escova e lava. O piar das aves apenas se elevava para espalhar uma graça leve de vida alada; e mais natural parecia, entre o arvoredo sociável, o ranger das selas novas, onde pousavam, com balanço esbelto, as amazonas espartilhadas pelo grande Redfern. Em frente ao Pavilhão de Armenonville cruzamos Madame de Trèves, que nos envolveu a ambos na carícia do seu sorriso, mais avivado àquela hora pelo vermelhão ainda úmido. Logo atrás a barba talmúdica de Efraim negrejou, fresca também da brilhantina da

---

[17] Sèvres, cidade francesa perto de Paris, bem conhecida pela manufatura de porcelanas.

manhã, no alto de um faetonte tilintante. Outros amigos de Jacinto circulavam nas Acácias — e as mãos que lhe acenavam, lentas e afáveis, calçavam luvas frescas cor de palha, cor de pérola, cor de lilás. Todelle relampejou rente de nós sobre uma grande bicicleta. Dornan, alastrado numa cadeira de ferro, sob um espinheiro em flor, mamava o seu imenso charuto, como perdido na busca de rimas sensuais e nédias. Adiante foi o psicólogo, que nos não avistou, conversando com um requebro melancólico para dentro de um *coupé* que recendia à alcova, e a que um cocheiro obeso imprimia dignidade e decência. E rolávamos ainda, quando o duque de Marizac, a cavalo, ergueu a bengala, estacou a nossa vitória para perguntar a Jacinto se aparecia à noite nos "quadros vivos" dos Verghanes. O meu Príncipe rosnou um "não, parto para o sul..." que mal lhe passou de entre os bigodes murchos... E Marizac lamentou — porque era uma festa estupenda. Quadros vivos da história sagrada e da história romana!... Madame Verghane, de Madalena, de braços nus, peitos nus, pernas nuas, limpando com os cabelos os pés do Cristo! — O Cristo, um latagão soberbo, parente dos Trèves, empregado no Ministério da Guerra, gemendo, derreado, sob uma cruz de papelão! Havia também Lucrécia[18] na cama, e Tarquínio ao lado, de punhal, a puxar os lençóis! E depois ceia, em mesas soltas, todos nos seus trajes históricos. Ele já

---

[18] Segundo a lenda, Lucrécia foi seduzida à força por um filho de Tarquínio, o Soberbo (sétimo e último rei de Roma que a tradição diz ter reinado de 534 a 510 a.C.). Após ser violentada, suicidou-se, informando antes a seu pai e a seu marido o ocorrido. Por vingança, os dois, juntamente com Júnio Bruto, deram início ao processo de abolição da monarquia em Roma.

estava aparceirado com Madame de Malbe, que era Agripina!¹⁹ Quadro portentoso esse — Agripina morta, quando Nero a vem contemplar e lhe estuda as formas, admirando umas, desdenhando outras como imperfeitas. Mas, por polidez, ficara combinado que Nero admiraria sem reserva todas as formas de Madame de Malbe... Enfim colossal, e estupendamente instrutivo!

Acenamos um longo adeus àquele alegre Marizac. E recolhemos sem que Jacinto emergisse do silêncio enrugado em que se abismara, com os braços rigidamente cruzados, como remoendo pensamentos decisivos e fortes. Depois, em frente ao Arco do Triunfo, moveu a cabeça, murmurou:

— É muito grave, deixar a Europa!

Enfim, partimos! Sob a doçura do crepúsculo que se enublara deixamos o 202. O Grilo e o Anatole seguiam num fiacre atulhado de livros, de estojos, de paletós, de impermeáveis, de travesseiros, de águas minerais, de sacos de couro, de rolos de mantas; e mais atrás um ônibus rangia sob a carga de vinte e três malas. Na estação, Jacinto ainda comprou todos os jornais, todas as ilustrações, horários, mais livros, e um saca-rolhas de forma complicada e hostil. Guiados pelo chefe do tráfico, pelo secretário da companhia, ocupamos copiosamente o nosso salão. Eu pus o meu boné de seda, calcei as minhas chinelas. Um silvo varou a noite. Paris lampejou, fulgiu num derradeiro clarão de janelas... Para o sorver, Jacinto ainda se arremessou à portinhola. Mas rolávamos já na

---

[19] Mãe de Nero. Desposou em terceiras núpcias o imperador Cláudio, seu tio; depois, envenenou-o para colocar Nero no trono. Este, para escapar da terrível tutela da mãe, mandou assassiná-la.

treva da província. O meu Príncipe então recaiu nas almofadas:

— Que aventura, Zé Fernandes!

Até Chartres, em silêncio, folheamos as ilustrações. Em Orleães, o guarda veio arranjar respeitosamente as nossas camas. Derreado com aqueles catorze meses de Civilização, adormeci — e só acordei em Bordéus quando Grilo, zeloso, nos trouxe o nosso chocolate. Fora, uma chuva miudinha pingava molemente de um espesso céu de algodão sujo. Jacinto não se deitara, desconfiado da aspereza e da umidade dos lençóis. E, metido num roupão de flanela branco, com a face arrepiada e estremunhada, ensopando um bolo no chocolate, rosnava sombriamente:

— Este horror!... E agora com chuva!

Em Biarritz, ambos observamos com uma certeza indolente:

— É Biarritz.

Depois Jacinto, que espreitava pela janela embaciada, reconheceu o lento caminhar pernalto, o nariz bicudo e triste, do historiador Danjon. Era ele, o facundo homem, vestido de xadrezinho, ao lado de uma dama roliça que levava pela trela uma cadelinha felpuda. Jacinto baixou a vidraça violentamente, berrou pelo historiador, na ânsia de comunicar ainda, através dele, com a cidade, com o 202!... Mas o comboio mergulhara na chuva e névoa.

Sobre a ponte do Bidassoa,[20] antevendo o termo da vida fácil, os abrolhos da incivilização, Jacinto suspirou com desalento:

---

[20] Rio que separa a França da Espanha, numa extensão de 12 quilômetros.

— Agora adeus, começa a Espanha!...

Indignado, eu, que já saboreava o generoso ar da terra bendita, saltei para diante do meu Príncipe, e num saracoteio de tremendo *salero*,[21] castanholando os dedos, entoei uma petenera[22] condigna:

A la puerta de mi casa
Ay Soledad, Soleda... á... á... á.

Ele estendeu os braços, suplicante:
— Zé Fernandes, tem piedade do enfermo e do triste!
— Irun! Irun!...

Nessa Irun almoçamos com suculência — porque sobre nós velava, como deusa onipresente, a Companhia do Norte. Depois *"el jefe d'aduana, el jefe d'estación"*, preciosamente nos instalaram noutro salão, novo, com cetins cor de azeitona, mas tão pequeno que uma rica porção dos nossos confortos em mantas, livros, sacos e impermeáveis, passou para o compartimento do *sleeping*[23] onde se repoltreavam o Grilo e o Anatole, ambos de bonés escoceses, e fumando gordos charutos. — *Buen viaje! Gracias! Servidores!* — E entramos silvando nos Pireneus.

Sob a influência da chuva embaciadora, daquelas serras sempre iguais, que se desenrolavam, arrepiadas, diluídas na névoa, resvalei a uma sonolência doce; e, quando descerrava as pálpebras, encontrava Jacinto a um

---

[21] Termo espanhol que designa um dançarino virtuoso.
[22] Canto popular da Andaluzia.
[23] Nos trens, o carro-dormitório.

canto, esquecido do livro fechado nos joelhos, sobre que cruzara os magros dedos, considerando vales e montes com a melancolia de quem penetra nas terras do seu desterro! Um momento veio em que, arremessando o livro, enterrando mais o chapéu mole, se ergueu com tanta decisão, que receei detivesse o comboio para saltar à estrada, correr através das Vascongadas[24] e da Navarra, para trás, para o 202! Sacudi o meu torpor, exclamei: "Oh menino!...". Não! O pobre amigo ia apenas continuar o seu tédio para outro canto, enterrado noutra almofada, com outro livro fechado. E à maneira que a escuridão da tarde crescia, e com ela a borrasca de vento e água, uma inquietação mais aterrada se apoderava do meu Príncipe, assim desgarrado da Civilização, arrastado para a Natureza que já o cercava de brutalidade agreste. Não cessou então de me interrogar sobre Tormes:

— As noites são horríveis, hem, Zé Fernandes? Tudo negro, enorme solidão... E médico?... Há médico?

Subitamente o comboio estacou. Mais grossa e ruidosa a chuva fustigou as vidraças. Era um descampado, todo em treva, onde rolava e lufava um grande vento solto. A máquina apitava, com angústia. Uma lanterna lampejou, correndo. Jacinto batia o pé: "É medonho! É medonho!...". Entreabri a portinhola. Da claridade incerta das vidraças surdiam cabeças esticadas, assustadas: *"Que hay? Que hay?"*. A uma rajada, que me alagou, recuei, e esperamos durante lentos, calados minutos, esfregando desesperadamente os vidros embaciados para

---

[24] Região basca na qual se encontra Navarra, na fronteira com a França.

sondar a escuridão. De repente o comboio recomeçou a rolar, muito sereno.

Em breve apareceram as luzinhas mortas de uma estação abarracada. Um condutor, com o casacão de oleado todo a escorrer, trepou ao salão; e por ele soubemos, enquanto carimbava apressadamente os bilhetes, que o trem, muito atrasado, talvez não alcançasse em Medina o comboio de Salamanca!

— Mas então!...

O casaco de oleado escorregara pela portinhola, fundido na noite, deixando um cheiro de umidade e azeite. E nós encetamos um novo tormento... Se o trem de Salamanca tivesse abalado? O salão, tomado até Medina, desengatava em Medina — e eis os nossos preciosos corpos, com as nossas preciosas almas, despejados em Medina, para cima da lama, entre vinte e três malas, numa rude confusão espanhola, sob a tormenta de ventania e de água!

— Oh, Zé Fernandes, uma noite em Medina!

Ao meu Príncipe aparecia como desventura suprema essa noite em Medina, numa *fonda*[25] sórdida, fedendo a alho, com gordas filas de percevejos através dos lençóis de estopa encardida!... Não cessei então de fitar, num desassossego, os ponteiros do relógio — enquanto Jacinto, pela vidraça escancarada, todo fustigado da chuva clamorosa, furava a negrura, na esperança de avistar as luzes de Medina e um comboio paciente fumegando... Depois recaía no divã, limpava os bigodes e os olhos, maldizia a Espanha. O trem arquejava, rompendo o vasto vento da planura desolada. E a cada apito era um alvoroço.

---

[25] Estalagem, hospedaria, em espanhol.

Medina?... Não! Algum sumido apeadeiro, onde o trem se atardava, esfalfado, resfolegando, enquanto dormentes figuras encarapuçadas, embrulhadas em mantas, rondavam sob o telheiro do barracão, que as lanternas baças tornavam mais soturno. Jacinto esmurrava o joelho: "Mas por que para este infame comboio? Não há tráfico, não há gente! Oh esta Espanha!...". A sineta badalava, moribunda. De novo fendíamos a noite e a borrasca.

Resignadamente comecei a percorrer um *Jornal do comércio*, antigo, trazido de Paris. Jacinto esmagava o espesso tapete do salão com passadas rancorosas, rosnando como uma fera. E ainda assim se escoou, às gotas, uma hora cheia de eternidade. Um silvo, outro silvo!... Luzes mais fortes, longe, palpitaram na neblina. As rodas trilharam, com rijos solavancos, os encontros de carris. Enfim, Medina!... Um muro sujo de barracão alvejou — e bruscamente, à portinhola aberta com violência, aparece um cavalheiro barbudo, de capa à espanhola, gritando pelo Sr. D. Jacinto!... Depressa! Depressa! Que parte o comboio de Salamanca!

— *Que no hay un momento, caballeros! Que no hay un momento!*

Agarro estonteadamente o meu paltó, o *Jornal do comércio*. Saltamos com ânsia — e, pela plataforma, por sobre os trilhos, através de charcos, tropeçando em fardos, empurrados pelo vento, pelo homem da capa à espanhola, enfiamos outra portinhola, que se fechou com um estalo tremendo... Ambos arquejávamos. Era um salão forrado de um pano verde que comia a luz escassa. E eu estendia o braço, para receber dos carregadores açodados as nossas malas, os nossos livros, as nossas mantas — quando, em silêncio, sem um apito, o trem despegou e rolou. Ambos nos atiramos às vidraças, em brados furiosos:

— Pare! As nossas malas, as nossas mantas!... Pra'qui!... Oh Grilo! Oh Grilo!

Uma imensa rajada levou os nossos brados. Era de novo o descampado tenebroso, sob a chuva despenhada. Jacinto ergueu os punhos, num furor que o engasgava:

— Oh! Que serviço! Oh que canalhas!... Só em Espanha!... E agora? As malas perdidas!... Nem uma camisa, nem uma escova!

Calmei o meu desgraçado amigo:

— Escuta! Eu entrevi dois carregadores arrebanhando as nossas coisas... Decerto o Grilo fiscalizou. Mas na pressa, naturalmente, atirou com tudo para o seu compartimento... Foi um erro não trazer o Grilo conosco, no salão... Até podíamos jogar a manilha![26]

De resto a solicitude da companhia, deusa onipresente, velava sobre o nosso conforto — pois que à porta do lavatório branquejava o cesto da nossa ceia, mostrando na tampa um bilhete de D. Esteban com estas doces palavras a lápis — *a D. Jacinto y su egregio amigo, que les dé gusto!* Farejei um aroma de perdiz. E alguma tranquilidade nos penetrou no coração, sentindo também as nossas malas sob a tutela da deusa onipresente.

— Tens fome, Jacinto?

— Não. Tenho horror, furor, rancor!... E tenho sono.

Com efeito! Depois de tão desencontradas emoções só apetecíamos as camas que esperavam, macias e abertas.

---

[26] Jogo de cartas em que a de maior valor é o sete de todos os naipes, ou manilha, seguindo-se o ás, o rei, o valete, a dama e as cartas brancas, pelo seu real valor.

Quando caí sobre a travesseira, sem gravata, em ceroulas, já o meu Príncipe, que não se despira, apenas embrulhara os pés no *meu* paletó, nosso único agasalho, ressonava com majestade.

Depois, muito tarde e muito longe, percebi junto do meu catre, na claridadezinha da manhã, coada pelas cortinas verdes, uma fardeta, um boné, que murmuravam baixinho com imensa doçura:

— V. Ex.ª não tem nada a declarar?... Não há malinhas de mão?...

Era a minha terra! Murmurei baixinho com imensa ternura:

— Não temos aqui nada... Pergunte V. Ex.ª pelo Grilo... Aí atrás, num compartimento... Ele tem as chaves, tem tudo... É o Grilo.

A fardeta desapareceu, sem rumor, como sombra benéfica. E eu readormeci com o pensamento em Guiães, onde a tia Vicência, atarefada, de lenço branco cruzado no peito, decerto já preparava o leitão.

Acordei envolto num largo e doce silêncio. Era uma estação muito sossegada, muito varrida, com rosinhas brancas trepando pelas paredes — e outras rosas em moitas, num jardim, onde um tanquezinho abafado de limos dormia sob duas mimosas em flor que recendiam. Um moço pálido, de paletó cor de mel, vergando a bengalinha contra o chão, contemplava pensativamente o comboio. Agachada rente à grade da horta, uma velha, diante da sua cesta de ovos, contava moedas de cobre no regaço. Sobre o telhado secavam abóboras. Por cima rebrilhava o profundo, rico e macio azul de que meus olhos andavam aguados.

Sacudi violentamente Jacinto:

— Acorda, homem, que estás na tua terra!

Ele desembrulhou os pés do meu paletó, cofiou o bigode, e veio sem pressa, à vidraça que eu abrira, conhecer a sua terra.

— Então é Portugal, hem?... Cheira bem.

— Está claro que cheira bem, animal!

A sineta tilintou languidamente. E o comboio deslizou, com descanso, como se passeasse para seu regalo sobre as duas fitas de aço, assobiando e gozando a beleza da terra e do céu.

O meu Príncipe alargava os braços, desolado:

— E nem uma camisa, nem uma escova, nem uma gota de água--de-colônia!... Entro em Portugal, imundo!

— Na Régua[27] há uma demora, temos tempo de chamar o Grilo, reaver os nossos confortos... Olha para o rio!

Rolávamos na vertente de uma serra, sobre penhascos que desabavam até largos socalcos cultivados de vinhedo. Em baixo, numa esplanada, branquejava uma casa nobre, de opulento repouso, com a capelinha muito caiada entre um laranjal maduro. Pelo rio, onde a água turva e tarda[28] nem se quebrava contra as rochas, descia, com a vela cheia, um barco lento carregado de pipas. Para além, outros socalcos, de um verde pálido de resedá, com oliveiras apoucadas pela amplidão dos montes, subiam até outras penedias que se embebiam, todas brancas e assoalhadas, na fina abundância do azul. Jacinto acariciava os pelos corredios do bigode:

— O Douro, hem?... É interessante, tem grandeza. Mas agora é que eu estou com uma fome, Zé Fernandes!

---

[27] Cidade portuguesa, às margens do rio Douro.
[28] Calma, vagarosa.

— Também eu!

Destapamos o cesto de D. Esteban de onde surdiu um bodo[29] grandioso, de presunto, anho,[30] perdizes, outras viandas frias que o ouro de duas nobres garrafas de Amontillado, além de duas garrafas de Rioja, aqueciam com um calor de sol andaluz. Durante o presunto, Jacinto lamentou contritamente o seu erro. Ter deixado Tormes, um solar histórico, assim abandonado e vazio! Que delícia, por aquela manhã tão lustrosa e tépida, subir à serra, encontrar a sua casa bem apetrechada, bem civilizada... Para o animar, lembrei que com as obras do Silvério, tantos caixotes de civilização remetidos de Paris, Tormes estaria confortável mesmo para Epicuro.[31] Oh! mas Jacinto entendia um palácio perfeito, um 202 no deserto!... E, assim discorrendo, atacamos as perdizes. Eu desarrolhava uma garrafa de Amontillado — quando o comboio, muito sorrateiramente, penetrou numa estação. Era a Régua. E o meu Príncipe pousou logo a faca para chamar o Grilo, reclamar as malas que traziam o asseio dos nossos corpos.

— Espera, Jacinto! Temos muito tempo. O comboio para aqui uma hora... Come com tranquilidade. Não escangalhemos este almocinho com arrumações de maletas... O Grilo não tarda a aparecer.

---

[29] Festa onde se distribuem alimentos, ou alimentos e dinheiro, aos pobres. Em tempos antigos significava um banquete que se dava nas igrejas, em certas solenidades.
[30] Cordeiro.
[31] Filósofo grego (341-270 a.C.), cuja filosofia moral identifica o bem supremo com o prazer, aquele oriundo da prática da virtude e da cultura do espírito — não o prazer físico. Pregava também uma vida simples e sábia.

E corri mesmo a cortina, porque de fora um padre muito alto, com uma ponta de cigarro colada ao beiço, parara a espreitar indiscretamente o nosso festim. Mas quando acabamos as perdizes, e Jacinto confiadamente desembrulhava um queijo manchego,[32] sem que Grilo ou Anatole comparecessem, eu, inquieto, corri à portinhola para apressar esses servos tardios... E nesse instante o comboio, largando, deslizou com o mesmo silêncio sorrateiro. Para o meu Príncipe foi um desgosto:

— Aí ficamos outra vez sem um pente, sem uma escova... E eu que queria mudar de camisa! Por culpa tua, Zé Fernandes!

— É espantoso!... Demora sempre uma eternidade. Hoje chega e abala! Paciência, Jacinto. Em duas horas estamos na estação de Tormes... Também não valia a pena mudar de camisa para subir à serra. Em casa tomamos um banho, antes de jantar... já deve estar instalada a banheira.

Ambos nos consolamos com copinhos de uma divina aguardente Chinchon. Depois, estendidos nos sofás, saboreando os dois charutos que nos restavam, com as vidraças abertas ao ar adorável, conversamos de Tormes. Na estação certamente estaria o Silvério, com os cavalos...

— Que tempo leva a subir?

Uma hora. Depois de lavados sobrava tempo para um demorado passeio pelas terras com o caseiro, o excelente Melchior, para que o senhor de Tormes, solenemente, tomasse posse do seu senhorio. E à noite o primeiro

---

[32] Proveniente da Mancha, província espanhola.

bródio³³ da serra, com os pitéus³⁴ vernáculos do velho Portugal!

Jacinto sorria, seduzido:

— Vamos a ver que cozinheiro me arranjou esse Silvério. Eu recomendei que fosse um soberbo cozinheiro português, clássico. Mas que soubesse trufar um peru, afogar um bife em molho de moela, estas coisas simples da cozinha de França!... O pior é não te demorares, seguires logo para Guiães...

— Ah, menino, anos da tia Vicência no sábado... Dia sagrado! Mas volto. Em duas semanas estou em Tormes, para fazermos uma larga bucólica. E, está claro, para assistir à trasladação.

Jacinto estendera o braço:

— Que casarão é aquele, além no outeiro, com a torre?

Eu não sabia. Algum solar de fidalgote do Douro... Tormes era nesse feitio atarracado e maciço. Casa de séculos e para séculos — mas sem torre.

— E logo se vê, da estação, Tormes?...

— Não! Muito no alto, numa prega da serra, entre arvoredo.

No meu Príncipe já evidentemente nascera uma curiosidade pela sua rude casa ancestral. Mirava o relógio, impaciente. Ainda trinta minutos! Depois, sorvendo o ar e a luz, murmurava, no primeiro encanto de iniciado:

— Que doçura, que paz...

— Três horas e meia, estamos a chegar, Jacinto!

---

³³ Refeição alegre, comilança.
³⁴ Petiscos.

Guardei o meu velho *Jornal do comércio* dentro do bolso do paletó, que deitei sobre o braço; e ambos em pé, às janelas, esperamos com alvoroço a pequenina estação de Tormes, termo ditoso das nossas provações. Ela apareceu enfim, clara e simples, à beira do rio, entre rochas, com os seus vistosos girassóis enchendo um jardinzinho breve, as duas altas figueiras assombreando o pátio, e por trás a serra coberta de velho e denso arvoredo... Logo na plataforma avistei com gosto a imensa barriga, as bochechas menineiras do chefe da estação, o louro Pimenta, meu condiscípulo em retórica, no Liceu de Braga. Os cavalos decerto esperavam, à sombra, sob as figueiras.

Mal o trem parou ambos saltamos alegremente. A bojuda massa do Pimenta rebolou para mim com amizade:

—Viva o amigo Zé Fernandes!

— Oh belo Pimentão!...

Apresentei o senhor de Tormes. E imediatamente:

— Ouve lá, Pimentinha... Não está aí o Silvério?

— Não... O Silvério há quase dois meses que partiu para Castelo de Vide, ver a mãe que apanhou uma cornada de um boi!

Atirei a Jacinto um olhar inquieto:

— Ora essa! E o Melchior, o caseiro?... Pois não estão aí os cavalos para subirmos à quinta?

O digno chefe ergueu com surpresa as sombrancelhas cor de milho:

— Não!... Nem Melchior, nem cavalos... O Melchior... Há que tempos eu não vejo o Melchior!

O carregador badalou lentamente a sineta para o comboio rolar. Então, não avistando em torno, na lisa e despovoada estação, nem criados nem malas, o meu Príncipe e eu lançamos o mesmo grito de angústia:

— E o Grilo? As bagagens?...

Corremos pela beira do comboio, berrando com desespero:

— Grilo!... Oh Grilo!... Anatole!... Oh Grilo!

Na esperança em que ele e o Anatole viessem mortalmente adormecidos, trepávamos aos estribos, atirando a cabeça para dentro dos compartimentos, espavorindo a gente quieta com o mesmo berro que retumbava: "Grilo, estás aí, Grilo?". Já de uma terceira classe, onde uma viola repenicava, um jocoso gania, troçando: "Não há por aí um grilo? Andam por aí uns senhores a pedir um grilo!". E nem Anatole, nem Grilo!

A sineta tilintou.

— Oh Pimentinha, espera, homem, não deixes largar o comboio!... As nossas bagagens, homem!

E, aflito, empurrei o enorme chefe para o furgão de carga, a pesquisar, descortinar as nossas vinte e três malas! Apenas encontramos barris, cestos de vime, latas de azeite, um baú amarrado com cordas... Jacinto mordia os beiços, lívido. E o Pimentinha, esgazeado:

— Oh filhos, eu não posso atrasar o comboio!...

A sineta repicou... E com um belo fumo claro o comboio desapareceu por trás das fragas altas. Tudo em torno pareceu mais calado e deserto. Ali ficávamos pois baldeados, perdidos na serra, sem Grilo, sem procurador, sem caseiro, sem cavalos, sem malas! Eu conservava o paletó alvadio,[35] donde surgia o *Jornal do comércio*. Jacinto, uma bengala. Eram todos os nossos bens!

O Pimentão arregalava para nós os olhinhos papudos e compadecidos. Contei então àquele amigo o atarantado

---

[35] Cinza-claro.

trasfego[36] em Medina sob a borrasca. O Grilo desgarrado, encalhado com as vinte e três malas, ou rolando talvez para Madri sem nos deixar um lenço...

— Eu não tenho um lenço!... Tenho este *Jornal do comércio*. É toda a minha roupa branca.[37]

— Grande arrelia, caramba! — murmurava o Pimenta, impressionado. — E agora?

— Agora — exclamei — é trepar para a quinta, à pata... A não ser que se arranjassem aí uns burros.

Então o carregador lembrou que perto, no casal da Giesta, ainda pertencente a Tormes, o caseiro, seu compadre, tinha uma boa égua e um jumento... E o prestante homem enfiou numa carreira para Giesta — enquanto o meu Príncipe e eu caíamos para cima de um banco, arquejantes e sucumbidos, como náufragos. O vasto Pimentinha, com as mãos nas algibeiras, não cessava de nos contemplar, de murmurar: "É de arrelia". O rio defronte descia, preguiçoso e como adormentado sob a calma já pesada de maio, abraçando, sem um sussurro, uma larga ilhota de pedra que rebrilhava. Para além, a serra crescia em corcovas doces, com uma funda prega onde se aninhava, bem junta e esquecida do mundo, uma vilazinha clara. O espaço imenso repousava num imenso silêncio. Naquelas solidões de monte e penedia os pardais, revoando no telhado, pareciam aves consideráveis. E a massa rotunda e rubicunda do Pimentinha dominava, atulhava a região.

— Está tudo arranjado, meu senhor! Vêm aí os bichos!... Só o que não calhou foi um selinzinho para a jumenta!

---

[36] Baldeação de um trem a outro.
[37] Roupa de baixo; roupa íntima.

Era o carregador, digno homem, que voltava da Giesta, sacudindo na mão duas esporas desirmanadas e ferrugentas. E não tardaram a aparecer no córrego, para nos levarem a Tormes, uma égua ruça, um jumento com albarda,[38] um rapaz e um podengo.[39] Apertamos a mão suada e amiga do Pimentinha. Eu cedi a égua ao senhor de Tormes. E começamos a trepar o caminho, que não se alisara nem se desbravara desde os tempos em que o trilhavam, com rudes sapatões ferrados, cortando de rio a monte, os Jacintos do século XIV! Logo depois de atravessarmos uma trêmula ponte de pau, sobre um riacho quebrado por pedregulhos, o meu Príncipe, com o olho de dono subitamente aguçado, notou a robustez e a fartura das oliveiras... — E em breve os nossos males esqueceram ante a incomparável beleza daquela serra bendita!

Com que brilho e inspiração copiosa a compusera o Divino Artista que faz as serras, e que tanto as cuidou, e tão ricamente as dotou, neste seu Portugal bem--amado! A grandeza igualava a graça. Para os vales, poderosamente cavados, desciam bandos de arvoredos, tão copados e redondos, de um verde tão moço, que eram como um musgo macio onde apetecia cair e rolar. Dos pendores, sobranceiros ao carreiro[40] fragoso, largas ramarias estendiam o seu toldo amável, a que o esvoaçar leve dos pássaros sacudia a fragrância. Através dos muros seculares, que sustêm as terras liados pelas heras, rompiam grossas raízes coleantes[41] a que mais hera se enroscava.

---

[38] Sela rústica para bestas de carga.
[39] Cão próprio para a caça de coelhos.
[40] Caminho estreito, atalho, vereda; espaço entre fileiras de árvores.
[41] Que fazem curvas, como serpentes.

Em todo o torrão, de cada fenda, brotavam flores silvestres. Brancas rochas, pelas encostas, alastravam a sólida nudez do seu ventre polido pelo vento e pelo sol; outras, vestidas de líquen e de silvados floridos, avançavam como proas de galeras enfeitadas; e, de entre as que se apinhavam nos cimos, algum casebre que para lá galgara, todo amachucado e torto, espreitava pelos postigos negros, sob as desgrenhadas farripas de verdura, que o vento lhe semeara nas telhas. Por toda a parte a água sussurrante, a água fecundante... Espertos regatinhos fugiam, rindo com os seixos, de entre as patas da égua e do burro; grossos ribeiros açodados saltavam com fragor de pedra em pedra; fios direitos e luzidios como cordas de prata vibravam e faiscavam das alturas aos barrancos; e muita fonte, posta à beira de veredas, jorrava por uma bica, beneficamente, à espera dos homens e dos gados... Todo um cabeço por vezes era uma seara, onde um vasto carvalho ancestral, solitário, dominava como seu senhor e seu guarda. Em socalcos verdejavam laranjais recendentes. Caminhos de lajes soltas circundavam fartos prados com carneiros e vacas retouçando — ou mais estreitos, entalados em muros, penetravam sob ramadas de parra espessa, numa penumbra de repouso e frescura. Trepávamos então alguma ruazinha de aldeia, dez ou doze casebres, sumidos entre figueiras, onde se esgaçava, fugindo do lar pela telha--vã, o fumo branco e cheiroso das pinhas. Nos cerros remotos, por cima da negrura pensativa dos pinheirais, branquejavam ermidas. O ar fino e puro entrava na alma, e na alma espalhava alegria e força. Um esparso tilintar de chocalhos de guizos morria pelas quebradas...

Jacinto adiante, na sua égua ruça, murmurava:

— Que beleza!

E eu atrás, no burro de Sancho,[42] murmurava:

— Que beleza!

Frescos ramos roçavam os nossos ombros com familiaridade e carinho. Por trás das sebes, carregadas de amoras, as macieiras estendidas ofereciam as suas maçãs verdes, porque as não tinham maduras. Todos os vidros de uma casa velha, com a sua cruz no topo, refulgiram hospitaleiramente quando nós passamos. Muito tempo um melro nos seguiu, de azinheiro a olmo, assobiando os nossos louvores. Obrigado, irmão melro![43] Ramos de macieira, obrigado! Aqui vimos, aqui vimos! E sempre contigo fiquemos, serra tão acolhedora, serra de fartura e de paz, serra bendita entre as serras!

Assim, vagarosamente e maravilhados, chegamos àquela avenida de faias, que sempre me encantara pela sua fidalga gravidade. Atirando uma vergastada ao burro e à égua, o nosso rapaz, com o seu podengo sobre os calcanhares, gritou: "Aqui é que *estemos*, meus amos!". E ao fundo das faias, com efeito, aparecia o portão da quinta de Tormes, com o seu brasão de armas, de secular granito, que o musgo retocava e mais envelhecia. Dentro, já os cães ladravam com furor. E quando Jacinto, na sua suada égua, e eu atrás, no burro de Sancho, transpusemos o limiar solarengo, desceu para nós, do alto do alpendre, pela escadaria de pedra gasta, um homem nédio, rapado como um padre, sem colete, sem jaleca,[44] acalmando os

---

[42] Referência ao burro do fiel escudeiro de D. Quixote de la Mancha, Sancho Pança.

[43] Alusão a S. Francisco de Assis e ao espírito de comunhão entre o homem e a natureza.

[44] Casaco curto, jaqueta.

cães que se encarniçavam contra o meu Príncipe. Era o Melchior, o caseiro... Apenas me reconheceu, toda a boca se lhe escancarou num riso hospitaleiro, a que faltavam dentes. Mas apenas eu lhe revelei, naquele cavalheiro de bigodes louros que descia da égua esfregando os quadris, o senhor de Tormes — o bom Melchior recuou, colhido de espanto e terror como diante de uma avantesma.

— Ora essa!... Santíssimo nome de Deus! Pois então...

E, entre o rosnar dos cães, num bracejar desolado, balbuciou uma história que por seu turno apavorava Jacinto, como se o negro muro do casarão pendesse para desabar. O Melchior não esperava S. Ex.ª! Ninguém esperava S. Ex.ª... (Ele dizia *sua incelência*...) O Sr. Silvério estava para Castelo de Vide desde março, com a mãe, que apanhara uma cornada na virilha. E decerto houvera engano, cartas perdidas... Porque o Sr. Silvério só contava com S. Ex.ª em setembro, para a vindima! Na casa, as obras seguiam devagarinho, devagarinho... O telhado, no sul, ainda continuava sem telhas; muitas vidraças esperavam, ainda sem vidros; e, para ficar, Virgem Santa, nem uma cama arranjada!...

Jacinto cruzou os braços numa cólera tumultuosa que o sufocava. Por fim, com um berro:

— Mas os caixotes? Os caixotes, mandados de Paris, em fevereiro, há quatro meses?...

O desgraçado Melchior arregalava os olhos miúdos, que se embaciavam de lágrimas. Os caixotes?! Nada chegara, nada aparecera!... E na sua perturbação mirava pelas arcadas do pátio, palpava na algibeira das pantalonas. Os caixotes?... Não, não tinha os caixotes!

— E agora, Zé Fernandes?

Encolhi os ombros:

— Agora, meu filho, só vires comigo para Guiães... Mas são duas horas fartas a cavalo. E não temos cavalos! O melhor é ver o casarão, comer a boa galinha que o nosso amigo Melchior nos assa no espeto, dormir numa enxerga, e amanhã cedo, antes do calor, trotar para cima, para a tia Vicência.

Jacinto replicou, com uma decisão furiosa:

— Amanhã troto, mas para baixo, para a estação!... E depois, para Lisboa!

E subiu a gasta escadaria do seu solar com amargura e rancor. Em cima uma larga varanda acompanhava a fachada do casarão, sob um alpendre de negras vigas, toda ornada, por entre os pilares de granito, com caixas de pau onde floriam cravos. Colhi um cravo amarelo — e penetrei atrás de Jacinto nas salas nobres, que ele contemplava com um murmúrio de horror. Eram enormes, de uma sonoridade de casa capitular,[45] com os grossos muros enegrecidos pelo tempo e o abandono, e regeladas, desoladamente nuas, conservando apenas aos cantos algum monte de canastras[46] ou alguma enxada entre paus. Nos tetos remotos, de carvalho apainelado,[47] luziam através dos rasgões manchas de céu. As janelas, sem vidraças, conservavam essas maciças portadas, com fechos para as trancas, que, quando se cerram, espalham a treva. Sob os nossos passos, aqui e além, uma tábua podre rangia e cedia.

---

[45] Casa de religiosos.
[46] Cestos largos e um pouco altos, de ripas de madeira flexível, de verga ou revestidos de couro.
[47] Ornamento constituído por molduras em forma de quadro; painel.

— Inabitável! — rugia Jacinto surdamente. — Um horror! Uma infâmia!...

Mas depois, noutras salas, o soalho alternava com remendos de tábuas novas. Os mesmos remendos claros mosqueavam os velhíssimos tetos de rico carvalho sombrio. As paredes repeliam pela alvura crua da cal fresca. E o sol mal atravessava as vidraças — embaciadas e gordurentas da massa e das mãos dos vidraceiros.

Penetramos enfim na última, a mais vasta, rasgada por seis janelas, mobilada com um armário e com uma enxerga parda e curta estirada a um canto; e junto dela paramos, e sobre ela depusemos tristemente o que nos restava de vinte e três malas — o meu paletó alvadio, a bengala de Jacinto, e o *Jornal do comércio* que nos era comum. Através das janelas escancaradas, sem vidraças, o grande ar da serra entrava e circulava como num eirado, com um cheiro fresco de horta regada. Mas o que avistávamos, da beira da enxerga, era um pinheiral cobrindo um cabeço e descendo pelo pendor suave, à maneira de uma hoste em marcha, com pinheiros na frente, destacados, direitos, emplumados de negro; mais longe as serras de além-rio, de uma fina e macia cor de violeta; depois a brancura do céu, todo liso, sem uma nuvem, de uma majestade divina. E lá de baixo, dos vales, subia, desgarrada e melancólica, uma voz de pegureiro[48] cantando.

Jacinto caminhou lentamente para o poial de uma janela, onde caiu esbarrondado pelo desastre, sem resistência ante aquele brusco desaparecimento de toda a Civilização! Eu palpava a enxerga, dura e regelada

---

[48] Guardador de gado; pastor.

como um granito de inverno. E pensando nos luxuosos colchões de penas e molas, tão prodigamente encaixotados no 202, desafoguei também a minha indignação:

— Mas os caixotes, caramba?... Como se perdem assim trinta e tantos caixotes enormes?...

Jacinto sacudiu amargamente os ombros:

— Encalhados, por aí, algures, num barracão!... Em Medina, talvez, nessa horrenda Medina. Indiferença das companhias, inércia do Silvério... Enfim a Península, a barbárie!

Vim ajoelhar sobre o outro poial, alongando os olhos consolados por céu e monte:

— É uma beleza!

O meu Príncipe, depois de um silêncio grave, murmurou, com a face encostada à mão:

— É uma lindeza... E que paz!

Sob a janela vicejava fartamente uma horta, com repolho, feijoal, talhões de alface, gordas folhas de abóbora rastejando. Uma eira, velha e mal alisada, dominava o vale, donde já subia tenuemente a névoa de algum fundo ribeiro. Toda a esquina do casarão desse lado se encravava em laranjal. E de uma fontinha rústica, meio afogada em rosas tremedeiras, corria um longo e rutilante fio de água.

— Estou com apetite desesperado daquela água — declarou Jacinto, muito sério.

— Também eu... Desçamos ao quintal, hem? E passamos pela cozinha, a saber do frango.

Voltamos à varanda. O meu Príncipe, mais conciliado com o destino inclemente, colheu um cravo amarelo. E por outra porta baixa, de rigíssimas umbreiras, mergulhamos numa sala, alastrada de caliça, sem teto, coberta apenas de grossas vigas, donde se ergueu uma revoada de pardais.

— Olha para este horror! — murmurava Jacinto arrepiado.

E descemos por uma lôbrega escada de castelo, tenteando depois um corredor tenebroso de lajes ásperas, atravancado por profundas arcas, capazes de guardar todo o grão de uma província. Ao fundo a cozinha, imensa, era uma massa de formas negras, madeira negra, pedra negra, densas negruras de felugem secular. E neste negrume refulgia a um canto, sobre o chão de terra negra, a fogueira vermelha, lambendo tachos e panelas de ferro, despedindo uma fumarada que fugia pela grade aberta no muro, depois por entre a folhagem dos limoeiros. Na enorme lareira, onde se aqueciam e assavam as suas grossas peças de porco e boi os Jacintos medievais, agora desaproveitada pela frugalidade dos caseiros, negrejava um poeirento montão de cestas e ferramentas; e a claridade toda entrava por uma porta de castanho, escancarada sobre um quintalejo rústico em que se misturavam couves lombardas e junquilhos formosos. Em roda do lume um bando alvoroçado de mulheres depenava frangos, remexia as caçarolas, picava a cebola, com um fervor afogueado e palreiro. Todas emudeceram quando aparecemos — e de entre elas o pobre Melchior, estonteado, com o sangue a espirrar na nédia face de abade, correu para nós, jurando "que o jantarinho de *suas incelências* não demorava um credo...".[49]

— E a respeito de camas, oh amigo Melchior?

---

[49] Antigamente, a palavra credo era utilizada para indicar também o tempo que se gasta em rezar esta oração.

O digno homem ciciou uma desculpa encolhida "sobre enxergazinhas no chão"...

— É o que basta! — acudi eu, para o consolar. — Por uma noite, com lençóis frescos...

— Ah, lá pelos lençoizinhos respondo eu!... Mas um desgosto assim, meu senhor! A gente apanhada sem um colchãozinho de lã, sem um lombozinho de vaca... Que eu já pensei, até lembrei à minha comadre, *vossas incelências* podiam ir dormir aos *Ninhos* a casa do Silvério. Tinham lá camas de ferro, lavatórios... Ele sempre é uma leguazita e mau caminho...

Jacinto, bondoso, acudiu:

— Não, tudo se arranja, Melchior. Por uma noite... Até gosto mais de dormir em Tormes, na minha casa da serra!

Saímos ao terreiro, retalho de horta fechado por grossas rochas encabeladas de verdura, entestando com os socalcos da serra onde lourejava o centeio. O meu Príncipe bebeu da água nevada e luzidia da fonte, regaladamente, com os beiços na bica; apeteceu a alface rechonchuda e crespa; e atirou pulos aos ramos altos de uma copada cerejeira, toda carregada de cereja. Depois, costeando o velho lagar,[50] a que um bando de pombas branqueava o telhado, deslizamos até ao carreiro, cortado no costado do monte. E andando, pensativamente, o meu Príncipe pasmava para os milheirais, para os vetustos carvalhos plantados por vetustos Jacintos, para os casebres espalhados sobre os cabeços à orla negra dos pinheirais.

---

[50] Espécie de tanque onde se espremem uvas e outros frutos oleaginosos.

De novo penetramos na avenida de faias e transpusemos o portão senhorial entre o latir dos cães, mais mansos, farejando um dono. Jacinto reconheceu "certa nobreza" na frontaria do seu lar. Mas sobretudo lhe agradava a longa alameda, assim direita e larga, como traçada para nela se desenrolar uma cavalgada de senhores com plumas e pajens. Depois, de cima da varanda, reparando na telha nova da capela, louvou o Silvério, "esse ralaço", por cuidar ao menos da morada do Bom Deus.

— E esta varanda também é agradável — murmurou ele mergulhando a face no aroma dos cravos. — Precisa grandes poltronas, grandes divãs de verga...

Dentro, na "nossa sala", ambos nos sentamos nos poiais da janela, contemplando o doce sossego crepuscular que lentamente se estabelecia sobre vale e monte. No alto tremeluzia uma estrelinha, a Vênus diamantina, lânguida anunciadora da noite e dos seus contentamentos. Jacinto nunca considerara demoradamente aquela estrela, de amorosa refulgência, que perpetua no nosso céu católico a memória da deusa incomparável — nem assistira jamais, com a alma atenta, ao majestoso adormecer da natureza. E este enegrecimento dos montes que se embuçam em sombra; os arvoredos emudecendo, cansados de sussurrar; o rebrilho dos casais[51] mansamente apagado; o cobertor de névoa, sob que se acama e agasalha a frialdade dos vales; um toque sonolento de sino que rola pelas quebradas; o segredado cochichar das águas e das relvas escuras — eram para ele como iniciações. Daquela janela, aberta sobre as serras, entrevia uma outra vida, que não anda somente cheia do Homem

---

[51] Pequenos povoados, lugarejos; pequenas propriedades rurais.

e do tumulto da sua obra. E senti o meu amigo suspirar como quem enfim descansa.

Deste enlevo nos arrancou o Melchior com o doce aviso do "jantarinho de *suas incelências*". Era noutra sala, mais nua, mais abandonada — e aí logo à porta o meu supercivilizado Príncipe estacou, estarrecido pelo desconforto, escassez e rudeza das coisas. Na mesa, encostada ao muro denegrido, sulcado pelo fumo das candeias, sobre uma toalha de estopa, duas velas de sebo em castiçais de lata alumiavam grossos pratos de louça amarela, ladeados por colheres de estanho e por garfos de ferro. Os copos, de um vidro espesso, conservavam a sombra roxa do vinho que neles passara em fartos anos de fartas vindimas. A malga[52] de barro, atestada[53] de azeitonas pretas, contentaria Diógenes.[54] Espetado na côdea de um imenso pão reluzia um imenso facalhão. E na cadeira senhorial reservada ao meu Príncipe, derradeira alfaia dos velhos Jacintos, de hirto espaldar de couro, com a madeira roída de caruncho, a clina fugia em melenas pelos rasgões do assento puído.

Uma formidável moça, de enormes peitos que lhe tremiam dentro das ramagens do lenço cruzado, ainda suada e esbrascada do calor da lareira, entrou esmagando o soalho, com uma terrina a fumegar. E o Melchior, que seguia erguendo a infusa do vinho, esperava que *suas incelências* lhe perdoassem porque faltara tempo para o caldinho apurar... Jacinto ocupou a sede ancestral — e

---

[52] Tigela onde os camponeses tomam sopa.
[53] Cheia até a boca; totalmente cheia.
[54] Filósofo grego (400-323 a.C.). Desprezava os bens materiais e vivia de forma excessivamente simples, repudiando os costumes civilizados.

durante momentos (de esgazeada ansiedade para o caseiro excelente) esfregou energicamente, com a ponta da toalha, o garfo negro, a fusca[55] colher de estanho. Depois, desconfiado, provou o caldo, que era de galinha e recendia. Provou — e levantou para mim, seu camarada de misérias, uns olhos que brilharam, surpreendidos. Tornou a sorver uma colherada mais cheia, mais considerada. E sorriu, com espanto: "Está bom!".

Estava precioso; tinha fígado e tinha moela; o seu perfume enternecia: três vezes, fervorosamente, ataquei aquele caldo.

— Também lá volto! — exclamava Jacinto com uma convicção imensa. — É que estou com uma fome... Santo Deus! Há anos que não sinto esta fome.

Foi ele que rapou avaramente a sopeira. E já espreitava a porta, esperando a portadora dos pitéus, a rija moça de peitos trementes, que enfim surgiu, mais esbraseada, abalando o sobrado — e pousou sobre a mesa uma travessa a transbordar de arroz com favas. Que desconsolo! Jacinto, em Paris, sempre abominara favas!... Tentou todavia uma garfada tímida — e de novo aqueles seus olhos, que o pessimismo enevoara, luziram, procurando os meus. Outra larga garfada, concentrada, com uma lentidão de frade que se regala. Depois um brado:

— Ótimo!... Ah, destas favas, sim! Oh que fava! Que delícia!

E por esta santa gula louvava a serra, a arte perfeita das mulheres palreiras que embaixo remexiam as panelas, o Melchior que presidia ao bródio...

---

[55] Escura, negra.

— Deste arroz com fava nem em Paris, Melchior amigo!

O homem ótimo sorria, inteiramente desanuviado:

— Pois é cá a comidinha dos moços da quinta! E cada pratada, que até *suas incelências* se riam... Mas agora, aqui, o Sr. D. Jacinto, também vai engordar e enrijar!

O bom caseiro sinceramente cria que, perdido nesses remotos Parises, o senhor de Tormes, longe da fartura de Tormes, padecia fome e minguava... E o meu Príncipe, na verdade, parecia saciar uma velhíssima fome e uma longa saudade da abundância, rompendo assim, a cada travessa, em louvores mais copiosos. Diante do louro frango assado no espeto e da salada que ele apetecera na horta, agora temperada com um azeite da serra digno dos lábios de Platão, terminou por bradar: "É divino!". Mas nada o entusiasmava como o vinho de Tormes, caindo do alto, da bojuda infusa verde — um vinho fresco, esperto, seivoso, e tendo mais alma, entrando mais na alma, que muito poema ou livro santo. Mirando, à vela de sebo, o copo grosso que ele orlava de leve espuma rósea, o meu Príncipe, com um resplendor de otimismo na face, citou Virgílio:[56]

— *Quo te carmina dicam, Rethica?* Quem dignamente te cantará, vinho amável destas serras?

Eu, que não gosto que me avantajem em saber clássico, espanejei logo também o meu Virgílio, louvando as doçuras da vida rural:

— *Hanc olim veteres vitam coluere Sabini...* Assim viveram os velhos Sabinos. Assim Rômulo e Remo...

---

[56] Publius Vergilius Maro (70-19 a.C.), poeta latino que escreveu as *Geórgicas*, as *Bucólicas* e a *Eneida*.

Assim cresceu a valente Etrúria. Assim Roma se tornou a maravilha do mundo!

E imóvel, com a mão agarrada à infusa, o Melchior arregalava para nós os olhos em infinito assombro e religiosa reverência.

Ah! Jantamos deliciosissimamente, sob os auspícios do Melchior — que ainda depois, próvido e tutelar, nos forneceu o tabaco. E, como ante nós se alongava uma noite de monte, voltamos para as janelas desvidraçadas, na sala imensa, a contemplar o suntuoso céu de verão. Filosofamos então com pachorra e facúndia.

Na cidade (como notou Jacinto) nunca se olham, nem lembram os astros — por causa dos candeeiros de gás ou dos globos de eletricidade que os ofuscam. Por isso (como eu notei) nunca se entra nessa comunhão com o universo que é a única glória e única consolação da vida. Mas na serra, sem prédios disformes de seis andares, sem a fumaraça que tapa Deus, sem os cuidados que, como pedaços de chumbo, puxam a alma para o pó rasteiro — um Jacinto, um Zé Fernandes, livres, bem jantados, fumando nos poiais de uma janela, olham para os astros e os astros olham para eles. Uns, certamente, com olhos de sublime imobilidade ou de sublime indiferença. Mas outros curiosamente, ansiosamente, com uma luz que acena, uma luz que chama, como se tentassem, de tão longe, revelar os seus segredos, ou de tão longe compreender os nossos...

— Oh Jacinto, que estrela é esta, aqui, tão viva, sobre o beiral do telhado?

— Não sei... E aquela, Zé Fernandes, além, por cima do pinheiral?

— Não sei.

Não sabíamos. Eu, por causa da espessa crosta de ignorância com que saí do ventre de Coimbra,[57] minha mãe espiritual. Ele, porque na sua biblioteca possuía trezentos e oito tratados sobre astronomia, e o saber, assim acumulado, forma um monte que nunca se transpõe nem se desbasta. Mas que nos importava que aquele astro além se chamasse Sírio e aquele outro Aldebarã? Que lhes importava a eles que um de nós fosse Jacinto, outro Zé? Eles tão imensos, nós tão pequeninos, somos a obra da mesma vontade. E todos, Uranos ou Lorenas de Noronha e Sande, constituímos modos diversos de um ser único, e as nossas diversidades esparsas somam na mesma compacta unidade. Moléculas do mesmo todo, governadas pela mesma lei, rolando para o mesmo fim... Do astro ao homem, do homem à flor do trevo, da flor do trevo ao mar sonoro — tudo é o mesmo corpo, onde circula, como um sangue, o mesmo deus. E nenhum frêmito de vida, por menor, passa numa fibra desse sublime corpo, que se não repercuta em todas, até às mais humildes, até às que parecem inertes e invitais. Quando um sol que não avisto, nunca avistarei, morre de inanição nas profundidades, esse esguio galho de limoeiro, embaixo na horta, sente um secreto arrepio de morte — e, quando eu bato uma patada no soalho de Tormes, além o monstruoso Saturno estremece, e esse estremecimento percorre o inteiro universo! Jacinto abateu rijamente a mão no rebordo da janela. Eu gritei:

— Acredita!... O sol tremeu.

E depois (como eu notei) devíamos considerar que, sobre cada um desses grãos de pó luminoso, existia uma

---

[57] Referência à Universidade de Coimbra.

criação, que incessantemente nasce, perece, renasce. Neste instante, outros Jacintos, outros Zés Fernandes, sentados às janelas de outras Tormes, contemplam o céu noturno, e nele um pequenininho ponto de luz, que é a nossa possante Terra por nós tanto sublimada. Não terão todos esta nossa forma, bem frágil, bem desconfortável, e (a não ser no Apolo do Vaticano,[58] na Vênus de Milo,[59] e talvez na princesa de Carman) singularmente feia e burlesca. Mas horrendos ou de inefável beleza; colossais e de uma carne mais dura que o granito, ou leves como gazes e ondulando na luz, todos eles são seres pensantes e têm consciência da vida — porque decerto cada mundo possui o seu Descartes, ou já o nosso Descartes os percorreu a todos com o seu Método,[60] a sua escura capa, a sua agudeza elegante, formulando a única certeza talvez certa, o grande *Penso, logo existo*. Portanto todos nós, habitantes dos mundos, às janelas dos nossos casarões, além nos Saturnos, ou aqui na nossa terrícula, constantemente perfazemos um ato sacrossanto que nos penetra e nos funde — que é sentirmos no pensamento o núcleo comum das nossas modalidades, e portanto realizarmos um momento, dentro da consciência, a unidade do universo!

— Hem, Jacinto?...

---

[58] Também conhecido como Apolo de Belveder, estátua da Antiguidade, é o símbolo da beleza plástica masculina.

[59] Estátua antiga, representando a deusa grega, encontrada na ilha de Milo, em 1820. Encontra-se no Museu do Louvre.

[60] Descartes, ao procurar uma certeza que não se pudesse colocar em dúvida, utiliza o método da dúvida sistemática — duvidar de tudo até encontrar aquela verdade da qual ninguém poderia duvidar. Nesse processo chega a uma proposição indubitável, base de sua filosofia: "Penso, logo existo".

O meu amigo rosnou:

— Talvez... Estou a cair com sono.

— Também eu. "Remontamos muito, excelentíssimo senhor!", como dizia o Pestaninha em Coimbra. Mas nada mais belo, e mais vão, que uma cavaqueira,[61] no alto das serras, a olhar para as estrelas!... Tu sempre vais amanhã?

— Com certeza, Zé Fernandes! Com a certeza de Descartes. *"Penso, logo fujo!"* Como queres tu, neste pardieiro, sem uma cama, sem uma poltrona, sem um livro?... Nem só de arroz com fava vive o homem! Mas demoro em Lisboa, para conversar com o Sesimbra, o meu administrador. E também à espera que estas obras acabem, os caixotes surjam, e eu possa voltar decentemente, com roupa lavada, para a trasladação...

— É verdade, os ossos...

— Mas resta ainda o Grilo... Que animal! Por onde andará esse perdido?

Então, passeando lentamente na sala enorme, onde a vela de sebo derretida no castiçal de lata era como um lume de cigarro num descampado, meditamos na sorte do Grilo. O estimado negro ou fora despejado nas lamas de Medina, com as vinte e sete malas, aos gritos — ou, regaladamente adormecido, rolara com o Anatole no comboio para Madri. Mas ambos os casos apareciam ao meu Príncipe como irremediavelmente destruidores do seu conforto...

— Não, escuta, Jacinto... Se o Grilo encalhou em Medina, dormiu na *fonda*, catou os percevejos, e esta madrugada correu para Tormes. Quando amanhã des-

---

[61] Conversação amigável, despretensiosa.

ceres à estação, às quatro horas, encontras o teu precioso homem, com as tuas preciosas malas, metido nesse comboio que te leva ao Porto e à Capital...

Jacinto sacudiu os braços como quem se debate nas malhas de uma rede:

— E se seguiu para Madri?

— Então, por esta semana, cá aparece em Tormes, onde encontra ordem para regressar a Lisboa e reentrar no teu séquito... Resta o interessante caso das minhas bagagens. Se amanhã encontrares na estação o Grilo, separa a minha mala negra, e o saco de lona, e a chapeleira. O Grilo conhece. E pede ao Pimenta, ao gordalhufo, que me avise para Guiães. Se o Grilo aportar Tormes, esfogueteado de Madri, com toda essa malária, deixa as minhas coisas aqui, ao Melchior... Eu amanhã falo ao Melchior.

Jacinto sacudiu furiosamente o colarinho:

— Mas como posso eu partir para Lisboa, amanhã, com esta camisa de dois dias, que já me faz um comichão horrendo? E sem um lenço... Nem ao menos uma escova de dentes!

Fértil em ideias, estendi as mãos, num belo gesto tutelar:

— Tudo se arranja, meu Jacinto, tudo se arranja! Eu, largando daqui cedo, pelas seis horas, chego a Guiães às dez, ainda sem calor. E, mesmo antes do almoço e da cavaqueira com a tia Vicência, imediatamente te mando por um moço um saco de roupa branca. As minhas camisas e as minhas ceroulas talvez te estejam largas. Mas um mendigo como tu não tem direito a elegâncias e a roupas bem cortadas. O moço, num bom trote, entra aqui às duas horas; tens tempo de mudar antes de desceres para a estação... Posso meter na mala uma escova de dentes.

— Oh Zé Fernandes! Então mete também uma esponja... E um frasco de água-de-colônia!

— Água de alfazema, excelente, feita pela tia Vicência...

O meu Príncipe suspirou, impressionado com a sua miséria esquálida, e esta dádiva de roupas:

— Bem, então vamos dormir, que estou esfalfado de emoções e de astros...

Justamente Melchior entreabria a pesada porta, com timidez, a avisar que "estavam preparadinhas as camas de *suas incelências*". E seguindo o bom caseiro, que erguia uma candeia, que avistamos nós, o meu Príncipe e eu, ainda há pouco irmanados com os astros? Em duas saletas, que uma abertura em arco, lôbrego arco de pedra, separava — duas enxergas sobre o soalho. Junto à cabeceira da mais larga, que pertencia ao senhor de Tormes, um castiçal de latão sobre um alqueire;[62] aos pés, como lavatório, um alguidar vidrado em cima de uma tripeça. Para mim, serrano daquelas serras, nem alguidar nem alqueire.

Lentamente, com o pé, o meu supercivilizado amigo palpou a enxerga. E decerto lhe sentiu uma dureza intransigente, porque ficou pendido sobre ela, a correr desoladamente os dedos pela face desmaiada.

— E o pior não é ainda a enxerga — murmurou enfim com um suspiro. — É que não tenho camisa de dormir, nem chinelas!... E não me posso deitar de camisa engomada.

---

[62] Refere-se ao recipiente que contém o azeite.

Por inspiração minha recorremos ao Melchior. De novo esse benemérito providenciou, trazendo a Jacinto, para ele desafogar os pés, uns tamancos — e para embrulhar o corpo uma camisa da comadre, enorme, de estopa, áspera como uma estamenha[63] de penitente, com folhos mais crespos e duros do que lavores de madeira. Para consolar o meu Príncipe lembrei que Platão quando compunha o *Banquete*,[64] Vasco da Gama quando dobrava o Cabo, não dormiam em melhores catres! As enxergas rijas fazem as almas fortes, oh Jacinto!... E é só vestido de estamenha que se penetra no Paraíso.

— Tens tu — volveu o meu amigo secamente — alguma coisa que eu leia? Não posso adormecer sem um livro.

Eu? Um livro? Possuía apenas o velho número do *Jornal do comércio*, que escapara à dispersão dos nossos bens. Rasguei a copiosa folha pelo meio, partilhei com Jacinto fraternalmente. Ele tomou a sua metade, que era a dos anúncios... E quem não viu então Jacinto, senhor de Tormes, acaçapado à borda da enxerga, rente da vela de sebo que se derretia no alqueire, com os pés encafuados nos socos,[65] perdido dentro das ásperas pregas e dos rijos folhos da camisa serrana, percorrendo num pedaço velho de gazeta, pensativamente, as partidas dos paquetes — não pode saber o que é uma intensa e verídica imagem do desalento.

---

[63] Tecido de lã com que eram confeccionadas as roupas de frades e religiosos em geral.

[64] Obra de Platão que tem por assunto o amor. Da beleza corporal, a teoria eleva-se à das almas, depois à ideia de beleza perfeita e eterna.

[65] Tamancos.

Recolhido à minha alcova espartana, desabotoava o colete, num delicioso cansaço, quando o meu Príncipe ainda me reclamou:

— Zé Fernandes...

— Dize.

— Manda também no saco um abotoador de botas.

Estirado comodamente na rija enxerga murmurei, como sempre murmuro ao penetrar no sono, que é um primo da morte: "Deus seja louvado!". Depois tomei a metade do *Jornal do comércio* que me pertencia.

— Zé Fernandes...

— Que é?

— Também podias meter no saco pós dos dentes... E uma lima das unhas... E um romance!

Já a meia gazeta me escapava das mãos dormentes. Mas da sua alcova, depois de soprar a vela, Jacinto murmurou entre um bocejo:

— Zé Fernandes...

— Hem?

— Escreve para Lisboa, para o Hotel Bragança... Os lençóis ao menos são frescos, cheiram bem, a sadio!

Capítulo IX

Cedo, de madrugada, sem rumor, para não despertar o meu Jacinto, que, com as mãos cruzadas sobre o peito, dormia beatificamente na sua enxerga de granito — parti para Guiães.

Ao cabo de uma semana, recolhendo uma manhã para o almoço, encontrei no corredor as minhas malas tão desejadas, que um moço do casal da Giesta trouxera num carro com "recados do Sr. Pimentinha". O meu pensamento pulou para o meu Príncipe. E lancei pelo telégrafo, para Lisboa, para o Hotel Bragança, este brado alegre: "Estás lá? Sei recuperaste Grilo e Civilização! Hurra! Abraço!".

Só depois de sete dias, ocupados numa delicada apanha de aspargos com que outrora civilizara a horta da tia Vicência, notei o silêncio de Jacinto. Num bilhete-postal renovei, desenvolvi o grito amigo: "Estás lá? São os prazeres da Baixa[1] que assim te tornam desatento e mudo? Eu, todo aspargos! Responde, quando chegas? Tempo delicioso! 23 graus à sombra. E os ossos?...".

Veio depois a devota romaria da Senhora da Roqueirinha. Durante a lua nova andei num corte de mato, na minha terra das Corcas. A tia Vicência vomitou, com uma indigestão de morcelas. E o silêncio do meu Príncipe era ingrato e ferrenho.

Enfim, uma tarde, voltando da Flor da Malva, de casa da minha prima Joaninha, parei em Sandofim, na venda do Manuel Rico, para beber de certo vinho branco que a minha alma conhece — e sempre pede.

---

[1] Região de Lisboa, zona de prostituição.

Defronte, à porta do ferrador, o Severo, sobrinho do Melchior de Tormes e o mais fino alveitar da serra, picava tabaco, escarranchado num banco. Mandei encher outro quartilho;[2] ele acariciou o pescoço da minha égua que já salvara de um esfriamento; e, como eu indagasse do nosso Melchior, o Severo contou que na véspera jantara com ele em Tormes, e se abeirara também do fidalgo...

— Ora essa! Então o Sr. D. Jacinto está em Tormes?

O meu espanto divertiu o Severo:

— Então V. Ex.ª... Pois em Tormes é que ele está, há mais de cinco semanas, sem arredar! E parece que fica para a vindima, e vai lá uma grandeza!

Santíssimo nome de Deus! Ao outro dia, domingo, depois da missa e sem me assustar com a calma que carregava, trotei alvoroçadamente para Tormes. Ao latir dos rafeiros, quando transpus o portal solarengo, a comadre do Melchior acudiu dos lados do curral, com um alguidar de lavagem encostado à cintura. — Então o Sr. D. Jacinto?... O Sr. D. Jacinto andava lá para baixo, com o Silvério e com o Melchior, nos campos de Freixomil...

— E o Sr. Grilo, o preto?

— Há bocadinho também o enxerguei no pomar, com o francês, a apanhar limões doces...

Todas as janelas do solar rebrilhavam, com vidraças novas, bem polidas. A um canto do pátio notei baldes de cal e tigelas de tintas. Uma escada de pedreiro descansava durante o dia santo arrimada contra o telhado. E, rente ao muro da capela, dois gatos dormiam sobre montões de palha desempacotada de caixotes consideráveis.

---

[2] Antiga medida de capacidade para litros, equivalente a 0,6655 litro.

"Bem", pensei eu. "Eis a Civilização!"

Recolhi a égua, galguei a escada. Na varanda, sobre uma pilha de ripas, reluzia num raio de sol uma banheira de zinco. Dentro encontrei todos os soalhos remendados, esfregados a carqueja. As paredes, muito caiadas e nuas, refrigeravam como as de um convento. Um quarto, a que me levaram três portas escancaradas com franqueza serrana, era certamente o de Jacinto: a roupa pendia de cabides de pau; o leito de ferro, com coberta de fustão, encolhia timidamente a sua rigidez virginal a um canto, entre o muro e a banquinha onde um castiçal de latão resplandecia sobre um volume do *D. Quixote*; no lavatório pintado de amarelo, imitando bambu, apenas cabia o jarro, a bacia, um naco gordo de sabão; e uma prateleirinha bastava ao esmerado alinho da escova, da tesoura, do pente, do espelhinho de feira e do frasquinho de água de alfazema que eu mandara de Guiães. As três janelas, sem cortinas, contemplavam a beleza da serra, respirando um delicado e macio ar, que se perfumava nas resinas dos pinheirais, depois nas roseiras da horta. Em frente, no corredor, outro quarto repetia a mesma simplicidade. Certamente a previdência do meu Príncipe o destinara ao seu Zé Fernandes. Pendurei logo dentro, no cabide, o meu guarda-pó de lustrina.[3]

Mas na sala imensa, onde tanto filosofáramos considerando as estrelas, Jacinto arranjara um centro de repouso e de estudo — e desenrolara essa "grandeza" que impressionava o Severo. As cadeiras de verga da Madeira, amplas e de braços, ofereciam o conforto de

---

[3] Tecido de seda, de lã ou de algodão, lustroso, usado sobretudo para forro.

almofadinhas de chita. Sobre a mesa enorme de pau branco, carpinteirada em Tormes, admirei um candeeiro de metal de três bicos, um tinteiro de frade armado de penas de pato, um vaso de capela transbordando de cravos. Entre duas janelas uma cômoda antiga, embutida, com ferragens lavradas, recebera sobre o seu mármore rosado o devoto peso de um presépio, onde reis magos, pastores de surrões vistosos, cordeiros de esguedelhada lã, se apressavam através de alcantis[4] para o Menino, que na sua lapinha[5] lhes abria os braços, coroado por uma enorme coroa real. Uma estante de madeira enchia outro pedaço de parede, entre dois retratos negros com caixilhos negros; sobre uma das suas prateleiras repousavam duas espingardas; nas outras esperavam, espalhados, como os primeiros doutores nas bancadas de um concílio, alguns nobres livros, um Plutarco,[6] um Virgílio, a *Odisseia*,[7] o *Manual* de Epiteto,[8] as *Crônicas* de Froissart.[9] Depois, em fila decorosa, cadeiras de palhinha, muito novas, muito envernizadas. E a um canto um molho de varapaus.

---

[4] Despenhadeiros, rochas escarpadas.
[5] Nicho, presépio.
[6] Filósofo e historiador grego, autor de *Obras morais* e das célebres *Vidas paralelas*.
[7] Poema épico de Homero, narra a volta de Ulisses de Troia para a ilha de Ítaca, sua casa, onde o aguardava a esposa, Penélope. O retorno, bastante acidentado, levou cerca de vinte anos.
[8] Filósofo estoico (aprox. 55-135 d.C.), cuja doutrina enfatiza a prática da virtude, tornando-se indiferente a todas as circunstâncias exteriores: riquezas, saúde, sofrimentos, etc. O *Manual* de Epiteto é uma síntese das doutrinas do estoicismo.
[9] Jean Froissart (aprox. 1337-1404), cronista francês. Suas crônicas constituem flagrantes da sociedade feudal e cavalheiresca do século XIV.

Tudo resplandecia de asseio e ordem. As portadas das janelas, cerradas, abrigavam do sol que batia aquele lado de Tormes, escaldando os peitoris de pedra. Do soalho, borrifado de água, subia, na suavizada penumbra, uma frescura. Os cravos recendiam. Nem dos campos, nem da casa, se elevava um rumor. Tormes dormia no esplendor da manhã santa. E, penetrado por aquela consoladora quietação de convento rural, terminei por me estender numa cadeira de verga junto da mesa, abrir languidamente um tomo de Virgílio, e murmurar, apropriando o doce verso que encontrara:

Fortunate Jacinthe! Hic, inter arva nota
Et fontes sacros, frigus captabis opacum...

"Afortunado Jacinto, na verdade! Agora, entre campos que são teus e águas que te são sagradas, colhes enfim a sombra e a paz!"

Li ainda outros versos. E, na fadiga das duas horas de égua e calor desde Guiães, irreverentemente adormecia sobre o divino bucolista — quando me despertou um berro amigo! Era o meu Príncipe. E muito decididamente, depois de me soltar do seu rijo abraço, o comparei a uma planta estiolada,[10] emurchecida na escuridão, entre tapetes e sedas, que, levada para vento e sol, profusamente regada, reverdece, desabrocha e honra a Natureza! Jacinto já não corcovava. Sobre a sua arrefecida palidez de supercivilizado, o ar montesino, ou vida mais verdadeira, espalhara um rubor trigueiro[11] e quente de sangue

---

[10] Definhada, enfraquecida.
[11] Moreno.

renovado que o virilizava soberbamente. Dos olhos, que na cidade andavam sempre tão crepusculares e desviados do mundo, saltava agora um brilho de meio-dia, resoluto e largo, contente em se embeber na beleza das coisas. Até o bigode se lhe encrespara. E já não deslizava a mão desencantada sobre a face — mas batia com ela triunfalmente na coxa. Que sei? Era um Jacinto novíssimo. E quase me assustava, por eu ter de aprender e penetrar, neste novo Príncipe, os modos e as ideias novas.

— Caramba, Jacinto, mas então...?

Ele encolheu jovialmente os ombros realargados. E só me soube contar, trilhando soberanamente com os sapatos brancos e cobertos de pó o soalho remendado, que, ao acordar em Tormes, depois de se lavar numa dorna,[12] e de enfiar a minha roupa branca, se sentira de repente como *desanuviado, desenvencilhado*! Almoçara uma pratada de ovos com chouriço, sublime. Passeara por toda aquela magnificência da serra com pensamentos ligeiros de liberdade e de paz. Mandara ao Porto comprar uma cama, uns cabides... E ali estava...

— Para todo o verão?

— Não! Mas um mês... Dois meses! Enquanto houver chouriços, e a água da fonte, bebida pela telha ou numa folha de couve, me souber tão divinamente!

Caí sobre a cadeira de verga, e contemplei, arregalado, quase esgazeado, o meu Príncipe! Ele enrolava numa mortalha tabaco picado, tabaco grosso, guardado numa malga vidrada. E exclamava:

— Ando aí pelas terras desde o romper da alva! Pesquei já hoje quatro trutas, magníficas... Lá embaixo, no Naves,

---

[12] Grande recipiente destinado a pisar uvas.

um riachote que se atira pelo vale da Seranda... Temos logo ao jantar essas trutas!

Mas, eu, ávido pela história daquela ressurreição:

— Então, não estiveste em Lisboa?... Eu telegrafei...

— Qual telégrafo! Qual Lisboa! Estive lá em cima, ao pé da fonte da Lira, à sombra de uma grande árvore, *sub tegmine*[13] não sei quê, a ler esse adorável Virgílio... E também a arranjar o meu palácio! Que te parece, Zé Fernandes? Em três semanas, tudo soalhado, envidraçado, caiado, encadeirado!... Trabalhou a freguesia inteira! Até eu pintei, com uma imensa broxa. Viste o comedouro?

— Não.

— Então vem admirar a beleza na simplicidade, bárbaro!

Era a mesma onde nós tanto exaltáramos o arroz com favas — mas muito esfregada, muito caiada, com um rodapé besuntado de azul estridente, onde logo adivinhei a obra do meu Príncipe. Uma toalha de linho de Guimarães[14] cobria a mesa, com as franjas roçando o soalho. No fundo dos pratos de louça forte reluzia um galo amarelo. Era o mesmo galo e a mesma louça em que na nossa casa, em Guiães, se servem os feijões aos cavadores...

Mas no pátio os cães latiram. E Jacinto correu à varanda, com uma ligeireza curiosa que me deleitou. Ah, bem definitivamente se esfrangalhara aquela rede de malha que se não percebia e que outrora o travava! —

---

[13] A citação completa é *Sub tegmine faia*, "Descansando à sombra da faia", palavras de Virgílio, evocadoras do sossego bucólico.

[14] Cidade do norte de Portugal, conhecida por suas indústrias de cutelaria e de tecidos de linho.

Nesse momento apareceu o Grilo, de quinzena de linho, segurando em cada mão uma garrafa de vinho branco. Todo se alegrou "em ver na quinta o siô Fernandes". Mas a sua veneranda face já não resplandecia, como em Paris, com um tão sereno e ditoso brilho de ébano. Até me pareceu que corcovava... Quando o interroguei sobre aquela mudança, estendeu duvidosamente o beiço grosso:

— O menino gosta, eu então também gosto... Que o ar aqui é muito bom, siô Fernandes, o ar é muito bom!

Depois, mais baixo, envolvendo num gesto desolado a louça de Barcelos,[15] as facas de cabo de osso, as prateleiras de pinho como num refeitório de franciscanos:

— Mas muita magreza, siô Fernandes, muita magreza!

Jacinto voltava com um maço de jornais cintados:

— Era o carteiro. Já vês que não amuei inteiramente com a civilização. Eis a imprensa!... Mas nada de *Fígaro*, ou da horrenda *Dois mundos*![16] Jornais de agricultura! Para aprender como se produzem as risonhas messes, e sob que signo se casa a vinha ao olmo, e que cuidados necessita a abelha provida... *Quid faciat laetas segetes*...[17] De resto para esta nobre educação, já me bastavam as *Geórgicas*,[18] que tu ignoras!

Eu ri:

— Alto lá! *Nos quoque gens sumus et nostrum Virgilium sabemus*![19]

---

[15] Cidade do norte de Portugal.
[16] Revista francesa fundada em 1829, com circulação bimestral. Revista de arte, literatura, história, filosofia, etc.
[17] "Que feliz prepara a terra a ser semeada", frase latina.
[18] Poema de Virgílio que exalta a vida campestre.
[19] "Também somos da mesma raça e sabemos nosso Virgílio!", frase latina.

Mas o meu novíssimo amigo, debruçado da janela, batia as palmas — como Catão[20] para chamar os servos, na Roma simples. E gritava:

— Ana Vaqueira! Um copo de água, bem lavado, da fonte velha!

Pulei, imensamente divertido:

— Oh Jacinto! E as águas carbonatadas? E as fosfatadas? E as esterilizadas? E as sódicas?...

O meu Príncipe atirou os ombros com um desdém soberbo. E aclamou a aparição de um grande copo, todo embaciado pela frescura nevada da água refulgente, que uma bela moça trazia num prato. Eu admirei sobretudo a moça... Que olhos, de um negro tão líquido e sério! No andar, no quebrar da cinta, que harmonia e que graça de ninfa latina!

E apenas pela porta desaparecera a esplêndida aparição:

— Oh Jacinto, eu daqui a um instante também quero água! E se compete a esta rapariga trazer as coisas, eu, de cinco em cinco minutos, quero uma coisa!... Que olhos, que corpo... Caramba, menino! Eis a poesia, toda viva, da serra...

O meu Príncipe sorria, com sinceridade:

— Não! Não nos iludamos, Zé Fernandes, nem façamos Arcádia.[21] É uma bela moça, mas uma bruta... Não há ali mais poesia, nem mais sensibilidade, nem

---

[20] Também conhecido como Catão, o Antigo (234-149 a.C.), romano célebre pela austeridade dos seus princípios e pelo esforço para reprimir o luxo que começava a corromper Roma.
[21] Refere-se à literatura do século XVIII, caracterizada, entre outras coisas, pelo bucolismo.

mesmo mais beleza do que numa linda vaca turina.[22] Merece o seu nome de Ana Vaqueira. Trabalha bem, digere bem, concebe bem. Para isso a fez a Natureza, assim sã e rija; e ela cumpre. O marido todavia não parece contente, porque a desanca.[23] Também é um belo bruto... Não, meu filho, a serra é maravilhosa e muito grato lhe estou... Mas temos aqui a fêmea em toda a sua animalidade e o macho em todo o seu egoísmo... São porém verdadeiros, genuinamente verdadeiros! E esta verdade, Zé Fernandes, é para mim um repouso.

Lentamente, gozando a frescura, o silêncio, a liberdade do vasto casarão, retrocedemos à sala que Jacinto já denominara a "Livraria". E, de repente, ao avistar num canto uma caixa com a tampa meio despregada, quase me engasguei, na furiosa curiosidade que me assaltou:

— E os caixotes? Oh Jacinto?... Toda aquela imensa caixotaria que nós mandamos, abarrotada de Civilização? Soubeste? Apareceram?

O meu Príncipe parou, bateu alegremente na coxa:

— Sublime! Tu ainda te lembras daquele homenzinho, de saco a tiracolo, que nós admiramos tanto pela sua sagacidade, e o seu saber geográfico?... Lembras? Apenas falei em Tormes, gritou que conhecia, rabiscou uma nota... Nem era necessário mais! "Oh! Tormes, perfeitamente, muito antigo, muito curioso!". Pois mandou tudo para Alba-de-Tormes, em Espanha! Está tudo em Espanha!

Cocei o queixo, desconsolado:

---

[22] Variedade portuguesa de gado bovino de raça holandesa.
[23] Bate, maltrata.

— Ora, ora... Um homem tão esperto, tão expedito, que fazia tanta honra ao progresso! Tudo para Espanha!... E mandaste vir?

— Não! Talvez mais tarde... Agora, Zé Fernandes, estou saboreando esta delícia de me erguer pela manhã, e de ter só uma escova para alisar o cabelo.

Considerei, cheio de recordações, o meu amigo:

— Tinhas umas nove.

— Nove? Tinha vinte! Talvez trinta! E era uma atrapalhação, não me bastavam!... Nunca em Paris andei bem penteado. Assim com os meus setenta mil volumes: eram tantos que nunca li nenhum. Assim com as minhas ocupações: tanto me sobrecarregavam, que nunca fui útil!

De tarde, depois da calma, fomos vaguear pelos caminhos coleantes daquela quinta rica, que, através de duas léguas, ondulava por vale e monte. Não me encontrara mais com Jacinto em meio da Natureza, desde o remoto dia de entremez em que ele tanto sofrera no sociável e policiado bosque de Montmorency. Ah, mas agora, com que segurança e idílico amor ele se movia através dessa Natureza, donde andara tantos anos desviado por teoria e por hábito! Já não arreceava a umidade mortal das relvas; nem repelia como impertinente o roçar das ramagens; nem o silêncio dos altos o inquietava como um despovoamento do universo. Era com delícias, com um consolado sentimento de estabilidade recuperada, que enterrava os grossos sapatos nas terras moles, como no seu elemento natural e paterno; sem razão, deixava os trilhos fáceis, para se embrenhar através de arbustos emaranhados, e receber na face a carícia das folhas tenras;

sobre os outeiros, parava, imóvel, retendo os meus gestos e quase o meu hálito, para se embeber de silêncio e de paz; e duas vezes o surpreendi atento e sorrindo à beira de um regatinho palreiro, como se lhe escutasse a confidência...

Depois filosofava, sem descontinuar, com o entusiasmo de um convertido, ávido de converter:

— Como a inteligência aqui se liberta, hem? E como tudo é animado de uma vida forte e profunda!... Dizes tu agora, Zé Fernandes, que não há aqui pensamento...

— Eu?! Eu não digo nada, Jacinto...

— Pois é uma maneira de refletir muito estreita e muito grosseira...

— Ora essa! Mas eu...

— Não, não percebes. A vida não se limita a pensar, meu caro doutor...

— Que não sou!

— A vida é essencialmente vontade e movimento; e naquele pedaço de terra, plantado de milho, vai todo um mundo de impulsos, de forças que se revelam, e que atingem a sua expressão suprema, que é a forma. Não, essa tua filosofia está ainda extremamente grosseira...

— Irra! mas eu não...

— E depois, menino, que inesgotável, que miraculosa diversidade de formas... E todas belas!

Agarrava o meu pobre braço, exigia que eu reparasse com reverência. Na Natureza nunca eu descobriria um contorno feio ou repetido! Nunca duas folhas de hera, que, na verdura ou recorte, se assemelhassem! Na cidade, pelo contrário, cada casa repete servilmente a outra casa; todas as faces reproduzem a mesma indiferença ou a mesma inquietação; as ideias têm todas o mesmo valor, o mesmo cunho, a mesma forma, como as libras; e até o que há mais pessoal e íntimo, a ilusão, é em todos idêntica, e todos a respiram, e todos se perdem nela como no mesmo nevoeiro... A *mesmice* — eis o horror das cidades!

— Mas aqui! Olha para aquele castanheiro. Há três semanas que cada manhã o vejo, e sempre me parece outro... A sombra, o sol, o vento, as nuvens, a chuva, incessantemente lhe compõem uma expressão diversa e nova, sempre interessante. Nunca a sua frequentação me poderia fartar...

Eu murmurei:

— É pena que não converse!

O meu Príncipe recuou, com olhares chamejantes, de apóstolo:

— Como que não converse? Mas é justamente um conversador sublime! Está claro, não tem ditos, nem parola teorias, *ore rotundo*.[24] Mas nunca eu passo junto dele que não me sugira um pensamento ou me não desvende uma verdade... Ainda hoje quando eu voltava de pescar as trutas... Parei; e logo ele me fez sentir como toda a sua vida de vegetal é isenta de trabalho, de ansiedade, do esforço que a vida humana impõe; não tem de se preocupar com o sustento, nem com o vestido, nem com o abrigo; filho querido de Deus, Deus o nutre, sem que ele se mova ou se inquiete... E é esta segurança que lhe dá tanta graça e tanta majestade. Pois não achas?

Eu␣sorria, concordava. Tudo isto era decerto rebuscado e especioso. Mas que importavam as requintadas metáforas, e essa metafísica mal madura, colhida à pressa

---

[24] "Com a boca redonda", ou seja, "Com linguagem harmoniosa", expressão latina.

nos ramos de um castanheiro? Sob toda aquela ideologia transparecia uma excelente realidade — a reconciliação do meu Príncipe com a vida. Segura estava a sua ressurreição depois de tantos anos de cova, da cova mole em que jazera, enfaixado como uma múmia nas faixas do pessimismo!

E o que esse Príncipe, nesta tarde, me esfalfou! Farejava, com uma curiosidade insaciável, todos os recantos da serra! Galgava os cabeços correndo, como na esperança de descobrir lá do alto os esplendores nunca contemplados de um mundo inédito. E o seu tormento era não conhecer os nomes das árvores, da mais rasteira planta brotando das fendas de um socalco... Constantemente me folheava como a um dicionário botânico.

— Fiz toda a sorte de cursos, passei pelos professores mais ilustres da Europa, tenho trinta mil volumes, e não sei se aquele senhor além é um amieiro[25] ou um sobreiro...[26]

— É um azinheiro,[27] Jacinto.

Já a tarde caía quando recolhemos muito lentamente. E toda essa adorável paz do céu, realmente celestial, e dos campos, onde cada folhinha conservava uma quietação contemplativa, na luz docemente desmaiada, pousando sobre as coisas com um liso e leve afago, penetrava tão profundamente Jacinto, que eu o senti, no silêncio em que caíramos, suspirar de puro alívio.

Depois, muito gravemente:

— Tu dizes que na Natureza não há pensamento...

---

[25] Árvore das regiões úmidas e temperadas.
[26] Árvore de que se extrai a cortiça.
[27] Espécie de carvalho.

— Outra vez! Olha que maçada! Eu...

— Mas é por estar nela suprimido o pensamento que lhe está poupado o sofrimento! Nós, desgraçados, não podemos suprimir o pensamento, mas certamente o podemos disciplinar e impedir que ele se estonteie e se esfalfe, como na fornalha das cidades, ideando gozos que nunca se realizam, aspirando a certezas que nunca se atingem!... E é o que aconselham estas colinas e estas árvores à nossa alma, que vela e se agita — que viva na paz de um sonho vago e nada apeteça, nada tema, contra nada se insurja, e deixe o mundo rolar, não esperando dele senão um rumor de harmonia, que a embale e lhe favoreça o dormir dentro da mão de Deus. Hem, não te parece, Zé Fernandes?

— Talvez. Mas é necessário então viver num mosteiro, com o temperamento de S. Bruno,[28] ou ter cento e quarenta contos de renda e o desplante de certos Jacintos... E também me parece que andamos léguas. Estou derreado. E que fome!

— Tanto melhor, para as trutas, e para o cabrito assado que nos espera...

— Bravo! Quem te cozinha?

— Uma afilhada do Melchior. Mulher sublime! Hás de ver a canja! Hás de ver a cabidela! Ela é horrenda, quase anã, com os olhos tortos, um verde e outro preto. Mas que paladar! Que gênio!

Com efeito! Horácio[29] dedicaria uma ode àquele cabrito assado num espeto de cerejeira. E com as trutas,

---

[28] Fundador da Ordem dos Cartuxos, cujos religiosos viviam em mosteiros construídos em locais bem retirados.

[29] Célebre poeta latino (65-8 a.C.). Entre suas obras, destacam-se as *Odes* e a *Arte Poética*.

e o vinho do Melchior, e a cabidela, em que a sublime anã de olhos tortos pusera inspirações que não são da terra, e aquela doçura da noite de junho, que pelas janelas abertas nos envolveu no seu veludo negro, tão mole e tão consolado fiquei, que, na sala onde nos esperava o café, caí numa cadeira de verga, na mais larga, e de melhores almofadas, e atirei um berro de pura delícia.

Depois, com uma recordação, limpando o café do pelo dos bigodes:

— Oh Jacinto, e quando nós andávamos por Paris com o pessimismo às costas, a gemer que tudo era ilusão e dor?

O meu Príncipe, que o cabrito tornara ainda mais alegre, trilhava a grandes passadas o soalho, enrolando o cigarro:

— Oh! Que engenhosa besta, esse Schopenhauer! E maior besta eu, que o sorvia, e que me desolava com sinceridade! E todavia, — continuava ele, remexendo a chávena — o pessimismo é uma teoria bem consoladora para os que sofrem, porque desindividualiza o sofrimento, alarga-o até o tornar uma lei universal, a lei própria da vida; portanto lhe tira o caráter pungente de uma injustiça especial, cometida contra o sofredor por um destino inimigo e faccioso! Realmente o nosso mal sobretudo nos amarga quando contemplamos ou imaginamos o bem do nosso vizinho — porque nos sentimos escolhidos e destacados para a infelicidade, podendo, como ele, ter nascido para a fortuna. Quem se queixaria de ser coxo — se toda a humanidade coxeasse? E quais não seriam os urros, e a furiosa revolta do homem envolto na neve e friagem e borrasca de um inverno especial, organizado nos céus para o envolver a ele unicamente

— enquanto em redor toda a humanidade se movesse na luminosa benignidade de uma primavera?

— Com efeito — murmurei eu — esse sujeito teria imensa razão para urrar...

— E depois — clamava ainda o meu amigo — o pessimismo é excelente para os inertes, porque atenua o desgracioso delito da inércia. Se toda a meta é um monte de dor, onde a alma vai esbarrar, para que marchar para a meta, através dos embaraços do mundo? E de resto todos os líricos e teóricos do pessimismo, desde Salomão até ao maligno Schopenhauer, lançam o seu cântico ou a sua doutrina para disfarçar a humilhação das suas misérias, subordinando-as todas a uma vasta lei de vida, uma lei cósmica, e ornando assim com a auréola de uma origem quase divina as suas miúdas desgraçazinhas de temperamento ou de sorte. O bom Schopenhauer formula todo o seu schopenhauerismo, quando é um filósofo sem editor, e um professor sem discípulos; e sofre horrendamente de terrores e manias; e esconde o seu dinheiro debaixo do sobrado; e redige as suas contas em grego nos perpétuos lamentos da desconfiança; e vive nas adegas com o medo de incêndios; e viaja com um copo de lata na algibeira para não beber em vidro que beiços de leproso tivessem contaminado!... Então Schopenhauer é sombriamente schopenhauerista. Mas apenas penetra na celebridade, e os seus miseráveis nervos se acalmam, e o cerca uma paz amável, não há então, em todo Frankfurt, burguês mais otimista, de face mais jucunda, e gozando mais regradamente os bens da inteligência e da vida!... E o outro, o israelita, o muito pedantesco rei de Jerusalém! Quando descobre esse sublime retórico que o mundo é ilusão e vaidade?

Aos setenta e cinco anos, quando o poder lhe escapa das mãos trêmulas, e o seu serralho de trezentas concubinas se lhe torna ridiculamente supérfluo. Então rompem os pomposos queixumes! Tudo é vaidade e aflição de espírito! Nada existe estável sob o sol! Com efeito, meu bom Salomão, tudo passa — principalmente o poder de usar trezentas concubinas! Mas que se restitua a esse velho sultão asiático, besuntado de literatura, a sua virilidade, e onde se sumirá o lamento do *Eclesiastes*? Então voltará, em segunda e triunfal edição, o êxtase do *Livro dos cantares*!...

Assim discursava o meu amigo no noturno silêncio de Tormes. Creio que ainda estabeleceu sobre o pessimismo outras coisas joviais, profundas ou elegantes; mas eu adormecera, beatificamente envolto em otimismo e doçura.

Em breve, porém, me fez pular, escancarar as pálpebras moles, uma rija, larga, sadia e genuína risada. Era Jacinto, estirado numa cadeira, que lia o *D. Quixote*... Oh bem-aventurado Príncipe! Conservara ele o agudo poder de arrancar teorias a uma espiga de milho ainda verde, e por uma clemência de Deus, que fizera reflorir o tronco seco, recuperara o dom divino de rir com as facécias de Sancho!

Aproveitando a minha companhia, as duas semanas de bucólica ociosidade que eu lhe concedera, o meu Jacinto preparou então a cerimônia tão falada, tão meditada, a trasladação dos ossos dos velhos Jacintos — dos "respeitáveis ossos" como murmurava, cumprimentando, o bom Silvério, o procurador, nessa manhã de sexta-feira, em que almoçava conosco, metido num espantoso jaquetão de veludilho amarelo debruado de seda azul!

A cerimônia, de resto, reclamava muita singeleza por serem tão incertos, quase impessoais, aqueles restos, que nós estabeleceríamos na capelinha do vale da Carriça, na capelinha toda nova, toda nua e toda fria, ainda sem alma e sem calor de Deus.

— Porque enfim V. Ex.ª compreende — explicava o Silvério passando o guardanapo por sobre a larga face suada e por sobre as imensas barbas negras, como as de um turco — naquela mixórdia... Oh! peço desculpa a V. Ex.ª! Naquela confusão, quando tudo desabou, não pudemos mais conhecer a quem pertenciam os ossos. Nem sequer, falando verdade, nós sabíamos bem que dignos avós de V. Ex.ª jaziam na capela velha, assim tão antigos, com os letreiros apagados, senhores de todo o nosso respeito, certamente, mas, se V. Ex.ª me permite, senhores já muito desfeitos... Depois veio o desastre, a mixórdia. E aqui está o que decidi, depois de pensar. Mandei arranjar tantos caixões de chumbo, quantas as caveiras que se apanharam lá em baixo na Carriça, entre o lixo e o pedregulho. Havia sete caveiras e meia. Quero dizer, sete caveiras e uma caveirinha pequenina. Metemos cada caveira em seu caixão. Depois... Que quer V. Ex.ª? Não havia outro meio! E aqui o Sr. Fernandes dirá se não acha que procedemos com habilidade. A cada caveira juntamos uma certa porção de ossos, uma porção razoável... Não havia outro meio... Nem todos os ossos se acharam. Canelas, por exemplo, faltavam! E é bem possível que as costelas de um daqueles senhores ficassem com a cabeça de outro... Mas quem podia saber? Só Deus. Enfim, fizemos o que a prudência mandava... Depois, no Dia de Juízo, cada um destes fidalgos apresentará os ossos que lhe pertencerem.

Lançava estas coisas macabras e tremendas, penetrado de respeito, quase com majestade, espetando, ora em mim, ora no meu Príncipe, os olhinhos agudos e reluzentes como vidrilhos.

Eu aprovei o pitoresco homem:

— Perfeitamente! Andou perfeitamente, amigo Silvério. São tão vagos, tão anônimos, todos esses avós! Só faz pena, grande pena, que se tresmalhassem os restos do avô Galião.

— Não estava cá! — acudiu Jacinto. — Vim a Tormes expressamente por causa do avô Galião, e por fim o seu jazigo nunca foi aqui, na capelinha da Carriça... Felizmente!

O Silvério sacudia gravemente a calva trigueira:

— Nunca tivemos o excelentíssimo senhor Galião. Há cem anos, Sr. Fernandes, há cem anos que se não depositava na capela velha corpo de cavalheiro cá da casa.

— Onde estará então?...

O meu Príncipe encolheu os ombros. Por esse reino... Na igrejinha, no cemitério de alguma das freguesias numerosas, onde ele possuía terras. Casa tão espalhada!

— Bem! — concluí. — Então, como se trata de ossadas vagas, sem nome, sem data, convém uma cerimoniazinha muito simples, muito sóbria.

— Quietinha, quietinha! — murmurou o Silvério, dando um forte sorvo assobiado ao café.

E foi quietinha, de uma rústica e doce singeleza, a cerimônia daqueles altos senhores. Cedo, por uma manhã, levemente enevoada, os oito caixões pequeninos, cobertos de um veludo vermelho mais de festa que de funeral, com molhos de rosas espalhados, contendo cada um o seu montezinho de ossos incertos, saíram aos ombros dos coveiros de Tormes e dos moços da quinta, da igreja de S. José, cujo sino leve tangia, na enevoada doçura da manhã, quanto fina e levemente! — como pia um passarinho triste. Adiante, um airoso moço de sobrepeliz[30] erguia com zelo a velha cruz prateada; abrigando o pescoço sob um imenso lenço de rapé, de quadrados azuis, o velho e corcovado sacristão segurava pensativamente a caldeirinha de água benta; e o bom abade de S. José, com os dedos entre o breviário fechado, movia os lábios, numa lenta, murmurosa reza, que ia, pelo doce ar, espalhando mais doçura. Logo atrás do último cofre, o mais pequenino, o da caveirinha pequena, Jacinto caminhava; e eu, a estalar dentro de um fato preto de Jacinto, tirado à pressa de uma das malas de Paris, quando, de manhã, já tarde para mandar a Guiães, me lembrei que toda a minha roupa era de cores festivais e pastoris.

Depois marchava o Silvério, soleníssimo, com um imenso peitilho, onde as barbas imensas se alastravam, negríssimas. De casaca, com o grosso beiço descaído; descaído todo ele por aquela melancolia de enterro que se juntava à melancolia da serra, o Grilo enfiava no braço a sua coroa, enorme, de rosas e de heras. Por fim, seguia o Melchior, entre um rancho de mulheres, que, sumidas na sombra dos lenços pretos, desfiando longos rosários, rosnavam surdas ave-marias, através de espaçados suspiros, tão doridos como se inconsoladamente lhes doesse a perda daqueles Jacintos. Assim, pelas várzeas entrecorridas de regueiros, lenta nos recostos dos matos, escorregando mais rápida pelos córregos pedregosos,

---

[30] Vestimenta de linho branco e fino que os padres usam sobre a batina.

seguia a procissão, sempre com a cruz adiante, alta e prateada, rebrilhando por vezes num breve raiozinho de sol que, vagarosamente, surdia da névoa desfeita. Ramos baixos de lódão ou de salgueiro passavam uma derradeira carícia sobre o veludo dos caixões.

Um regato por vezes nos acompanhava, com discreto fulgir entre as relvas, sussurrando e como rezando também, alegremente; e nos quintalinhos umbrosos, à nossa passagem, os galos, de cima das pilhas de mato, faziam soar o seu clarim festivo. Depois, adiante da fonte da Lira, como o caminho se alongava, e desejássemos poupar o nosso velho abade, cortamos através de uma seara, já alta, quase madura, toda entremeada de papoulas. O sol radiou; sob a brisa larga, que levara a névoa, toda a messe ondulou numa lenta vaga dourada, em que se balouçavam os esquifes; e, como enorme papoula, a mais vermelha, rutilava o guarda-sol de paninho logo aberto pelo sacristão para abrigar o abade.

Jacinto tocou no meu cotovelo:

— Que lindos vamos! Ora vê tu a Natureza... Num simples enterrar de ossos, quanta graça e quanta beleza!

Na capelinha, nova, dominando o vale da Carriça, solitária e muito nua, no meio de um adro, ainda mal alisado, sem uma verdura de relva, uma frescura de arbusto, dois moços seguravam à porta molhos de tochas, que o Silvério distribuiu, a passos graves, com cortesias, soleníssimo. Dentro as curtas chamas mal luziam, mal derramavam a sua amarelidão triste, esbatidas na reluzente brancura dos muros estucados, na jovial claridade que caía das altas vidraças bem polidas. Em torno dos esquifes, pousados sobre bancos, que pesados veludilhos recobriam, o abade murmurava um suave latim, enquanto ao fundo as mulheres, sumidas na sombra dos seus negros lenços, gemiam améns agudos, abafavam um respeitoso soluço. Depois, tomando levemente o hissope,[31] ainda o bom abade aspergiu, para uma derradeira purificação, os incertos ossos dos incertos Jacintos. E todos desfilamos por diante do meu Príncipe, timidamente encostado à umbreira, com o Silvério ao lado esmagando contra o peitilho as barbas imensas, a face descaída, cerradas as pálpebras como contendo lágrimas.

No adro, o meu Príncipe acendeu regaladamente um cigarro pedido ao Melchior:

— E então, Zé Fernandes, que te pareceu a cerimoniazinha?

— Muito campestre, muito suave, muito risonha... Uma delícia.

Mas o abade, que se desvestira na sacristia, apareceu, já com o seu grande casaco de lustrina, o seu velho chapéu desabado, trazidos pelo moço da residência, num saco de chita. Jacinto imediatamente lhe agradeceu tantos cuidados, a afável hospitalidade que oferecera aos ossos, durante a construção da capelinha nova. E o suave velho, todo branquinho, de faces ainda menineiras e coradas, com um claro sorriso de dentes sadios, louvava Jacinto, que assim viera de tão longe, em tão longa jornada, para cumprir aquele dever de bom neto.

— São avós muito remotos, e agora tão confusos! — murmurava Jacinto, sorrindo.

— Pois mais mérito ainda o de V. Ex.ª. Respeitar um avô morto, bem é corrente... Mas respeitar os ossos de um quinto avô, de um sétimo avô!

---

[31] Instrumento que serve, nas igrejas, para fazer aspersões de água benta, o aspersório.

— Sobretudo, senhor abade, quando deles nada se sabe, e naturalmente nada fizeram.

O velho sacudiu risonhamente o dedo gordo:

— Ora quem sabe, quem sabe! Talvez fossem excelentes! E por fim, quem muito se demora no mundo, como eu, termina por se convencer que no mundo não há coisa ou ser inútil. Ainda ontem eu lia num jornal do Porto, que por fim, segundo se descobriu, são as minhocas que estrumam e lavram a terra, antes de chegar o lavrador e os bois com o arado. Até as minhocas são úteis. Não há nada inútil... Eu tinha lá na residência uma porção de cardos[32] a um canto da horta, que me afligiam. Pois refleti e terminei por me regalar com eles em xarope. Os avós de V. Ex.ª por cá andaram, por cá trabalharam, por cá padeceram. Quer dizer: por cá serviram. E, em todo o caso, que lhes rezemos um padre-nosso por alma, não lhes pode fazer senão bem, a eles e a nós.

E assim, docemente filosofando, paramos num souto de carvalheiras, onde esperava a velhíssima égua do abade, porque o santo homem agora, depois do reumatismo do último inverno, já não afrontava rijamente como antes os trilhos duros da serra. Para ele montar, filialmente Jacinto segurou o estribo. E enquanto a égua se empurrava pelo córrego acima, quase tapada sob o imenso guarda-sol vermelho em que se abrigava o velho, nós recolhemos a casa metendo pela serra da Lombinha, através dos milhos, e depressa, porque eu estalava, aperreado, dentro da roupa preta do meu Príncipe.

---

[32] Plantas espinhosas consideradas pragas da lavoura.

— Estão pois acomodados estes senhores, Zé Fernandes! Só resta rezar por eles o padre-nosso que recomenda o abade... Somente, eu não sei, já não me lembro do padre-nosso.

— Não te aflijas, Jacinto: peço à tia Vicência que reze por mim e por ti. É sempre a tia Vicência que reza os meus padre-nossos.

Durante essas semanas que preguicei em Tormes, eu assisti, com enternecido interesse, a uma considerável evolução de Jacinto nas suas relações com a Natureza. Daquele período sentimental de contemplação, em que colhia teorias nos ramos de qualquer cerejeira, e edificava sistemas sobre o espumar das levadas, o meu Príncipe lentamente passava para o desejo da ação... E de uma ação direta e material, em que a sua mão, enfim restituída a uma função superior, revolvesse o torrão.

Depois de tanto *comentar* o meu Príncipe, evidentemente, aspirava a *criar*.

Uma tardinha, ao anoitecer, sentados no pomar, no rebordo do tanque, enquanto o Manuel Hortelão apanhava laranjas no alto de uma escada arrimada a uma alta laranjeira, Jacinto observou, mais para si do que para mim:

— É curioso... Nunca plantei uma árvore!

— Pois é um dos três grandes atos, sem os quais, segundo diz não sei que filósofo, nunca se foi um verdadeiro homem... Fazer um filho, plantar uma árvore, escrever um livro. Tens de te apressar, para ser um homem. É possível que talvez nunca prestasses um serviço a uma árvore, como se presta a um semelhante!

— Sim... Em Paris, quando era pequeno, regava os lilases. E no verão é um belo serviço! Mas nunca semeei.

E como o Manuel descia da escada, o meu Príncipe, que nunca acreditara inteiramente — pobre homem! — no meu saber agrícola, imediatamente reclamou o parecer daquela autoridade:

— Oh Manuel, ouça lá, o que é que se poderia agora semear?

Com o cesto das laranjas enfiado no braço, o Manuel exclamou, através de um lento riso, entre respeitoso e divertido:

— Semear, patrão? Agora é antes colher... Olhe que já se anda a limpar a eirazinha para a debulha, meu patrão.

— Pois sim... Mas sem ser milho nem cevada... Então ali no pomar, rente do muro velho, não se podia plantar uma fila de pessegueiros?

O riso do Manuel crescia.

— Isso sim, meu senhor! Isso é lá para os Santos[33] ou para o Natal. Agora só a couvinha na horta, a beldroega, os espinafres, algum feijãozinho em terra muito fresca...

O meu Príncipe sacudiu, com brando gesto, estes legumes rasteiros.

— Bem, boa noite, Manuel. Essas laranjas são da tal laranjeira que diz o Melchior, muito doces, muito finas? Então leve para os seus pequenos. Leve muitas para os pequenos.

Não! O empenho era criar a árvore. Pela árvore contemplada na serra em sua verdadeira majestade, na beneficência da sua sombra, na frescura embaladora do seu rumorejar, na graça e santidade dos ninhos que a povoam, começara talvez, lentamente, o seu amor novo

---

[33] Refere-se ao dia 1º de novembro, dia de Todos os Santos.

da terra. E agora sonhava uma Tormes toda coberta de árvores, cujos frutos e verduras, e sombras, e rumorejos suaves, e abrigados ninhos, fossem a obra e o cuidado das suas mãos paternais.

No silêncio grave do crepúsculo, que descia, murmurou ainda:

— Oh Zé Fernandes, quais são as árvores que crescem mais depressa?

— Eh, meu Jacinto... A árvore que cresce mais depressa é o eucalipto, o feiíssimo e ridículo eucalipto. Em seis anos tens aí Tormes coberta de eucaliptos...

— Tudo tão lento, Zé Fernandes...

Porque o seu sonho, que eu compreendia, seria plantar caroços que subissem em fortes troncos, se alargassem em verdes ramarias, antes de ele voltar ao 202, no começo do inverno...

— Um carvalho!... Trinta anos, antes que seja belo! Desanimo! É bom para Deus, que pode esperar... *Patiens quia aeternus.*[34] Trinta anos! Daqui a trinta anos, árvores só para me cobrirem a sepultura!

— Já é um ganho. E depois para teus filhos, Jacinto...

— Filhos! Onde os tenho eu?

— É o mesmo processo dos castanheiros. Semeia. Não faltam por aí terras agradáveis... Em nove meses tens uma planta feita. E quanto mais tenrinhas, e mais pequeninas, mais essas plantas encantam.

Ele murmurou, cruzando as mãos sobre os joelhos:

— Tudo leva tanto tempo!...

E à borda do tanque nos quedamos, calados, na fresca doçura do anoitecer, entre o cheiro avivado das

---

[34] "Paciente porque eterno", frase latina.

madressilvas do muro, olhando o crescente da lua, que surdia dos telhados de Tormes.

E decerto esta pressa de se tornar entre a natureza não mais um sonhador, mas um criador, arremessou vivamente o seu interesse para os gados! Repetidamente, nos nossos passeios através da quinta, ele lhe notava a solidão.

— Faltam aqui animais, Zé Fernandes!

Imaginava eu que ele apetecia em Tormes o ornato elegante de veados e pavões. Mas um domingo, costeando o largo campo da Ribeirinha, sempre escasso de águas, agora mais ressequido por verão de tanta secura, o meu Príncipe parou a considerar os três carneiros do caseiro, que retouçavam com penúria uma relvagem pobre.

E, de repente, como magoado:

— Justamente! Aqui está o espaço para um belo prado, um imenso prado, muito verde, muito farto, com rebanhos de carneiros brancos, gordíssimos como bolas de algodão pousadas na relva!... Era lindo, hem? E fácil, não é verdade, Zé Fernandes?

— Sim... Trazes a água para o prado. Águas não faltam, na serra.

E o meu Príncipe, encadeando logo nesta inspirada ideia outra, mais rica e vasta, lembrou quanta beleza daria a Tormes encher esses prados, esses verdes ferregiais,[35] de manadas de vacas, formosas vacas inglesas, bem nédias e bem luzidias. Hem? Uma beleza. Para abrigar esses gados ricos, construiria currais perfeitos, de uma arquitetura leve e útil, toda em ferro — e vidro, fundamente varridos pelo ar, largamente lavados pela

---

[35] Pastos.

água... Hem? Que formosura! Depois, com todas essas vacas, e o leite jorrando, nada mais fácil e mais divertido, e até mais moral, que a instalação de uma queijeira, à fresca moda holandesa, toda branca e reluzente, de azulejos e de mármore, para fabricar os Camemberts, os Bries... os Coulommiers...[36] Para a casa, que conforto! E para toda a serra, que atividade!

— Pois não te parece, Zé Fernandes?

— Com certeza. Tu tens, em abundância, os quatro elementos: o ar, a água, a terra e o dinheiro. Com estes quatro elementos, facilmente se faz uma grande lavoura. Quanto mais uma queijeira!

— Pois não é verdade? E até como negócio! Está claro, para mim o lucro é o deleite moral do trabalho, o emprego fecundo do dia... Mas uma queijaria, assim perfeita, rende. Rende prodigiosamente. E educa o paladar, incita a instalações iguais, implanta talvez no país uma indústria nova e rica! Ora, com esta instalação, perfeita, quanto me poderá custar cada queijo?

Fechei um olho, calculando:

— Eu te digo... Cada queijo, um desses queijinhos redondos, como o Camembert ou o Rabaçal, pode vir a custar-te, a ti Jacinto queijeiro, entre duzentos e cinquenta e trezentos mil-réis.

O meu Príncipe recuou, com dois olhos alegres espantados para mim.

— Como trezentos mil-réis?

— Ponhamos duzentos... Tem a certeza! Com todos esses prados, e os encanamentos de água, e a configuração da serra alterada, e as vacas inglesas, e os edifícios de

---

[36] Alusão a famosos queijos franceses.

porcelana e vidro, e as máquinas, a extravagância, e a patuscada bucólica, cada queijo te custa, a ti produtor, duzentos mil-réis. Mas com certeza o vendes no Porto por um tostão. Põe cinquenta réis para a caixa, rótulos, transporte, comissão, etc. Tens apenas, em cada queijo, uma perda de cento e noventa e nove mil oitocentos e cinquenta réis!

O meu Príncipe não desanimou.

— Perfeitamente! Faço um desses espantosos queijos por semana, ao sábado, para o comermos nós ambos ao domingo!

E tanta energia lhe comunicava o seu novo otimismo, tão ansiosamente aspirava a criar, que logo, arrastando o Silvério e o Melchior por cabeços e barrancos, largou a percorrer a quinta toda, para determinar onde cresceriam, ao seu mando inspirado, os verdes prados, e se ergueriam, rebrilhantes no sol de Tormes, os currais elegantes. Com a esplêndida segurança dos seus cento e nove contos de renda, não surgia dificuldade, risonhamente murmurada pelo Melchior, ou exclamada, com respeitoso pasmo, pelo Silvério, que ele não afastasse brandamente, com jeito leve, como um galho de roseira brava atravessado numa vereda.

Aquelas rochas, além, empecendo? Que se arrancassem! Um vale importuno dividia dois campos? Que se atulhasse! O Silvério suspirava, enxugando sobre a escura calva um suor quase de angústia. Pobre Silvério! Rijamente sacudido na doce pachorra da sua administração, calculando despesas que se afiguravam sobre-humanas à sua parcimônia serrana, forçado a arquejar, sem descanso, sob soalheiras de junho, o desgraçado retomara na serra o jeito que Jacinto deixara em Paris, e era ele que corria pelas longas barbas tenebrosas os dedos desalentados... Enfim uma tarde desabafou comigo, a um canto da varanda, enquanto Jacinto, na livraria, escrevia a um seu amigo de Holanda, o conde Rylant, mordomo-mor da Corte, pedindo desenhos, e planos, e orçamentos de uma queijeira perfeita.

— Pois, Sr. Fernandes, se toda esta grandeza vai por diante, sempre lhe digo que o Sr. D. Jacinto enterra aqui na serra dezenas de contos... Dezenas de contos!

E como eu aludia à fortuna do meu Príncipe, a quem todas essas obras tão vastas, que alterariam o antiquíssimo rosto da serra, não custavam mais que a outros o conserto de um socalco, o bom Silvério atirou os longos braços para as coxas gordas, ainda mais desolado:

— Pois por isso mesmo, Sr. Fernandes! Se o Sr. D. Jacinto não tivesse a dinheirama, recuava. Assim, é zás, zás, para diante; e eu não o censuro pela ideia. Lograsse eu a renda de S. Ex.ª, que me atirava também a uma lavoura de capricho. Mas não aqui, Sr. Fernandes, nestas serranias, entre alcantis. Pois um senhor que possui aquela linda propriedade de Montemor, nos campos do Mondego, onde até podia plantar jardins de desbancar os do Palácio de Cristal do Porto! E a Veleira? O Sr. Fernandes não conhece a Veleira, lá para os lados de Penafiel? Isso é um condado! E uma terra chã, boa terra, toda junta, ali em volta da casa, com uma torre. Um regalo, Sr. Fernandes. Mas sobretudo Montemor! Lá é que eram prados e manadas de vacas inglesas, e queijeira e horta rica, de fartar, e aí trinta perus na capoeira...

— Então que quer, Silvério? O Jacinto gosta da serra. E depois este é o solar da família, e aqui começaram no século XIV os Jacintos...

O pobre Silvério, no seu desespero, esquecia o respeito devido à secular nobreza da casa.

— Ora! Até ficam mal ao Sr. Fernandes essas ideias, neste século da liberdade... Pois estamos lá em tempos de se falar em fidalguias, agora que por toda a parte anda tudo em República? Leia o *Século*, Sr. Fernandes!, leia o *Século*, e verá! E depois eu sempre quero ver o Sr. D. Jacinto, aqui no inverno, com o nevoeiro a subir do rio logo pela manhã, e a friagem a trespassar os ossos, e ventanias que atiram carvalheiras de raízes ao ar, e chuvas e chuvas que se desfaz a serra!... Olhe, até mesmo por amor da saúde o Sr. D. Jacinto, que é fraquinho e acostumado à cidade, necessita sair da serra. Em Montemor, em Montemor é que S. Ex.ª estava bem. E o Sr. Fernandes, tão amigo dele e assim com tanta influência, devia teimar, e berrar, até que o levasse para Montemor.

Mas, infelizmente para a quietação do Silvério, Jacinto lançara raízes, e rijas, e amorosas raízes na sua rude serra. Era realmente como se o tivessem plantado de estaca naquele antiquíssimo chão, donde brotara a sua raça, e o antiquíssimo húmus refluísse e o penetrasse todo, e o andasse transformando num Jacinto rural, quase vegetal, tão do chão, e preso ao chão, como as árvores que ele tanto amava.

E depois o que o prendia à serra era o ter nela encontrado o que na cidade, apesar da sua sociabilidade, não encontrara nunca — dias tão cheios, tão deliciosamente ocupados, de um tão saboroso interesse, que sempre penetrava neles como numa festa ou numa glória.

Logo de manhã, às seis horas, eu, no meu quarto, mexendo ainda regaladamente o meu corpo nos colchões de fresco folhelho, sentia os seus rijos sapatões pelo corredor, e o seu cantarolar, desafinado, mas ditoso como o de um melro. Em poucos instantes escancarava com fragor a minha porta, já de chapéu desabado, já de bengalão de cerejeira, disposto com reservado fervor para os trilhos conhecidos da serra. E era sempre a mesma nova, quase orgulhosa:

— Dormi hoje deliciosamente, Zé Fernandes. Tão bem, com uma tal serenidade, que começo a acreditar que sou um justo! Um dia lindo! Quando abri a janela, às cinco horas, quase gritei de puro gosto!

Na sua pressa, nem me deixava demorar na frescura da banheira; e quando eu repetia a risca mal começada do cabelo, aquele antigo homem das trinta e nove escovas protestava contra esse desbarato efeminado de um tempo devido aos fortes gozos da terra.

Mas, quando, depois de acariciar os rafeiros no pátio, desembocávamos da alameda de plátanos, e diante de nós se dividiam matutinamente, mais brancos entre o verde matutino, os caminhos coleantes da quinta, toda a sua pressa findava, e penetrava na natureza com a reverente lentidão de quem penetra num templo. E repetidamente sustentava ser "contrário à estética, à filosofia e à religião andar depressa através dos campos". De resto, com aquela sutil sensibilidade bucólica que nele se desenvolvera, e incessantemente se afinava, qualquer breve beleza, do ar ou da terra, lhe bastava para um longo encanto. Ditosamente poderia ele entreter toda uma manhã, caminhar por entre um pinheiral, de tronco a tronco, calado, embebido no silêncio, na frescura, no resinoso aroma, empurrando com o pé as agulhas e as pinhas secas. Qualquer água corrente o retinha, enternecido naquela serviçal atividade, que se apressa, cantando, para o torrão que tem sede, e nele se some, e se perde. E recordo ainda quando me reteve meio domingo, depois da missa, no cabeço, junto a um velho curral desmantelado, sob uma grande árvore — só porque em torno havia quietação, doce aragem, um fino piar de ave na ramaria, um murmúrio de regato entre canas verdes, e por sobre a sebe, ao lado, um perfume, muito fino e muito fresco, de flores escondidas.

Depois, quando eu, velho familiar das serras, me não abandonava aos mesmos êxtases que a ele lhe enchiam a alma ainda noviça — o meu Príncipe rugia, com a indignação de um poeta que descobre um merceeiro bocejando sobre Shakespeare ou Musset. Eu ria.

— Meu filho, olha que eu não passo de um pequeno proprietário. Para mim não se trata de saber se a terra é *linda*, mas se a terra é *boa*. Olha o que diz a *Bíblia*! "Trabalharás a quinta com o suor do teu rosto!" E não diz: "Contemplarás a quinta com o enlevo da tua imaginação!".

— Pudera! — exclamava o meu Príncipe. — Um livro escrito por judeus, por ásperos semitas, sempre com o turvo olho posto no lucro! Repara, homem, para aquele bocadinho de vale, e consegue não pensar, por um momento, nos trinta mil-réis que ele rende! Verás que pela sua beleza e graça ele te dá mais contentamento à alma que os trinta mil-réis ao corpo. E na vida só a alma importa.

Recolhendo ao casarão, já o encontrávamos com as janelas meio cerradas, os soalhos borrifados para aquelas quentes réstias de sol de junho, que depois do almoço docemente nos retinham na livraria, preguiçando.

Mas realmente a alegre atividade do meu Príncipe não cessava, nem amolecia, sob o peso da sesta. A essa hora, enquanto pelo arvoredo mudo os mais agitados pardais dormiam, e o sol mesmo parecia repousar, imóvel na rutilância da sua luz, Jacinto, com o espírito acordado — ávido de sempre gozar, agora que reconquistara essa faculdade —, tomava com delícia o *seu livro*. Porque o dono de trinta mil volumes era agora, na sua casa de Tormes, depois de ressuscitado, o homem que só tem um livro. Essa mesma natureza, que o desligara das ligaduras amortalhadoras do tédio, e lhe gritara o seu belo *ambula*, caminha! — também certamente lhe gritara *et lege*, e lê. E libertado enfim do invólucro sufocante da sua biblioteca imensa, o meu ditoso amigo compreendia enfim a incomparável delícia de *ler um livro*. Quando eu correra a Tormes (depois das revelações do Severo na venda do Torto), ele findava o *D. Quixote*, e ainda eu lhe escutara as derradeiras risadas com as coisas deliciosas, e decerto profundas, que o gordo Sancho lhe murmurava, escarranchado no seu burro. Mas agora o meu Príncipe mergulhara na *Odisseia* — e todo ele vivia no espanto e no deslumbramento de assim ter encontrado, no meio do caminho da sua vida, o velho errante, o velho Homero!

— Oh Zé Fernandes, como sucedeu que eu chegasse a esta idade sem ter lido Homero?...

— Outras leituras, mais urgentes... o *Figaro*, Georges Ohnet...[37]

— Tu leste a *Ilíada*?

— Menino, sinceramente me gabo de nunca ter lido a *Ilíada*.

---

[37] Escritor francês (1848-1918), conhecido por seus romances agrupados sob o título geral de *As batalhas da vida*.

Os olhos do meu Príncipe fuzilavam.

— Tu sabes o que fez Alcebíades,[38] uma tarde, no Pórtico, a um sofista,[39] um desavergonhado de um sofista, que se gabava de não ter lido a *Ilíada*?

— Não.

— Ergueu a mão e atirou-lhe uma bofetada tremenda.

— Para lá, Alcibíades! Olha que eu li a *Odisseia*!

Oh! Mas decerto eu a lera, corridamente, com a alma desatenta! E insistia em me iniciar, ele, e me conduzir, através do livro sem igual. Eu ria. E rindo, pesado do almoço, terminava por consentir, e me estirava no canapé de verga. Ele, diante da mesa, direito na cadeira, abria o livro gravemente, pontificalmente, como um missal, e começava numa lenta ode sentida. Aquele grande mar da *Odisseia* — resplandecente e sonoro, sempre azul, todo azul, sob o voo branco das gaivotas, rolando, e mansamente quebrando sobre a areia fina ou contra as rochas de mármore das ilhas divinas — exalava logo uma frescura salina, bem-vinda e consoladora naquela calma de junho, em que a serra se entorpecia. Depois as estupendas manhas do sutil Ulisses e os seus perigos sobre-humanos, tantas lamúrias sublimes e um anseio tão espalhado da pátria perdida, e toda aquela intriga, em que embrulhava os heróis, lograva as deusas, iludia o fado, tinham um delicioso sabor ali, nos campos de Tormes, onde nunca se necessitava de sutileza ou de engenho, e a vida se desenrolava com a segurança imutável

---

[38] Famoso líder político ateniense, assassinado em 404 a.C.
[39] Na Grécia antiga, filósofos contemporâneos de Sócrates que ensinavam especialmente a retórica, a eloquência e a gramática. Posteriormente foram considerados impostores, falsos sábios, mestres da arte de iludir e enganar com argumentos falsos, ou seja, sofismas.

com que cada manhã sempre o sol igual nascia, e sempre centeios e milhos, regados por águas iguais, seguramente medravam, espigavam, amadureciam... Embalado pela recitação grave e monótona do meu Príncipe, eu cerrava as pálpebras docemente. Em breve, um vasto tumulto, por terra e céu, me alvoroçava... E eram os rugidos de Polifemo,[40] ou a grita dos companheiros de Ulisses roubando as vacas de Apolo. Com os olhos logo esbugalhados para Jacinto, eu murmurava: "Sublime!". E sempre, nesse momento o engenhoso Ulisses, de carapuço vermelho e o longo remo ao ombro, surpreen-dia com a sua facúndia a clemência dos príncipes, ou reclamava presentes devidos ao hóspede, ou surripiava astutamente algum favor aos deuses. E Tormes dormia, no esplendor de junho. Novamente, eu cerrava as pálpebras consoladas, sob a carícia inefável do largo dizer homérico... E meio adormecido, encantado, incessantemente avistava, longe, na divina Hélade, entre o mar muito azul e o céu muito azul, a branca vela, hesitante, procurando Ítaca...

Depois da sesta o meu Príncipe de novo se soltava para os campos. E a essa hora, sempre mais ativo, voltava com ardor aos "seus planos", a essas culturas de luxo e elegantes oficinas que cobririam a serra de magnificências rurais. Agora andava todo no esplêndido apetite de uma horta que ele concebera, imensa horta ajardinada, em que todos os legumes, clássicos ou exóticos, cresceriam, soberbamente, em vistosos talhões, fechados por sebes de rosas, de cravos, de alfazema, de dálias. A água das

---

[40] O mais conhecido dos ciclopes, gigantes com um só olho, no meio da testa, o qual foi vazado por Ulisses. Referência a uma passagem da *Odisseia*, canto IX.

regas desceria por lindos córregos de louça esmaltada. Nas ruas, a sombra cairia de densas latadas[41] de moscatel, pousando em esteios revestidos de azulejo. E o meu Príncipe desenhara o plano desta espantosa horta, a lápis vermelho, num papel imenso, que o Melchior e o Silvério, consultados, longamente contemplaram — um coçando risonhamente a nuca, o outro com os braços duramente cruzados, e o sobrolho trágico.

Mas este plano, o da queijaria, o da capoeira, e outro, suntuoso, de um pombal tão povoado que todo o céu de Tormes às tardes se tornaria branco e todo fremente de asas — não saíam das nossas gostosas palestras, ou dos papéis em que Jacinto os debuxava, e que se amontoavam sobre a mesa, platônicos, imóveis, entre o tinteiro de latão e o vaso com flores.

Nem enxada fendera terra, nem alavanca deslocara pedra, nem serra serrara madeira, para encetar estas maravilhas. Contra a resistência reboluda e escorregadia do Melchior, contra a respeitosa inércia do Silvério se quedavam, encalhados, os planos do meu Príncipe, como galeras vistosas em rochas ou em lodo.

Não convinha bulir em nada (clamava o Silvério) antes das colheitas e da vindima! E depois (acrescentava o Melchior com um sorriso de grande promessa) "para boas obras mês de janeiro" porque lá ensina o ditado:

Em janeiro — mete obreiro
Mês meante — que não ante.

---

[41] Grades de varas ou de bambus que sustentam parreiras ou outras plantas trepadeiras.

E, de resto, o gozo de conceber as suas obras e de indicar, estendendo a bengala por cima de vale e monte, os sítios privilegiados que elas aformoseariam, bastava por ora ao meu Príncipe, ainda mais imaginativo que operante. E, enquanto meditava estas transformações da terra, muito progressivamente e com um amável esforço, se ia familiarizando com os homens simples que a trabalhavam. Na sua chegada a Tormes, o meu Príncipe sofria de uma estranha timidez diante dos caseiros, dos jornaleiros,[42] e até de qualquer rapazinho que passasse, tangendo uma vaca para o pasto. Nunca ele então se demoraria a conversar com os moços, quando à borda de um caminho ou num campo em monda[43] eles se endireitavam de chapéu na mão, num respeito de velha vassalagem. Decerto o empecia a preguiça, e talvez ainda o pudico recato de transpor toda a imensa distância que se alargava desde a sua complicada supercivilização até à rude simplicidade daquelas almas naturais — mas sobretudo o retinha o medo de mostrar a sua ignorância da lavoura e da terra, ou de parecer talvez desdenhoso de ocupações e de interesses, que para os outros eram supremos e quase religiosos. Remia então esta reserva com uma profusão de sorrisos, de doces acenos, tirando também o chapéu em cortesias profundas, com uma tal ênfase de polidez que eu por vezes receava que ele murmurasse aos jornaleiros: "Tenha V. Ex.ª muito boas tardes... Criado de V. Ex.ª!".

---

[42] Trabalhadores, principalmente agrícolas, que são pagos por dia de trabalho; diaristas.
[43] Em trabalho de limpeza das ervas daninhas.

Mas agora, depois daquelas semanas de serra, e de já saber (com um saber ainda frágil) a época das sementeiras e das ceifas e que as árvores de fruta se semeiam no inverno, já se aprazia em parar junto dos trabalhadores, contemplar descansadamente o trabalho, dizer coisas afáveis e vagas.

— Então, isso vai andando?... Ora ainda bem!... Este bocado de torrão aqui é rico... O talude[44] ali adiante está precisando conserto...

E cada um destes tão simples dizeres lhe era doce, como se por meio deles penetrasse mais fundamente na intimidade da terra, e consolidasse a sua encarnação em "homem do campo", deixando de ser uma mera sombra circulando entre realidades. Já por isso não cruzava no caminho o mocinho atrás das vacas, que não o detivesse, o não interrogasse: "Para onde vais tu? De quem é o gado? Como te chamas?". E, contente consigo, sempre gabava gratamente o desembaraço do rapaz, ou a esperteza dos seus olhos. Outra satisfação do meu Príncipe era conhecer os nomes de todos os campos, as nascentes de água, e as delimitações da sua quinta.

— Vês acolá, para além do ribeiro, o pinheiral. Já não é meu, é dos Albuquerques.

E com a perene alegria de Jacinto as noites da serra, no vasto casarão, eram fáceis e curtas. O meu Príncipe era então uma alma que se simplificava — e qualquer pequenino gozo lhe bastava, desde que nele entrasse paz ou doçura. Com verdadeira delícia ficava, depois do café, estendido numa cadeira, sentindo, através das

---

[44] Terreno inclinado, rampa, escarpa.

janelas abertas, a noturna tranquilidade da serra, sob a mudez estrelada do céu.

As histórias, muito simples e muito caseiras, que eu lhe contava, de Guiães, do abade, da tia Vicência, dos nossos parentes da Flor da Malva, tão sinceramente o interessavam que eu encetara, para seu regalo, a crônica completa de Guiães, com todos os namoricos e as façanhas de forças, e as desavenças por causa de servidões ou de águas. Também por vezes nos enfronhávamos com aferro numa partida de gamão, sobre um belo tabuleiro de pau-preto, com pedras de velho marfim, que nos emprestara o Silvério. Mas nada decerto o encantava tanto como atravessar as casas, pé ante pé, até uma saleta que dava para o pomar, e aí ficar encostado à janela, sem luz, num enlevado sossego, a escutar longamente, languidamente, os rouxinóis que cantavam no laranjal.

Capítulo X

Numa dessas manhãs — justamente na véspera do meu regresso a Guiães —, o tempo, que andara pela serra tão alegre, num inalterado riso de luz rutilante, todo vestido de azul e ouro, fazendo poeira pelos caminhos, e alegrando toda a natureza, desde os pássaros aos regatos, subitamente, com uma daquelas mudanças que tornam o seu temperamento tão semelhante ao do homem, apareceu triste, carrancudo, todo embrulhado no seu manto cinzento, com uma tristeza tão pesada e contagiosa que toda a serra entristeceu. E não houve mais pássaro que cantasse, e os arroios fugiram para debaixo das ervas, com um lento murmúrio de choro.

Quando Jacinto entrou no meu quarto, não resisti à malícia de o aterrar:

— Sudoeste! Gralhas a grasnar por todos esses soutos... Temos muita água, Sr. D. Jacinto! Talvez duas semanas de água! E agora é que se vai saber quem é aqui o fino amador da natureza, com esta chuva pegada, com vendaval, com a serra toda a escorrer!

O meu Príncipe caminhou para a janela com as mãos nas algibeiras:

— Com efeito! Está carregado. Já mandei abrir uma das malas de Paris e tirar um casacão impermeável... Não importa! Fica o arvoredo mais verde. E é bom que eu conheça Tormes nos seus hábitos de inverno.

Mas como Melchior lhe afiançara que "a chuvinha só viria para a tarde", Jacinto decidiu ir antes do almoço à Corujeira, onde o Silvério o esperava para decidirem da sorte de uns castanheiros, muito velhos, muito pitorescos, inteiramente interessantes, mas já roídos, e ameaçando desabar. E, confiando nas previsões do Melchior, partimos sem que Jacinto se vestisse à prova de água. Não andáramos porém meio caminho, quando, depois de um arrepio nas árvores, um negrume carregou, e, bruscamente, desabou sobre nós uma grossa chuva oblíqua, vergastada pelo vento, que nos deixou estonteados, agarrando os chapéus, enrodilhados na borrasca. Chamados por uma grande voz que se esganiçava no vento, avistamos num campo mais alto, à beira de um alpendre, o Silvério, debaixo de um guarda-chuva vermelho, que acenava, nos indicava o trilho mais curto para aquele abrigo. E para lá rompemos, com a chuva a escorrer na cara, patinhando na lama, contorcidos, cambaleantes, atordoados no vendaval, que num instante alagara os campos, inchara os ribeiros, esboroava a terra dos socalcos, lançara num desespero todo o arvoredo, tornara a serra negra, bravamente agreste, hostil, inabitável.

Quando enfim, debaixo do vasto guarda-chuva com que o Silvério nos esperava à beira do campo, corremos para o alpendre, nos refugiamos naquele abrigo inesperado, a escorrer, a arquejar, o meu Príncipe, enxugando a face, enxugando o pescoço, murmurou, desfalecido:

— Apre! Que ferocidade!

Parecia espantado daquela brusca, violenta cólera de uma serra tão amável e acolhedora, que em dois meses, inalteradamente, só lhe oferecera doçura e sombra, e suaves céus, e quietas ramagens, e murmúrios discretos de ribeirinhos mansos.

— Santo Deus! Vêm muitas vezes assim, estas borrascas?

Imediatamente o Silvério aterrou o meu Príncipe:

— Isto agora são brincadeiras de verão, meu senhor! Mas há de V. Ex.ª ver no inverno, se V. Ex.ª se aguentar por cá! Então é cada temporal, que até parece que os montes estremecem!

E contou como fora também apanhado, quando ia para a Corujeira. Felizmente, logo de manhã, quando sentiu o ar carrancudo e as folhinhas dos choupos a tremer, se acautelara com o chapéu de chuva e calçara as suas grandes botas.

— Ainda estive para me abrigar em casa do Esgueira, que é um caseiro de cá. Aquela casa, ali abaixo, onde está a figueira... Mas a mulher tem estado doente, já há dias... E como pode ser obra que se pegue, bexigas ou coisa que o valha, pensei comigo: "Nada, o seguro morreu de velho!". Meti para o alpendre... E não passara um credo quando lobriguei a V. Ex.ª... Coisa assim!... E o Sr. D. Jacinto é voltar para casa, e mudar-se, que temos um dia e uma noite de água.

Mas, justamente, a chuva começara a cair perpendicular, de um céu ainda negro, onde o vento se calara; e para além do rio e dos montes havia uma claridade, como entre cortinas de pano cinzento que se descerram.

Jacinto repousava. Eu não cessara de me sacudir, de bater os pés encharcados, que me arrefeciam. E o bom Silvério, passando a mão pensativa sobre o negrume das suas barbas, refletia, emendava os seus prognósticos:

— Pois, não senhor... Ainda estia! Nunca pensei. É que tornejou[1] o vento.

O alpendre que nos cobria assentava sobre duas paredes em ângulo, de pedra solta, restos de algum casebre

---

[1] Tornejar: encurvar, dar volta, contornar.

desmantelado, e sobre um esteio² fazendo cunhal.³ Nesse momento só abrigava madeira, um cuculo⁴ de cestos vazios, e um carro de bois, onde o meu Príncipe se sentara, enrolando um cigarro confortador. A chuva desabava, copiosa, em longos fios reluzentes. E todos três nos calávamos, naquela contemplação inerte e sem pensamento, em que uma chuva grossa e serena sempre imobiliza e retém olhos e almas.

— Ó Sr. Silvério, — murmurou lentamente o meu Príncipe — que é que o senhor esteve aí a dizer de bexigas?

O procurador voltou a face surpreendido:

— Eu, Ex.ᵐᵒ Sr.?... Ah sim! a mulher do Esgueira! É que pode ser, pode ser... Não imagine V. Ex.ª que faltam por cá doenças. O ar é bom. Não digo que não! Arzinho são, aguazinha leve, mas às vezes, se V. Exª me dá licença, vai por aí muita maleita.

— Mas não há médico, não há botica?

O Silvério teve o riso superior de quem habita regiões civilizadas e bem providas...

— Então não havia de haver? Pois há um boticário, em Guiães, lá quase ao pé da casa aqui do nosso amigo. E homem entendido... o Firmino, hem, Sr. Fernandes? Homem capaz. Médico é o Dr. Avelino, daqui a légua e meia, nas Bolsas. Mas já V. Ex.ª vê, esta gentinha é pobre!... Tomaram eles para pão, quanto mais para remédios!

---

² Vara ou tronco que segura ou apoia alguma coisa.
³ Ângulo saliente formado por duas paredes convergentes; uma esquina.
⁴ Excesso, grande porção de alguma coisa.

E de novo se estabeleceu um silêncio, sob o alpendre, onde penetrava a friagem crescente da serra encharcada. Para além do rio, a prometedora claridade não se alargara entre as duas espessas cortinas pardacentas. No campo, em declive diante de nós, ia um longo correr de ribeiros barrentos. Eu terminara por me sentar na ponta de um madeiro, enervado, já com a fome aguçada pela manhã agreste. E Jacinto, na borda do carro, com os pés no ar, cofiava os bigodes úmidos, palpava a face, onde, com espanto meu, reaparecera a sombra, a sombra triste dos dias passados, a sombra do 202!

E, então, surdiu por trás da parede do alpendre um rapazito, muito rotinho, muito magrinho, com uma carita miúda, toda amarela sob a porcaria, e onde dois grandes olhos pretos se arregalavam para nós, com vago pasmo e vago medo. Silvério imediatamente o conheceu.

— Como vai a tua mãe? Escusas de te chegar para cá, deixa-te estar aí. Eu ouço bem. Como vai a tua mãe?

Não percebi o que os pobres beicitos descorados murmuraram. Mas Jacinto, interessado:

— Que diz ele? Deixe vir o rapaz! Quem é a tua mãe?

Foi o Silvério que informou respeitosamente:

— É a tal mulher que está doente, a mulher do Esgueira, ali do casal da figueira. E ainda tem outro abaixo deste... Filharada não lhe falta.

— Mas este pequeno também parece doente! — exclamou Jacinto. — Coitadito, tão amarelo... Tu também estás doente?

O rapazinho emudecera, chupando o dedo, com os tristes olhos pasmados. E o Silvério sorria, com bondade:

— Nada, este é sãozinho... Coitado, assim amarelito e enfezadito porque... Que quer V. Ex.ª? Malcomido, muita miséria... Quando há o bocadito de pão aquilo é para todo o rancho. Muita fomezinha, muita fomezinha.

Jacinto pulou bruscamente a borda do carro.

— Fome? Então ele tem fome? Mas há aqui fome?

Os seus olhos rebrilhavam, num espanto comovido, em que pediam, ora a mim, ora ao Silvério, a confirmação desta miséria insuspeitada. E fui eu que esclareci o meu Príncipe:

— Está claro que há fome, homem! Tu imaginavas que o Paraíso se tinha perpetuado aqui nas serras, sem trabalho e sem miséria... Em toda a parte há pobres, mesmo na Austrália, nas minas de ouro. Onde há trabalho há proletariado, seja em Paris, seja no Douro...

O meu Príncipe teve um gesto de aflita impaciência:

— Eu não quero saber o que há no Douro. O que eu pergunto é se aqui, em Tormes, na minha quinta, dentro destes campos que são meus, há gente que trabalhe para mim, e que tenha fome, e criancinhas, como esta, esfomeadas? É o que eu quero saber.

O Silvério sorria, respeitosamente, ante aquela cândida ignorância das realidades da serra:

— Pois está bem de ver, meu senhor, que há aqui na quinta caseiros que são muito pobrinhos — quase todos. Isso vai por aí uma miséria, que se não fosse alguma ajuda que se lhes dá, nem eu sei... Este Esgueira, com o rancho de filhos, é uma desgraça... Havia V. Ex.ª de ver as casitas em que eles vivem... São chiqueiros. A do Esgueira, acolá, ao pé da figueira.

— Vamos ver essa! — atalhou Jacinto, com uma decisão exaltada.

E saiu logo do alpendre, sem atender à chuva, que ainda caía, mais leve e mais rala. Mas então Silvério alargou os braços diante dele, com ansiedade, como para o salvar de um precipício.

— Não! V. Ex.ª lá na casa do Esgueira não entra! Não se sabe o que a mulher tem, e o seguro morreu de velho!

Jacinto não se alterou na sua polidez paciente:

— Obrigado pelo seu cuidado, Silvério. Abra o guarda-chuva, e marche!

Então o procurador vergou os ombros e como S. Ex.ª mandava, abriu com estrondo o imenso guarda-sol, abrigou respeitosamente Jacinto, através do campo encharcado. Eu segui, pensando na esmola suntuosa que o bom Deus mandava àquele pobre casal por um remoto senhor das cidades! Atrás vinha o pequenito perdido num imenso pasmo.

Como todos os casebres da serra, o do Esgueira era de grossa pedra solta, sem reboco, com um vago telhado, de telha musgosa e negra, um postigo no alto, e a rude porta que servia para o ar, para a luz, para o fumo, e para a gente. E em redor, a natureza e o trabalho tinham, através de anos, ali acumulado trepadeiras e flores silvestres, e cantinhos de horta, e sebes cheirosas, e velhos bancos roídos de musgo, e panelas com terra onde crescia salsa, e regueiros cantantes, e vinhas nos olmos, e sombras e charcos, que tornavam deliciosa, para uma écloga,[5] aquela morada da fome, doença e tristeza.

Cautelosamente, com a ponteira do guarda-chuva, Silvério empurrou a porta, chamando:

— Eh! tia Maria... Ó rapariga!

---

[5] Poesia pastoril dialogada, muito comum na Antiguidade, bem como no Classicismo e no Arcadismo.

E na fenda entreaberta apareceu uma moça, muito alta, escura e suja, com uns tristes olhos pisados que se espantaram para nós, serenamente.

— Então como vai a tua mãe? Abre lá a porta, que estão aqui estes senhores...

Ela abria, lentamente, e ia murmurando numa voz dolente e toda arrastada mas sem queixume, que um vago, resignado sorriso acompanhava:

— Ora, coitada, como há de ir? Malzinha, malzinha.

E dentro, num gemido que subia como do chão, de entre abafos, amodorrado e lento, a mãe retomou a desconsolada queixa:

— Ai! para aqui estou, e malzinha, malzinha!... Ai senhor!

O Silvério, sem mesmo se abeirar da porta, com o guarda-chuva em riste, meio aberto, como um escudo contra a infecção, lançou uma vaga consolação:

— Não há de ser nada, tia Maria!... Isso foi friagem! Foi friagem! — E, sobre o ombro de Jacinto, encolhendo ele os ombros: — Já V. Ex.ª vê... Muita miséria! Até chove dentro.

E, no bocado de chão que viam, chão de terra batida, uma mancha úmida reluzia, da chuva caída através da telha rota. A parede, coberta de fuligem, das longas fumaradas da lareira, era tão negra como o chão. E aquela penumbra de porcaria escura parecia atulhada, numa desordem escura, de trapos, cacos, restos, onde só mostravam forma compreensível uma arca de pau negro, e por cima, pendurado de um prego, entre uma serra e uma candeia, um grosso saiote escarlate.

Então Jacinto, muito embaraçado, murmurou simplesmente:

— Está bem... está bem...

E largou pelo campo para o lado do alpendre como se fugisse, enquanto o Silvério decerto revelava à rapariga a presença augusta do "fidalgo", porque a sentimos, da porta, levantar a voz dolente:

— Ai! Nosso Senhor lhe dê muita boa sorte! Nosso Senhor o acompanhe!

Quando o Silvério, com as grandes passadas das suas grandes botas, nos colheu, no meio do campo, Jacinto parara, olhava para mim, com os dedos trêmulos a torturar o bigode, e murmurava:

— É horrível, Zé Fernandes, é horrível.

Ao lado, o vozeirão do Silvério trovejou:

— Que queres tu outra vez, rapaz? Vai para a tua mãe, criatura!

Era o pequeno rotinho, esfaimadinho, que se prendia a nós, num imenso pasmo das nossas pessoas, e com a confusa esperança, talvez, que delas, como de deuses encontrados num caminho, lhe viesse afago ou proveito. E Jacinto, para quem ele mais especialmente arregalava os olhos tristes, e que aquela miséria, e a sua muda humildade, embaraçavam, acanhavam horrivelmente, só soube sorrir, murmurar o seu vago "Está bem... está bem...". Fui eu que dei ao pequenito um tostão, para o fartar, o despegar das nossas pessoas. Mas como ele, com o seu tostão bem agarrado, nos seguia ainda, como no sulco da nossa magnificência, o Silvério teve de o espantar, como a um pássaro, batendo as mãos, e de lhe gritar:

— Já para casa! E leve esse dinheiro à mãe. Roda, roda!...

— E nós vamos almoçar — lembrei eu olhando o relógio. — O dia ainda vai estar lindo.

Sobre o rio, com efeito, reluzia um pedaço de azul lavado e lustroso; e a grossa camada de nuvens já se ia enrolando sob a lenta varredela do vento, que as varria, despejadas e vazias, para um canto escuso dos céus.

Então recolhemos lentamente para casa, por uma vereda íngreme, que ensinara o Silvério, e onde um leve enxurro vinha ainda, saltando e chalrando. De cada ramo tocado, rechovia uma chuva leve. Toda a verdura, que bebera largamente, reluzia consolada.

Bruscamente, ao sairmos da estreita vereda para um caminho mais largo, entre um socalco e um renque de vinha, Jacinto parou, tirando lentamente a cigarreira:

— Pois, Silvério, eu não quero mais estas horríveis misérias na quinta.

O procurador deu um jeito aos ombros, com um vago "Eh! eh!" de obediência e dúvida.

— Antes de tudo — continuava Jacinto — mande já hoje chamar esse Dr. Avelino para aquela pobre mulher... E os remédios que os vão buscar logo a Guiães. E recomendação ao médico para voltar amanhã, cada dia; até que ela melhore... Escute! E quero, Silvério, que lhe leve dinheiro à pobre gente, para os caldos, para a dieta, uns dez ou quinze mil-réis... Bastará?

O procurador não conteve um riso respeitoso. Quinze mil-réis! Uns tostões bastavam... Nem era bom acostumar assim, aquela gente a tanta franqueza. Depois todos queriam, todos pedinchavam...

— Mas é que todos hão de ter — disse Jacinto simplesmente.

— V. Ex.ª manda! — murmurou o Silvério.

Vergara os ombros, parado no caminho, no espanto daquelas extravagâncias. Eu tive de o apressar, impaciente:

— Vamos conversando e andando! É meio-dia! Estou com uma fome de lobo!

Caminhamos, com o Silvério no meio, pensativo, a fronte enrugada sob a vasta aba do chapéu, a barba imensa espalhada pelo peito, e a barraca imensa do guarda-sol vermelho enrolada debaixo do braço. E Jacinto, puxando nervosamente o bigode, arriscava outras ideias benfazejas, cautelosamente, no seu indominável medo do Silvério:

— E as casas também... Aquela casa é um covil!... Gostava de abrigar melhor aquela pobre gente... E naturalmente, a dos outros caseiros são covis iguais... Era necessário uma reforma! Construir casas novas a todos os rendeiros da quinta...

— A todos?... — O Silvério gaguejava, emudeceu.

E Jacinto balbuciava aterrado:

— A todos, enfim, quero dizer... Quantos serão eles?

Silvério atirou um gesto enorme:

— São vinte e tantos... Vinte e três! — se bem lembro. Upa! Upa! Vinte e sete...

Então Jacinto emudeceu, como reconhecendo a vastidão do número. Mas desejou saber por quanto ficaria cada casa!... Oh! Uma casa simples, mas limpa, confortável, como aquela que tinha a irmã do Melchior, ao pé do lagar. Silvério estacou de novo. Uma casa como a da Ermelinda? Queria S. Ex.ª saber? E alijou a cifra, muito de alto, como uma pedra imensa, para esmagar Jacinto:

— Duzentos mil-réis, Ex.ᵐᵒ Sr.! E é para mais que não para menos!

Eu ria da trágica ameaça do excelente homem. E Jacinto, muito docemente, para conciliar o Silvério:

— Bem, meu amigo... Eram uns seis contos de réis! Digamos dez, porque eu queria dar a todos alguma mobília e alguma roupa.

Então o Silvério teve um brado de terror:

— Mas então, Ex.ᵐᵒ Sr., é uma revolução!

E como nós, irresistivelmente, ríamos dos seus olhos esgazeados de horror, dos seus imensos braços abertos para trás, como se visse o mundo desabar, o bom Silvério encavacou:

— Ah! V. Ex.ᵃˢ riem? Casas para todos, mobílias, pratas, bragal,[6] dez contos de réis! Então também eu rio! Ah! ah! ah! Ora viva a bela chalaça!... Vai aqui uma bela risota.

E subitamente, numa profunda mesura, como declinando toda a responsabilidade naquela extravagância magnífica:

— Enfim, V. Ex.ᵃ é quem manda!

— Está mandado, Silvério. E também quero saber as rendas que paga essa gente, os contratos que existem, para os melhorar. Há muito que melhorar. Venha você almoçar conosco. E conversamos.

Tão saturado de espanto estava o Silvério, que nem recebeu mais espanto com essa "melhoria de rendas". Agradeceu o convite, penhorado. Mas pedia licença a S. Ex.ᵃ para passar primeiramente pelo lagar, para ver os carpinteiros que andavam a consertar a trave da mó. Era um instante, e já estava às ordens de S. Ex.ᵃ Meteu logo por um atalho, saltando um cancelo. E nós seguimos, com passos que eram ligeiros, pela hora do almoço que

---

[6] A roupa íntima de uma casa.

se retardara, pelo azul alegre que reaparecia e por toda aquela justiça feita à pobreza da serra.

— Não perdeste hoje o teu dia, Jacinto — disse eu, batendo, com uma ternura que não disfarcei, no ombro do meu amigo.

— Que miséria, Zé Fernandes, eu nem sonhava... Haver por aí, à vista da minha casa, outras casas, onde crianças têm fome! É horrível...

Estávamos entrando na alameda de faias. Um raio de sol, saindo de entre duas grossas, algodoadas nuvens, passou sobre uma esquina do casarão ao fundo, uma viva tira de ouro. O clarim dos galos soa-va claro e alto. E um doce vento, que se erguera, punha nas folhas lavadas e lustrosas um frêmito alegre e doce.

— Sabes o que eu estava pensando, Jacinto?... Que te aconteceu aquela lenda de Santo Ambrósio... Não, não era Santo Ambrósio. Não me lembra o santo. Ainda não era mesmo santo, apenas um cavaleiro pecador, que se enamorara de uma mulher, pusera toda a sua alma nessa mulher, só para a avistar a distância na rua. Depois, uma tarde que a seguia, enlevado, ela entrou num portal de igreja, e aí, de repente, ergueu o véu, entreabriu o vestido, e mostrou ao pobre cavaleiro o seio roído por uma chaga! Tu também andavas namorado da serra, sem a conhecer, só pela sua beleza de verão. E a serra, hoje, zás! De repente, descobre a sua grande chaga... E talvez a tua preparação para S. Jacinto.

Ele parou, pensativo, com os dedos nas cavas do colete:

— É verdade! Vi a chaga! Mas enfim, esta, louvado seja Deus, é uma chaga que eu posso curar!

Não desiludi o meu Príncipe. E ambos subimos bem alegremente a escadaria do casarão.

Capítulo XI

No dia que seguiu estas largas caridades recolhi a Guiães. E, desde então, tantas vezes trotei por aquelas três léguas entre a nossa e a velha alameda dos Jacintos, que a minha égua, quando a desviava dessa estrada familiar, conduzindo-a a uma cavalariça familiar (onde ela privava com o garrano[1] do Melchior), relinchava de pura saudade. Até a tia Vicência se mostrava vagamente ciumenta daquela Tormes, para onde eu sempre corria, daquele Príncipe de quem incessantemente celebrava o rejuvenescimento, a caridade, os pitéus, e as quimeras agrícolas. Já um dia com um grão de sal e de ironia, o único que cabia num coração todo cheio de inocência, ela me dissera, movendo com mais vivacidade as agulhas da sua meia:

— Olha que te podes gabar! Até me tens feito curiosidade de conhecer esse Jacinto... Traze cá essa maravilha, menino!

Eu rira:

— Sossegue, tia Vicência, que o trago agora, para o dia dos meus anos, a jantar... Damos uma festa, haverá um bailarico no pátio, e vem aí toda essa senhorama dos arredores e até talvez se arranje uma noiva para o Jacinto.

E eu, com efeito, já convidara o meu Príncipe para este "natalício". E de resto, convinha que o senhor de Tormes conhecesse todos aqueles senhores das boas casas da serra... Sobretudo, como eu lhe dizia rindo, convinha que ele conhecesse algumas mulheres, algumas daquelas fortes raparigas dos solares da serra, porque

---

[1] Cavalo pequeno, mas robusto.

Tormes tinha uma solidão muito monástica, e o homem, sem um pouco do eterno feminino, facilmente se enrudece e ganha uma casca áspera como a das árvores, na solidão.

— E esta Tormes, Jacinto, esta tua reconciliação com a Natureza, e o renunciamento às mentiras da Civilização é uma linda história... Mas, caramba, há aqui falta de mulheres!

Ele concordava, rindo, languidamente estendido na cadeira de vime:

— Com efeito, há aqui falta de mulher, com *M* grande. Mas essas senhoras aí das casas dos arredores... Não sei, mas estou pensando que se devem parecer com legumes. Sãs, nutritivas, excelentes para a panela — mas, enfim, legumes. As mulheres que os poetas comparam às flores são sempre as mulheres das cortes, das capitais, onde invariavelmente, desde Hesíodo e desde Horácio, se rendem os poetas... E evidentemente não há perfume, nem graça, nem elegância, nem requinte, numa cenoura ou numa couve... Não devem ser interessantes as senhoras da minha serra.

— Eu te digo... A tua vizinha mais chegada, a filha do D. Teotônio, com efeito, salvo o respeito que se deve à casa ilustre dos Barbelos, é um mostrengo! A irmã dos Albergarias, da quinta da Loja, também não tentaria nem mesmo o precisado Santo Antão.[2] Sobretudo se se despisse, porque é um espinafre infernal! Essa realmente é legume, e nem é nutritivo.

---

[2] Representante clássico dos eremitas do deserto; passou a maior parte de sua longa vida na solidão. Sofreu violentas tentações, tanto físicas quanto espirituais, vencendo-as todas.

— Não! O espinafre, legume purgativo.

— Temos também a D. Beatriz Veloso... Essa é bonita... Mas, menino, que horrivelmente bem-falante! Fala como as heroínas do Camilo.[3] Tu nunca leste o Camilo. E depois, um tom de voz que te não sei descrever, o tom com que se fala em D. Maria, em peças de sentimento. Tu nunca viste o Teatro de D. Maria. Enfim, um horror! E perguntas pavorosas. "V. Ex.ª, senhor doutor, não se delicia com Lamartine?"[4] Já me disse esta, a indecente!

— E tu?

— Eu! Arregalei os olhos... "Oh, Lamartine!" Mas, coitada, é uma excelente rapariga! Agora, por outro lado, temos as Rojões, as filhas do João Rojão, duas flores, muito frescas, muito alegres, com um cheiro e um brilho a sadio, e muito simples... A tia Vicência morre por elas. Depois há a mulher do Dr. Alípio, que é uma beleza. Oh! Uma criatura esplêndida! Mas, enfim, é a mulher do Dr. Alípio, e tu renunciaste aos deveres da Civilização... Além de uma mulher muito séria, toda absorvida nos seus dois pequenos, que parecem dois anjinhos de Murilo...[5] E quem mais? Já agora, quero completar a lista do pessoal feminino. Temos a Melo Rebelo, de Sandofim, muito engraçada, com cabelo

---

[3] Romancista português da época romântica, autor de *Amor de perdição* e *A queda de um anjo*.

[4] Poeta francês, romântico, de uma melodia suave e larga inspiração, explorou sobretudo as emoções de sua própria vida sentimental. Destacam-se entre suas obras: *Harmonias poéticas e religiosas* e *Jocelyn*.

[5] Pintor espanhol, aperfeiçoou-se em temas populares e bíblicos. Entre suas obras, a *Assunção* é considerada como uma das obras-primas da pintura.

lindo... Borda na perfeição, faz doces como uma freira do Antigo Regime...[6] Havia também uma Júlia Lobo, muito linda, mas morreu... Agora não me lembro mais. Mas falta a flor da serra, que é a minha prima Joaninha, da Flor da Malva! Essa é uma perfeição de rapariga.

— E tu, primo Zé, como tens tu resistido?

— Somos como irmãos, criados de pequeninos, mais acostumados e familiares que tu e eu... A familiaridade esbate os sexos. A mãe dela era a única irmã da tia Vicência, e morreu muito nova. A Joaninha, quase desde o berço que se criou em nossa casa, em Guiães. O pai é bom homem, o tio Adrião. Erudito, antiquário, colecionador... Coleciona toda a sorte de coisas esquisitas, campainhas, esporas, sinetes, fivelas... Tem uma coleção curiosa. Ele há muito que deseja vir a Tormes, para te visitar... Mas, coitado, sofre da bexiga, não pode montar a cavalo. E a estrada da Flor da Malva aqui é impossível para carruagens...

O meu Príncipe espreguiçou longamente os braços estendido pela cadeira, sob a cheirosa sombra:

— Não, está claro, eu é que hei de visitar teu tio, e a tia Vicência... Desejo conhecer os meus vizinhos da serra. Mas mais tarde, quando sossegar... Agora ando todo ocupado com o meu povo.

E com efeito! Jacinto agora era como um rei fundador de um reino, e grande edificador. Por todo o seu domínio de Tormes andavam obras, para o renovamento das casas dos rendeiros; umas que se consertavam, outras mais velhas, que se derrubavam para se reconstruírem

---

[6] Refere-se à sociedade francesa da época anterior à Revolução (1789).

com uma largueza cômoda. Pelos caminhos agora constantemente chiavam carros, carregados de pedra, ou de madeiras cortadas nos pinheirais.

Na taberna do Pedro, à entrada da freguesia, ia agora um desusado movimento, de vidraceiros, pedreiros e carpinteiros, todos contratados para as obras — e o Pedro, com as mangas da camisa cada vez mais arregaçadas, por trás do balcão, não cessava de encher os decilitros com uma vasta infusa.[7]

Jacinto, que agora tinha dois cavalos, todas as manhãs cedo percorria as obras, com amor. E eu, inquieto, sentia outra vez latejar e irromper no meu Príncipe o seu velho, maníaco furor de acumular Civilização! O plano primitivo das obras era incessantemente alargado, embelezado. Nas janelas, que deviam ter apenas portadas, segundo o secular costume da serra, decidira pôr vidraças, apesar de o mestre de obras lhe dizer honradamente, que depois de habitadas um mês, não haveria casa com um só vidro. Para substituir as traves clássicas queria estucar os tetos — e eu via bem claramente que ele se continha, se retesava dentro do bom-senso, para não dotar cada casa com campainhas elétricas. Não me espantei mesmo, quando ele uma manhã me declarou que aquela porcaria da gente do campo provinha de eles não terem onde comodamente se lavar, e que por isso andava pensando em dotar cada casa com uma banheira. Descíamos nesse momento, com os cavalos à rédea, por um córrego precipitado e escabroso; um vento leve

---

[7] Espécie de bilha; vasilha de barro, bojuda e de gargalo estreito, para conter líquidos.

ramalhava nas árvores, um regato saltava ruidosamente entre as pedras. Eu não me espantei — mas realmente me pareceu que as pedras, o arroio, as ramagens e o vento se riam alegremente do meu Príncipe. E além destes confortos, a que o João, mestre de obras, com os olhos loucamente arregalados, chamava "as grandezas", Jacinto meditava o bem das almas. Já encomendara ao seu arquiteto, em Paris, o plano perfeito de uma escola, que ele queria erguer, naquele campo da Carriça, junto à capelinha que abrigava "os ossos". Pouco a pouco, aí também criaria uma biblioteca, com livros de estampas, para entreter, aos domingos, os homens a quem já não era possível ensinar a ler. Eu vergava os ombros, pensando: "Aí vem a terrível acumulação das noções! Eis o livro invadindo a serra!". Mas outras ideias de Jacinto eram tocantes, e eu mesmo me entusiasmei, e excitei o entusiasmo da tia Vicência com o seu plano de uma creche, onde ele esperava ter manhãs muito divertidas vendo as criancinhas a gatinhar, a correr tropegamente atrás de uma bola. De resto, o nosso boticário de Guiães já estava apalavrado para estabelecer uma pequena farmácia em Tormes, sob a direção do seu aprendiz, um afilhado da tia Vicência, que tinha publicado um artigo sobre as festas populares do Douro no *Almanaque de lembranças*. E já fora oferecido o partido médico de Tormes, com um ordenado de seiscentos mil-réis.

— Não te falta senão um teatro! — dizia eu, rindo a Jacinto.

— Um teatro, não. Mas tenho a ideia de uma sala, com projeções de lanterna mágica, para ensinar a esta pobre gente as cidades desse mundo, e as coisas de África, e um bocado de História.

Eh caramba! também eu me entusiasmei com esta ideia! E quando a contei ao tio Adrião, o digno antiquário bateu, apesar do seu reumatismo, uma palmada tremenda na coxa. "Sim, senhor! Bela ideia! Assim se podia ensinar àquela gente iletrada, vivamente, por imagens, a história santa, a história romana, até a história de Portugal!..." E voltado para a prima Joaninha, o tio Adrião declarou Jacinto um "homem de coração"!

E realmente pela serra crescia a popularidade do meu Príncipe. Naquele "guarde-o Deus, meu senhor!" com que as mulheres ao passar o saudavam, se voltavam para o ver ainda, havia uma seriedade de oração, o bem sincero desejo de que Deus o guardasse sempre. As crianças a quem ele distribuía tostões farejavam de longe a sua passagem — e era em torno dele um escuro formigueiro de caritas trigueiras e sujas, com grandes olhos arregalados, que, se ainda tinham pasmo, já não tinham medo. Como o cavalo de Jacinto uma tarde se chapara,[8] ao desembocar da alameda, numas grossas pedras que aí deformavam a estrada, logo ao outro dia um bando de homens, sem que Jacinto o ordenasse, veio por dedicação ensaibrar e alisar aquele pedaço perigoso de caminho, aterrados com o risco que correra o bom senhor. Já pela serra se espalhava esse nome de "bom senhor". Os mais idosos da freguesia não o encontravam sem exclamarem, uns com gravidade, outros com grandes risos desdentados: "Este é o nosso benfeitor!". Por vezes, alguma velha corria do fundo do eido, ou vinha à porta do casebre, se o avistava no caminho, para gritar, com

---

[8] Cair, estatelar-se no chão.

grandes gestos dos braços magros: "Ai que Deus o cubra de bênçãos! Que Deus o cubra de bênçãos!".

Aos domingos, o padre José Maria (bom amigo meu e grande caçador) vinha de Sandofim, na sua égua ruça, a Tormes para celebrar a missa na capelinha. Jacinto assistia à missa na sua tribuna, como os Jacintos de outras eras, para aqueles simples o não suporem estranho a Deus. Quase sempre então ele recebia presentes, que as filhas dos caseiros, ou os pequenos, lhe vinham trazer muito corados, à varanda, e que eram vasos de manjericão, ou um grosso ramalhete de cravos, e mesmo por vezes um gordo pato. Havia então uma distribuição de cavacas e merengues[9] de Guiães às raparigas e às crianças — e, no pátio, para os homens, circulavam as infusas de vinho branco. O Silvério já sustentava com espanto, e redobrado respeito, que o Sr. D. Jacinto em breve disporia de mais votos nas eleições que o Dr. Alípio. E eu mesmo me impressionei quando o Melchior me contou que o João Torrado, um velho singular daqueles sítios, de grandes barbas brancas, ervanário,[10] vagamente alveitar, um pouco adivinho, morador misterioso de uma cova no alto da serra, por toda a serra afirmava que aquele bom senhor era el-rei D. Sebastião, que voltara!

---

[9] Biscoitos secos, cobertos de açúcar, e suspiros.
[10] Que vende ervas medicinais.

Capítulo XII

Assim chegou setembro, e com ele o meu natalício, que era a 3 e num domingo. Toda essa semana a passara eu em Guiães, nos preparos da vindima; e logo cedo, nesse domingo ilustre, me fui debruçar da varanda do quarto do saudoso tio Afonso, vigiando a estrada, por onde devia aparecer o meu Príncipe, que enfim visitava a casa do seu Zé Fernandes. A tia Vicência, essa, desde a madrugada, andava atarefada pela cozinha e pela copa, porque, desejando mostrar ao meu Príncipe "o pessoal" da serra, convidara para jantar algumas famílias amigas, dos arredores, as que tinham carruagens ou carroções, e que podiam, pelas estradas mais seguras, recolher tarde, depois de um bailarico campestre, no pátio, já enfeitado para esse efeito de lanternas chinesas. Mas logo às dez horas me desesperei, ao receber, por um moço da Flor da Malva, uma carta da prima Joaninha, em que dizia "a pena de não poder vir porque o papá estava desde a véspera com um leicenço, e ela não o queria abandonar". Corri indignado à cozinha, onde a tia Vicência presidia a um violento bater de gemas de ovos dentro de uma imensa terrina.

— A Joaninha não vem! Sempre assim! Diz que o pai tem um leicenço... Aquele tio Adrião escolhe sempre os grandes dias para ter leicenços, ou para ter a pontada...

A boa face redondinha e corada da tia Vicência enterneceu-se.

— Coitado! Será em sítio que não se pudesse sentar na carruagem! Coitado! Olha, se lhe escreveres, dize-lhe que ponha um emplastrozinho de folhas de alecrim. É com que teu tio se dava bem.

Eu gritei simplesmente da janela para o moço, que dava de beber ao burro no pátio:

— Diz à Sra. D. Joaninha que sentimos muito... Que talvez eu lá apareça amanhã.

E voltei à janela, impaciente, porque o relógio do corredor, muito atrasado, já cantara a meia hora depois das dez e o Príncipe tardava para o almoço. Mas, mal eu me chegara à varanda, apareceu justamente na volta da estrada Jacinto, de grande chapéu de palha, na sua égua, seguido do Grilo, que se escarranchava, sobre o albardão da velha égua do Melchior, também de chapéu de palha, e abrigado sob um imenso guarda-sol verde. Atrás, um moço com uma maleta à cabeça. E eu, na alegria de avistar enfim o meu Príncipe trotando para a minha casa de aldeia, no dia dos meus trinta e seis anos, pensava noutro natalício, no dele, em Paris, no 202, quando, entre todos os esplendores da Civilização, nós bebemos tristemente *ad manes*, aos nossos mortos!

— *Salve!* — gritei da varanda. — *Salve, domine*[1] *Jacinthe!*

E entoei, para o acolher, num alegre tarantantã, o *Hino da Carta!*

— Isto por aqui também é lindo! — gritou ele de baixo. — E o teu palácio tem um soberbo ar... Por onde é a porta?

Mas eu já me precipitava para o pátio — onde Jacinto, apeando, contou alegremente os tormentos do Grilo, que nunca montara a cavalo, e não cessara de berrar ante os perigos daquela aventura.

---

[1] Senhor, em latim.

E o digno preto, ofegante, lustroso de suor, e lívido sob o esplendor da sua negrura, exclamava, apontando com a mão trêmula para a pobre égua, que solta, de cabeça pensativa, parecia de pedra, sobre as patas mais imóveis que marcos:

— Pois se o siô Fernandes visse! Uma fera, que nunca veio quieta. Sempre para a esquerda, sempre para a direita, pé aqui, pé além! Só para me sacudir! Só para me sacudir!

E não resistiu. Com a ponta do guarda-sol atirou uma pontoada vingativa contra a égua, sobre o albardão.

Subindo a escadaria ligeira, penetrando no alegre corredor, com a sua janela ao fundo engrinaldada de roseirinhas, Jacinto louvava grandemente a nossa casa, que o repousava das rijas muralhas, das grossas portas feudais de Tormes. E no seu quarto agradeceu os cuidados maternais da tia Vicência, que enchera de flores os dois vasos da China sobre a cômoda, e adornara a cama com uma das nossas colchas da Índia mais ricas, cor de canário, com grandes aves de ouro. Eu sorria, enternecido. Então estreitamos os ossos num grande abraço, pelo natalício... "Trinta e oito, hem, Zé Fernandes?" — "Trinta e quatro, animal!" E o meu Príncipe abrindo logo a mala, uma sóbria maleta de filósofo, ofereceu os "nobres presentes, que são devidos", como diz sempre o astuto Ulisses na *Odisseia*. Era um alfinete de gravata, de safira, uma cigarreira de aço fosco, com um florido ramo de macieira em delicado esmalte, uma faca para livros de velho lavor chinês. Eu protestava contra a prodigalidade.

— É tudo das malas de Paris... Mandei-as abrir ontem à noite. E tomei a liberdade de trazer esta lembrança à tua tia Vicência. Não vale nada... É só por ter pertencido à princesa de Lamballe.

Era uma caldeirinha de água benta, em prata lavrada, de um gosto florido e quase galante.

— A tia Vicência não sabe quem é a princesa de Lamballe, mas fica encantada! E é uma garantia, porque ela suspeita da tua religião, como homem de Paris, da terra das impiedades... E agora, lavar, escovar, e almoçar!

A tia Vicência pareceu toda surpreendida, e logo encantada com o meu camarada, que ela supusera realmente um príncipe, arrogante, escarpado e difícil. Quando ele lhe ofereceu a caldeirinha, com um delicado pedido "para se lembrar dele nas suas orações", duas largas rosas, mais róseas e frescas que as rosas que enchiam a mesa, cobriram as faces redondas da boa senhora, que nunca recebera tão piedoso presente, com tão linda expressão. Mas o que sobretudo a cativou foi o tremendo apetite de Jacinto, a entusiasmada convicção com que ele, amontoando no prato montes de cabidela, depois altas serras de arroz de forno, depois bifes de numerosa cebolada, exaltava a nossa cozinha, jurava nunca ter provado nada tão sublime. Ela resplandecia:

— Até faz gosto, até faz gosto... Ora mais uma destas batatinhas recheadas...

— Com certeza, minha senhora, até duas! As minhas rações, em mesas destas, tão perfeitas, são sempre as de Gargântua.[2]

— Não cites Rabelais, que a tia Vicência não conhece os autores profanos! — exclamava eu, também radiante. — E prova esse vinho branco cá da nossa lavra, louvando Deus que amadurece tal uva.

---

[2] Gargântua é um nome utilizado para designar um homem de apetite insaciável.

E o almoço foi muito alegre, muito íntimo, muito conversado, sobre as obras de Jacinto em Tormes, e a sua creche que entusiasmava a tia Vicência, e as esperanças da vindima, e a minha prima Joaninha, que tinha o papá doente, e o péssimo estado dos caminhos. Mas o enternecimento maior foi quando, ao servir o café, o criado pôs ao lado de Jacinto um pires com um pau de canela, o seu estranho e costumado pau de canela.

Não esquecera a tia Vicência! Ali tinha o seu pauzinho de canela! Queria que ele, em Guiães, continuasse os seus hábitos como em Tormes... E aquele pau de canela foi o símbolo de adoção do meu Príncipe como novo sobrinho da tia Vicência.

Ela em breve recolheu à cozinha, aos preparativos do banquete. Nós fumamos um preguiçoso charuto no jardim, ao pé do repuxo, sob a recolhida sombra do cedro. Depois, inexoravelmente, como proprietário, mostrei ao meu Príncipe a propriedade toda, com desapiedada minuciosidade, sem lhe perdoar um campo, um regueiro, um pé de vinha. Só quando a sua face se começou a opar[3] e a empalidecer pela saciedade, e que do entendimento totalmente atordoado só lhe escorria um vago — "muito bonito! bela terra!" — é que voltei os passos para casa, contornando ainda numa volta larga para lhe mostrar o lagar, uma plantação de aspargos, e o sítio onde existira a ruína de um velho castro[4] romano. Ao penetrarmos de novo, pelo jardim, na fresca sala, ainda o empurrei, como uma rês, para a livraria do meu bom tio Afonso, para lhe mostrar as preciosidades, uma

---

[3] Engrossar, inchar.
[4] Castelo de origem pré-romana ou romana.

magnífica crônica de D. João I por Fernão Lopes,[5] a primeira edição do *Imperador Clarimundo*,[6] uma *Henríada*,[7] com a assinatura de Voltaire, forais[8] de el-rei D. Manuel, e outras maravilhas. Ele respirava fechando o derradeiro pergaminho, quando eu o arrastei à adega, para que ele admirasse a famosa pipa, que tinha, em relevo, na madeira do tampo, as complicadas armas das Sandes. Eram quatro horas, o meu Príncipe tinha o ar esgazeado e lívido. Cravando nele os olhos ferozes, olhos em que eu mesmo sentia reluzir a ferocidade, declarei "que agora íamos ver a tulha".[9] Mas então, com a mão nos rins, murmurou, humildemente, num murmúrio de criancinha:

— Não se me dava de me sentar um bocadinho!

Então tive piedade, abri as garras, deixei que ele se arrastasse atrás de mim, para o seu quarto, onde descalçou logo as botas, se atirou para um fresco canapé forrado de fresca ganga,[10] murmurando, num abatimento profundo: "Bela propriedade!".

Consenti generosamente que ele adormecesse, e eu mesmo desci a verificar se a Gertrudes dispusera bem as

---

[5] Nomeado cronista-mor do Reino pelo rei D. Duarte. Escreveu *Crônicas de D. Pedro I, D. Fernando I* e *D. João I*. É um dos grandes nomes do Humanismo português.

[6] Alusão à obra *Clarimundo, Crônica do Imperador*, do escritor português João de Barros (1496-1590). É uma novela de cavalaria.

[7] Poema épico de Voltaire, cujo herói é Henrique IV, rei da França.

[8] Cartas de lei que regulavam a administração de uma localidade, ou que concediam privilégios a indivíduos ou corporações.

[9] Casa ou compartimento onde se depositam ou guardam cereais em grãos; e também o local onde se ajunta e deposita azeitonas, antes de serem levadas ao moinho.

[10] Tecido de algodão.

escovas, as toalhas de renda, no quarto onde os convidados, em breve, ao chegar, lavariam as mãos, escovariam a poeira da estrada. E justamente, uma caleche rodava no pátio, a velha caleche do D. Teotônio, com as duas éguas ruças. Espreitando da janela descobri, com prazer, que chegava só, de gravata branca, sob o guarda-pó, sem a horrendíssima filha. Corri alegremente ao quarto da tia Vicência, que, ajudada pela Catarina, abrochava atarefada as suas pulseiras ricas de topázios.

— Oh, tia Vicência, chegou o D. Teotônio! Felizmente vem sem a filha... Não se demore, os outros não tardam. O Manuel que esteja bem limpo, de gravata bem tesa!... Vamos a ver como se passa a festa!

Capítulo XIII

Ai de mim! Não se passou com brilho, nem com alegria! Quando o meu Príncipe entrou na sala, com uma elegância onde eu senti as malas de Paris (abertas na véspera) — uma rosa branca no jaquetão preto, colete branco lavrado e trespassado, copiosa gravata de seda branca, tufando e presa por uma pérola negra — já todos os convidados enchiam a sala: o D. Teotônio, o Ricardo Veloso, o Dr. Alípio, o gordo Melo Rebelo, de Sandofim, os dois manos Albergarias, da quinta da Loja; todos se conservavam de pé, num magote cerrado. Em torno do sofá onde a tia Vicência se instalara, um magotezinho de cadeiras reunira as senhoras — a Beatriz Veloso, com cassa branca sobre seda, que a tornava mais aérea e magra, com uma imensa trunfa de cabelo riçado, e as duas Rojões (com a tia Adelaide Rojão) vermelhinhas como rosinhas, ambas de branco, a mulher do Dr. Alípio, de preto, esplêndida como uma Vênus rústica... E foi na sala, como se realmente entrasse um príncipe, desses países do norte onde os príncipes são magníficos, muito distantes dos homens, e aterram. Um silêncio, como se o teto de carvalho descesse, nos esmagava; e todos os olhos se enristaram contra o meu desgraçado Jacinto, como numa caçada hindu, quando à orla da floresta surge o tigre real. Debalde, nas confusas, apressadas apresentações, com que eu o levava através da sala — os seus apertos de mão, e sorrisos, o vago murmúrio, "da sua honra, do seu prazer", foram repassados de simpatia, de simplicidade. Todos os cavalheiros permaneciam reservados, observando o Príncipe que subira à serra: e as senhoras mais se conchegavam à sombra da tia Vicência, como ovelhas à volta do pastor, quando na altura surge o lobo. Eu então, já inquieto, lancei o D. Teotônio, o mais ornamental daqueles cavalheiros.

— O Sr. D. Teotônio foi muito amável em vir, Jacinto. Raras vezes sai da sua linda casa da Abrujeira.

O digno D. Teotônio sorriu, cofiando os espessos bigodes brancos, de velho brigadeiro:

— V. Ex.ª chegou diretamente de Viena?

Não! Jacinto viera diretamente de Paris, com o amigo Zé Fernandes. D. Teotônio insistiu:

— Mas certamente visita muitas vezes Viena.

Jacinto sorria surpreendido:

— Viena, por quê?... Não. Há mais de quinze anos que não vou a Viena.

O fidalgo murmurou um lento "Ah!" e ficou calado, de pálpebras baixas, como revolvendo análises profundas, com as mãos cruzadas sob as abas da longa sobrecasaca azul.

Eu então, que vigiava, lancei o Dr. Alípio:

— O nosso doutor, meu caro Jacinto, é o mais poderoso influente de todo o distrito.

O doutor curvou a cabeça bem feita, com um belo cabelo preto, admiravelmente alisado e lustroso — a tia Vicência, que se erguera do sofá, chamava o meu Príncipe, porque o Manuel anunciara o jantar, mudamente, mostrando apenas, à porta da sala, a sua corpulenta pessoa, muito tesa e muito vermelha.

À mesa (onde os pudins, as travessas de doces de ovos, os antigos vinhos de Madeira e Porto, nas suas pesadas garrafas de cristal, fundiam com felicidade os seus tons ricos e quentes), Jacinto ficou entre a tia Vicência e uma das Rojões, a Luisinha, sua afilhada, que por costume velho quando jantava em Guiães, sempre se colocava à sombra da sua boa madrinha; e a sopa, que era de galinha com macarrão e arroz, foi comida num tão largo, pesado silêncio que eu, na ânsia de o quebrar, exclamei, ao acaso, sem pensar que me achava em Guiães, à minha mesa:

— Está deliciosa, esta sopa!

Jacinto ecoou:

— Divina!

Mas como todos os convidados certamente estranharam este meu brado, e o pasmo excessivo de Jacinto, o silêncio, carregado de estranheza, mais se carregou de embaraço. Felizmente, a tia Vicência, com aquele seu bom sorriso, observou que Jacinto parecia gostar das nossas comidas portuguesas... E eu, sempre no intuito de animar, nem deixei que o meu Príncipe confirmasse o seu amor da cozinha vernácula, gritei:

— Como gosta? Mas é que delira! Pudera! Tanto tempo em Paris, privado!...

E como, ditosamente, me lembrara o prato de arroz-doce preparado no natalício de Jacinto, pelo cozinheiro do 202, contei logo a história, profusamente, exagerando, afirmando que o arroz-doce continha *foie-gras*, e que sobre a sua ornamentada pirâmide flutuava a bandeira tricolor, por cima do busto do conde de Chambord! Mas o arroz-doce, assim estragado, tão longe da serra, não interessava, apenas puxou alguns sorrisos de polida condescendência, quando eu, alternadamente, me voltei para um cavalheiro, para uma senhora, insistindo, exclamando: "Extraordinário, hem?". D. Teotônio observou, misteriosamente, que "o cozinheiro sabia para quem cozinhava". E a bela mulher do Dr. Alípio ousou murmurar, corando:

— Havia de ser bonito prato, e talvez não fosse mau!
Eu então logo (ai de mim, para animar) ataquei com desabrida alegria a Sra. D. Luísa, por ela assim defender a profanação do nosso grande prato nacional! Mas, ai de mim, tão excessiva e ruidosamente interpelei a formosa senhora, que ela se enconchou, emudeceu, toda corada, e mais formosa. E outro silêncio se abatia sobre a mesa, como uma névoa, quando a tia Vicência, providencial, se desculpou para com Jacinto de não ter peixe! Mas quê!, ali na serra era impossível, mesmo a peso de ouro, ter peixe, a não ser a pescada salgada, ou o bacalhau. O excelente Rojão, então, com aquele seu modo, tão suave, que cada sílaba para correr mais docemente parecia lubrificada com óleos santos, lembrou que o Sr. D. Jacinto possuía uma larga faixa do Douro, com privilégio para a pesca do sável.[1] Jacinto não sabia, nem imaginava que houvesse sáveis... O Dr. Alípio não se admirava porque essas pescas tinham sido vendidas ao Cunha brasileiro, há vinte anos, na mocidade do Sr. D. Jacinto. E hoje, segundo D. Teotônio, não valiam dois mil-réis. Se já não há sáveis!... E em torno destes sáveis, se iam formando, em torno da mesa, entre os cavalheiros mais vizinhos, lentas cavaqueirinhas rurais — que as senhoras aproveitavam para cochichar, no desabafo daquele silêncio cerimonioso, que viera pesando até aos frangos guisados. Eu então, receoso que essa orla de murmúrios lentos, sem brilho e alegria, se perpetuasse de novo, lancei-me (para animar) interpelando Jacinto, recordando a famosa aventura do peixe da Dalmácia encalhado.

---

[1] Gênero de peixe marítimo que só se reproduz em água doce; é encontrado em abundância nos rios de Portugal.

— Isso foi uma das melhores histórias que nos sucedeu em Paris! O Jacinto, por causa de um peixe muito raro, que lhe mandara o grão-duque Casimiro, dava uma magnífica ceia, a que o grão-duque... o grão-duque Casimiro, o irmão do imperador...

Todos os olhos se desviaram para o meu Jacinto, que se servia de ervilhas; e o Melo Rebelo quase se engasgou, num sorvo precipitado ao copo, para contemplar no meu amigo algum reflexo do grão-duque. E eu contei, com profusão, o peixe encalhado, o grão-duque pescando, o anzol feito com um gancho da princesa de Carman, o duque de Marizac, caindo quase no poço do elevador... Mas não se produziu um riso, e a atenção mesmo era dada com esforço, por cortesia. Debalde eu arremessava aqueles nomes magníficos de grão-duques e princesas, misturados a coisas picarescas... Nenhum dos meus convidados compreendia o elevador, um prato encalhado num poço negro... Perante o gancho da princesa, as Albergarias baixaram os olhos. E a minha deliciosa história morreu numa reticência, ainda mais regelada pela exclamação da tia Vicência:

— Oh! Filho, que coisas!

Mas como Jacinto se enfronhara de repente numa larga conversa com a Luisinha Rojão, que ria, toda luminosa e palradora, todos, logo, como libertados do peso cerimonioso da sua presença augusta, se lançaram nas cavaqueirinhas discretas, a que agora o champanhe, depois do assado, dava mais vivacidade. Era a orla de murmúrios, em torno da mesa, com relevo e sem bulhas, que retomava, se estabelecia. E eu então desisti de animar o jantar. Mergulhei com a bela mulher do doutor na grande questão social desse tempo em Guiães, o casamento da D. Amélia Noronha com o feitor! E eu defendia a D. Amélia, os direitos do amor, quando se alargou um silêncio — e era Jacinto, que se debruçava, de copo na mão.

— Velho amigo Zé Fernandes, à tua! Muitos e bons, e sempre em companhia de tua tia e minha senhora, a quem peço para saudar.

Todos os copos, onde a espuma morria sobre um fundo de champanhe, se ergueram num largo rumor de amizade e boa vizinhança. Eu acenei ao Manuel, vivamente, para encher os copos; e logo, também de pé, atirando para trás a aba da sobrecasaca:

— Meus senhores, peço uma grande saúde para o meu velho amigo Jacinto, que pela primeira vez honra esta casa fraternal!... Que digo eu? Que pela primeira vez honra com a sua presença a sua pátria! E que por cá fique, pelas serras, muitos anos todos bons. A tua, meu velho!

Outro rumor correu pela mesa, mas cerimonioso e sereno. A tia Vicência tilintou o seu copo, quase vazio, no de Jacinto, que tocou no copo da sua vizinha, a Luisinha Rojão, toda resplandecente, e mais vermelha que uma peônia.[2] Depois foi o encadeamento de saúdes, entremisturadas, com os copos quase vazios, entre todos os convidados, sem esquecer o tio Adrião, e o abade, ambos ausentes, ambos com furúnculos. E a tia Vicência espalhava aquele olhar que prepara o erguer, o arrastar de cadeiras, quando D. Teotônio, erguendo o seu copo de vinho do Porto, com a outra mão apoiada à mesa,

---

[2] Planta que produz grandes flores, belas e de cores variadas.

meio erguido, chamou Jacinto, e numa voz respeitosa, quase cava:

— Esta é toda particular, e entre nós... Ao ausente!

Esvaziou o copo, como religião, como pontificando. Jacinto bebeu assombrado, sem compreender. As cadeiras arrastavam, eu dei o braço à tia Albergaria.

E só compreendi, na sala, quando o Dr. Alípio, com a sua chávena de café e o charuto fumegante, me disse, num daqueles seus olhares finos, que lhe valiam a alcunha de *Dr. Agudo*: "Espero que ao menos, cá por Guiães, não se erga de novo a forca!...". E o mesmo fino olhar me indicava o D. Teotônio, que arrastara Jacinto para entre as cortinas de uma janela, e discorria, com um ar de fé e de mistério. Era o miguelismo, por Deus! O bom D. Teotônio considerava Jacinto como um hereditário, ferrenho miguelista, e na sua inesperada vinda ao seu solar de Tormes entrevia uma missão política, o começo de uma propaganda enérgica, e o primeiro passo para uma tentativa de restauração. E na reserva daqueles cavalheiros, ante o meu Príncipe, eu senti então a suspeita liberal, o receio de uma influência rica, nova, nas eleições, e a nascente irritação contra as velhas ideias, representadas naquele moço, tão rico, de civilização tão superior. Quase entornei o café, na alegre surpresa daquela sandice. E retive o Melo Rebelo, que repunha a chávena vazia na bandeja, fitei, com um pouco de riso, o *Dr. Agudo*.

— Então, francamente, os amigos imaginam que o Jacinto veio para Tormes trabalhar no miguelismo?

Muito sério, Melo Rebelo chegou o seu grosso bigode à minha orelha:

— Até corre, como certo, que o príncipe D. Miguel está com ele em Tormes!

E como eu os considerava esgazeado, o Dr. Alípio, tão agudo, confirmou:

— É o que corre... Disfarçado em criado!

Em criado? Oh! Santo Deus! Era o Batista! Justamente, Ricardo Veloso veio, puxando do seu cigarrinho, para o acender no meu charuto. E o bom Rebelo logo invocou o seu testemunho. Pois não corria que o filho de D. Miguel estava em Tormes, escondido?...

— Disfarçado em lacaio — confirmou logo o digno Rebelo.

Acendeu o cigarro, soprou o fumo, e erguendo muito as sobrancelhas meditativas:

— Se assim é, lá me parece desplante... Que eu não desgostava de o ver. Dizem que é bonito moço, bem-apessoado. Mas enfim, meu tio João Vaz Rebelo foi partido às postas, a machado, nas prisões de Almeida... E se recomeçam essas questões, mau, mau! Ora o seu amigo...

Emudeceu. Jacinto, que se libertara do velho D. Teotônio, e ainda conservava um resto de riso, de assombro divertido, vinha para mim, desabafar:

— Extraordinário! Vejo que, aqui, na serra, ainda se conservam, sem uma ruga, as velhas e boas ideias...

Imediatamente, sem se conter, Melo Rebelo acudiu:

— É conforme o que V. Ex.ª chama *boas ideias*.

E eu agora, furioso com aquela disparatada invenção, que cercava de hostilidade o meu pobre Jacinto, estragava aquela amável noite de anos, intervim, vivamente:

— Tu jogas o voltarete,[3] Jacinto? Não... Então vamos arranjar duas mesas... O D. Teotônio há de querer cartas.

---

[3] Jogo de cartas entre três parceiros, com um baralho de quarenta cartas.

E arrastei Jacinto para as senhoras, que de novo se aninhavam à sombra da tia Vicência, estabelecida no seu canto do sofá. Todas se calaram, se pareciam encolher ante a aparição do meu Príncipe, como pombas avistando o abutre. E deixei o temido homem afirmando à mulher do Dr. Alípio (um pouco desgarrada do bando das aves tímidas) que tivera um grande prazer naquela ocasião de conhecer as suas vizinhas de Tormes... Ela abrira nervosamente o leque, sorria, e nunca decerto Jacinto admirara na cidade, em boca mais vermelha, dentinhos mais rutilantes. Mas depois de organizar a mesa do voltarete, tive de abancar, eu, para substituir o Manuel Albergaria, que era dispéptico,[4] se declarara "afrontado",[5] e desejava respirar um bocado na varanda. Todos aqueles cavalheiros, de resto, se queixavam de calor, e mandei abrir as janelas que davam sobre as mimosas do pátio. O Veloso, mesmo ao baralhar, parara, bufando, como oprimido:

— Está abafado... Ainda temos trovoada!

E o Dr. Alípio, inquieto, porque tinha uma hora de estrada até casa, e uma das éguas da caleche era escabreada,[6] correu à janela, espreitar o céu, que enegrecera, morno e pesado.

— Com efeito, vai cair água.

A ramagem das mimosas farfalhava arrepiada; e o ar que agitava molemente as cortinas era morno e pesado. Decerto na sala, entre as senhoras, surgira a mesma inquietação, porque a tia Albergaria apareceu, avisando o mano Jorge.

---

[4] Quem sofre distúrbio da função digestiva.
[5] Maldisposto, incomodado.
[6] Furiosa, irriquieta.

Era prudente pensar em partir, a noite ameaçava... E o Dr. Alípio, puxando o relógio, propôs que, findo aquele roque[7] se preparasse a jornada. Justamente o Albergaria recolhia da varanda desafrontado, aliviado com um cálice de genebra: e retomou as suas cartas, anunciando também que vinha aí uma trovoada valente.

Voltando à sala, encontrei Jacinto muito alegre entre as senhoras, que se familiarizavam, escutando, cheias de riso e gosto, a história da sua chegada a Tormes, sem malas, sem criados, tão desprovido que dormira com a camisa da caseira! Mas a minha pobre noite de anos findava, desorganizada. A tia Albergaria rondava de janela em janela, assustada com a volta à Roqueirinha, espreitando a treva abafada. Calçando lentamente as luvas, a bela mulher do Dr. Alípio perguntava se o roque não findara. E a tia Vicência apressara o chá, que o Manuel, seguido pela Gertrudes, com a bandeja de bolos, já começava a servir às senhoras. Jacinto, de pé, oferecendo chávenas, gracejava:

— Então tanta pressa, tanto medo, por causa de uma trovoadinha?

Elas replicavam, familiarizadas, numa crescente simpatia pelo meu Príncipe:

— Ora o senhor fala bem, porque fica debaixo de telhas...

— Sempre o queríamos ver... com esta noite cerrada! Que fosse agora para Tormes.

---

[7] Tempo de duração de um jogo, até se completar certo número de mãos ou partidas.

O voltarete findara nas duas mesas: e aqueles cavalheiros, das janelas, gritavam as ordens para o pátio negro, onde as traquitanas[8] esperavam atreladas:

— Desce a cabeça da vitória, ó Diogo!

— Acende o lampião, Pedro! Sempre ajuda a luz das lanternas.

A criada Quitéria chegava à porta com os braços carregados de xales, de mantilhas de renda. Como uma das Albergarias ia no assento de diante, da vitória, eu corri a buscar o meu casaco de borracha, para ela se abrigar, se a chuva viesse. E só o D. Teotônio, que tinha até casa meia légua de estrada boa, se não apressava, de novo filado no meu Príncipe, que levava para os lados mais solitários, em conversas profundas, que o seu dedo solene, espetado, sublinhava gravemente. Mas a tia Albergaria gritou que já chovia; e então foi uma pressa das senhoras, que beijocavam vivamente a tia Vicência, enquanto os homens, na antecâmara, enfiavam açodadamente os paletós.

Jacinto e eu descemos ao pátio para acompanhar aquela debandada — e uma a uma, a traquitana do Dr. Alípio, a vitória das Albergarias, a velha e imensa caleche dos Velosos, rolaram sob a noite, entre os nossos desejos de boa jornada. Por fim D. Teotônio calçou as luvas pretas e entrou para a sua caleche, dizendo a Jacinto:

— Pois, primo e amigo, Deus permita que do nosso encontro, e do mais que se passar, algum bem resulte a esta terra!

Subindo a escada, o meu Príncipe desabafou:

---

[8] Coches antigos de quatro rodas para duas pessoas.

— Este Teotônio é extraordinário! Sabes o que descobri por fim?... Que me toma por um miguelista, e imagina que eu vim para Tormes preparar a restauração de D. Miguel?!
— E tu?
— Eu fiquei tão espantado, que nem o desiludi!
— Pois sabe mais, meu pobre amigo. Todos pensam o mesmo, estão desconfiados, e receiam ver de novo erguidas as forcas em Guiães! E corre que tu tens o príncipe D. Miguel escondido em Tormes, disfarçado em criado. E sabes quem ele é? O Batista!
— Isso é sublime! — murmurou Jacinto, com uns grandes olhos abertos.
Na sala, a tia Vicência ainda nos esperava desconsolada, entre todas as luzes, que ardiam no silêncio e paz do serão debandado:
— Ora uma coisa assim! Nem querem ficar para tomar um copinho de geleia, um cálice de vinho do Porto!
— Esteve tudo muito desanimado, tia Vicência! — exclamei desafogando o meu tédio. — Todo esse mulherio emudeceu, os amigos com um ar desconfiado...
Jacinto protestou, muito divertido, muito sincero:
— Não! Pelo contrário. Gostei imenso. Excelente gente! E tão simples... Todas estas raparigas me pareceram ótimas. E tão frescas, tão alegres! Vou ter aqui bons amigos, quando verificarem que eu não sou miguelista.
Então contamos à tia Vicência a prodigiosa história de D. Miguel escondido em Tormes... Ela ria! Que coisas! E mau seria...
— Mas o Sr. Jacinto, não é?
— Eu, minha senhora, sou socialista...

Acudi, explicando à tia Vicência que socialista era ser pelos pobres. A doce senhora considerava esse partido o melhor, o verdadeiro:

— O meu Afonso, que Deus haja, era liberal... Meu pai também, e até amigo do duque da Terceira...

Mas um rude trovão rolou, atroou a noite negra — e uma bátega de água cantou nos vidros e pedras da varanda.

— Santa Bárbara! — gritou a tia Vicência. — Ai aquela pobre gente!... Até estou com cuidado... As Rojões, que vão na vitória!

E correu para o quarto, na sua pressa de acender as duas velas costumadas no oratório, mesmo antes de ir guardar as pratas, e rezar depois o terço, com a Gertrudes.

Capítulo XIV

Ao outro dia, depois do almoço, eu e Jacinto montamos a cavalo para um grande passeio até à Flor da Malva, a saber de meu tio Adrião, e do seu furúnculo. E sentia uma curiosidade interessada, e até inquieta, de testemunhar a impressão que daria ao meu Príncipe aquela nossa prima Joaninha, que era o orgulho da nossa casa. Já nessa manhã, andando todos no jardim a escolher uma bela rosa-chá para a botoeira do meu Príncipe, a tia Vicência celebrara com tanto fervor a beleza, a graça, a caridade e a doçura da sua sobrinha toda-amada, que eu protestei:

— Oh! Tia Vicência, olhe que esses elogios todos competem apenas à Virgem Maria! A tia Vicência está a cair em pecado de idolatria! O Jacinto depois vai encontrar uma criatura apenas humana, e tem um desapontamento tremendo!

E agora, trotando pela fácil estrada de Sandofim, lembrava aquela manhã, no 202, em que Jacinto encontrara o retrato dela, no meu quarto, e lhe chamara uma *lavradeirona*. Com efeito, era grande e forte a Joaninha. Mas a fotografia datava do seu tempo de viço rústico, quando ela era apenas uma bela, forte e sã planta da serra. Agora entrava nos vinte e cinco, e já pensava, e sentia — e a alma que nela se formara, afinara, amaciara, e espiritualizava o seu esplendor rubicundo.

A manhã, com o céu todo purificado pela trovoada da véspera, e as terras reverdecidas e lavadas pelos chuviscos ligeiros, oferecia uma doçura luminosa, fina, fresca, em que era doce, como diz o velho Eurípides[1] ou o velho Sófocles,[2] mover o corpo, e deixar a alma preguiçar, sem pressa ou cuidados. A estrada não tinha sombras, mas o sol descia muito de leve, e roçava com uma carícia quase alada. O vale por baixo parecia a Jacinto (que nunca ali passara) uma pintura da Escola Francesa do século XVIII,[3] tão graciosamente nele ondulavam as terras verdes, e com tanta paz e frescura corria o risonho Serpão, e tão afáveis e prometedores de fartura e contentamento alvejavam os casais nas verduras ligeiras. Os nossos cavalos caminhavam num passo pensativo, gozando também a paz da manhã adorável. E não sei que plantazinhas silvestres e escondidas espalhavam um delicado aroma, que eu tantas vezes sentira, naquele caminho, ao começar o outono!

— Que delicioso dia! — murmurou Jacinto. — Este caminho para a Flor da Malva é o caminho do céu... Oh Zé Fernandes, de que é este cheirinho tão doce, tão bom...

Eu sorri, com certo pensamento:

— Não sei... É talvez já o cheiro do céu!

Depois, parando o cavalo, apontei com o chicote para o vale:

— Olha, acolá, onde está aquela fila de olmos, e há o riacho, já são terras do tio Adrião. Tem ali um pomar,

---

[1] O último dos três grandes poetas trágicos (Ésquilo, Sófocles e Eurípides), viveu de 480 a 406 a.C. Escreveu numerosas peças, entre as quais *Medeia, Alceste, As bacantes, Electra* e *Ifigênia em Áulis*.
[2] Poeta trágico grego (496-406 a.C.), de quem só nos restam sete peças, entre as quais a obra-prima *Édipo Rei*.
[3] Refere-se ao estilo rococó, caracterizado pelas cores suaves e curvas delicadas para produzir efeitos alegres e elegantes. Jean-Antoine Watteau (1684-1721) foi um de seus principais representantes.

que dá os pêssegos mais deliciosos de Portugal... Hei de pedir à prima Joaninha que te mande um cesto de pêssegos. E o doce que ela faz com esses pêssegos, menino, é alguma coisa de extraceleste. Também lhe hei de pedir que te mande o doce.

Ele ria:

— Será explorar demais a prima Joaninha.

E eu (por quê?) recordei e atirei ao meu Príncipe estes dois versos de uma balada cavalheiresca, composta em Coimbra pelo meu pobre amigo Procópio:

> *Manda-lhe um servo dizendo:*
> *"Bem hajas, dona formosa!"*
> *E que lhe entregue um anel*
> *E com um anel uma rosa.*

Jacinto riu alegremente:

— Oh! Zé Fernandes, seria excessivo, logo, por causa de meia dúzia de pêssegos, e de um boião de doce.

Assim ríamos, quando apareceu, à volta da estrada, o longo muro da quinta dos Velosos, e depois a capelinha de S. José de Sandofim. E imediatamente piquei para o largo, para a taverna do Torto, por causa daquele vinhinho branco, que sempre, quando por ali a levo, a minha alma me pede. O meu Príncipe reprovou, indignado:

— Oh! Zé Fernandes, pois tu, a esta hora, depois do almoço, vais beber vinho branco?

— É um costumezinho antigo... Aqui à taverninha do Torto... Um decilitrinho... A almazinha assim mo pede.

E paramos, eu gritei pelo Manuel, que apareceu, rebolando na sua grossa pança, sobre as pernas tortas, com a infusa verde, e um copo.

— Dois copos, Torto amigo. Que aqui este cavalheiro também aprecia.

Depois de um pálido protesto, o meu Príncipe também tomou o seu copo, mirou o límpido e dourado vinho ao sol, provou, e esvaziou o seu copo, com delícia, e um estalinho de alto apreço.

— Delicioso vinho!... Hei de querer deste vinho em Tormes... É perfeito.

— Hem? Fresquinho, leve, aromático, alegrador, todo alma!... Encha lá outra vez os copos, Torto amigo. Este cavalheiro aqui é o Sr. D. Jacinto, o fidalgo de Tormes.

Então, de trás da umbreira da taverna, uma grande voz bradou, cavamente, solenemente:

— Bendito seja o Pai dos Pobres!

E um estranho velho, de longos cabelos brancos, barbas brancas, que lhe comiam a face cor de tijolo, assomou no vão da porta, apoiado a um bordão, com uma caixa a tiracolo, e cravou em Jacinto dois olhinhos de um brilho negro, que faiscavam. Era o tio João Torrado, o profeta da serra... Logo lhe estendi a mão, que ele apertou, sem despegar de Jacinto os olhos, que se dilatavam mais negros. E mandei vir outro copo, apresentei Jacinto, que corara, embaraçado.

— Pois aqui o tem, o senhor de Tormes, que fez por aí todo esse bem à pobreza.

O velho atirou para ele bruscamente o braço, que saía, cabeludo e quase negro, de uma manga muito curta.

— A mão!

E quando Jacinto lha deu, depois de arrancar vivamente a luva, João Torrado longamente lha reteve com um sacudir lento e pensativo, murmurando:

— Mão real, mão de dar, mão que vem de cima, mão já rara!

Depois tomou o copo, que lhe oferecia o Torto, bebeu com imensa lentidão, limpou as barbas, deu um jeito à correia que lhe prendia a caixa de lata, e batendo com a ponta do cajado no chão:

— Pois louvado seja Nosso Senhor Jesus Cristo, que por aqui me trouxe, que não perdi o meu dia, e vi um homem!

Eu então debrucei a face para ele, mais em confidência:

— Mas, ó tio João, ouça cá! Sempre é certo você dizer por aí, pelos sítios, que el-rei D. Sebastião voltara?

O pitoresco velho apoiou as duas mãos sobre o cajado, o queixo de espalhada barba sobre as mãos, e murmurava, sem nos olhar, como seguindo a procissão dos seus pensamentos:

— Talvez voltasse, talvez não voltasse... Não se sabe quem vai, nem quem vem. A gente vê os corpos, mas não vê as almas que estão dentro. Há corpos de agora com almas de outrora. Corpo é vestido, alma é pessoa... Na feira da Roqueirinha quem sabe com quantos reis antigos se topa, quando se anda aos encontrões entre os vaqueiros... Em ruim corpo se esconde bom senhor!

E como ele findara num murmúrio, eu, atirando um olhar a Jacinto, para gozarmos aqueles estranhos, pitorescos modos de vidente, insisti:

— Mas, ó tio João, você realmente, em sua consciência, pensa que el-rei D. Sebastião não morreu na batalha?

O velho ergueu para mim a face, que se enrugara numa desconfiança:

— Essas coisas são muito antigas. E não calham bem aqui à porta do Torto. O vinho era bom, e Vossa Senhoria tem pressa, meu menino! A flor da Flor da

Malva lá tem o paizinho doente... Mas o mal já vai pela serra abaixo com a inchação às costas. Dá gosto ver quem dá gosto aos tristes. Por cima de Tormes há uma estrela clara. E é trotar, trotar, que o dia está lindo!

Com a magra mão lançou um gesto para que seguíssemos. E já passávamos o cruzeiro, quando o seu brado ardente de novo ressoou, com cava solenidade:

— Bendito seja o Pai dos Pobres!

Direito, no meio da estrada, erguia o cajado como dirigindo as aclamações de um povo. E Jacinto pasmava de que ainda houvesse no reino um sebastianista.

— Todos o somos ainda em Portugal, Jacinto amigo! Na Serra ou na Cidade cada um espera o seu D. Sebastião. Até a loteria da Misericórdia é uma forma de sebastianismo. Eu todas as manhãs, mesmo sem ser de nevoeiro, espreito, a ver se chega o meu. Ou antes a minha, porque eu espero uma D. Sebastiana... E tu, felizardo?

— Eu? Uma D. Sebastiana? Estou muito velho, Zé Fernandes... Sou o último Jacinto, Jacinto ponto-final... Que casa é aquela com os dois torreões?

— A Flor da Malva.

Jacinto tirou o relógio:

— São três horas. Gastamos hora e meia... Mas foi um belo passeio, e instrutivo. É lindo este sítio.

Sobre um outeirinho, afastada da estrada por arvoredo, que um muro cerrava, e dominando, a Flor da Malva voltava para oriente e para o sol a sua longa fachada com os dois torreões quadrados, onde as janelas, de varanda, eram emolduradas em azulejos. O grande portão de ferro, ladeado por dois bancos de pedra, ficava ao fundo do terreirinho, onde um imenso castanheiro derramava verdura e sombra. Sentado sobre as suas fortes raízes um pequeno esperava segurando um burro pela arreata.[4]

— Está por aí o Manuel da Porta?
— Ainda agora subiu pela alameda.
— Bem, empurra lá o portão.

E subimos, por uma curta avenida de velhas árvores, até outro terreiro, com um alpendre, uma casa de moços,[5] toda coberta de heras, e uma casota de cão, de onde saltou, com um rumor de corrente arrastada, um molosso,[6] o "Tritão", que eu logo sosseguei, reconhecendo o seu velho amigo Zé Fernandes. E o Manuel da Porta correu da fonte, onde enchia um grande balde, para segurar os nossos cavalos.

— Como está o tio Adrião?

Surdo, o excelente Manuel sorriu, deleitado:

— E então V. Ex.ª, bem? A Sra. D. Joaninha ainda agora andava no laranjal com o pequeno da Josefa.

Seguimos por ruazinhas bem areadas, orladas de alfazema e buxo alto, enquanto eu contava ao meu Príncipe que aquele pequenito da Josefa era um afilhadinho da prima Joana, e agora o seu encanto e o seu cuidado.

— Esta minha santa prima, apesar de solteira, tem aí pela freguesia uma verdadeira filharada. E não é só dar-lhes roupas e presentes, e ajudar as mães. Mas até os lava, e os penteia, e lhes trata as tosses. Nunca a encontro sem uma criancinha ao colo... Agora anda na paixão deste Josezinho.

---

[4] Correia, corda ou cabresto com que se prendem e por onde se conduzem as bestas.
[5] Casa de criados.
[6] Cão de guarda de grande porte.

Mas quando chegamos ao laranjal, à beira da larga rua da quinta que levava ao tanque, debalde procurei, e me embrenhei, e até gritei:

— Eh, prima Joaninha!...

— Talvez esteja lá para baixo, para o tanque...

Descemos a rua, ladeada de velhas árvores, que a cobriam com as densas ramas cruzadas. Uma fresca, límpida água de rega corria e luzia num caneiro de pedra. Entre os troncos, as roseiras bravas ainda tinham uma frescura de verão. E o pequeno campo, que se avistava para além, rebrilhava com uma doçura, toda amarelo e branco, dos malmequeres e botões-de-ouro.

O tanque, redondo, fora esvaziado para se lavar, e agora de novo o repuxo o ia enchendo de uma água muito clara, ainda baixa, onde os peixes vermelhos se agitavam na alegria de recuperarem o seu pequeno oceano. Sobre um dos bancos de pedra que circundavam o tanque, pousava um cesto cheio de dálias cortadas. E um moço, que sobre uma escada podava as camélias, vira a Sra. D. Joana seguir para o lado da parreira.

Marchamos para a parreira, ainda toda carregada de uva preta. Duas mulheres, longe, ensaboavam num lavadouro, na sombra de grandes faias. Gritei:

— Eh lá? Vocês viram por aqui a Sra. D. Joana? — Uma das moças esganiçou a voz, que se perdeu no vasto ar luminoso e doce.

— Bem; vamos a casa! Não podemos farejar assim, toda a tarde.

— É uma bela quinta — murmurava o meu Príncipe, encantado.

— Magnífica! E bem tratada... O tio Adrião tem um feitor excelente... Não é lá o teu Melchior. Observa, aprende, lavrador! Olha aquele cebolinho!

Passamos pela horta, uma horta ajardinada, como a sonhara o meu Príncipe, com os seus talhões debruados de alfazema, e madressilva enroscada nos pilares de pedra, que faziam ruazinhas frescas toldadas de parra densa. E demos volta à capela, onde crescia aos dois lados da porta uma roseira chá, com uma rosa única, muito aberta, e uma moita de baunilha, onde Jacinto apanhou um raminho para cheirar. Depois entramos no terraço em frente da casa, com a sua balaustrada de pedra, toda enrodilhada de jasmineiros amarelos. A porta envidraçada estava aberta; e subimos pela escadaria de pedra, no imenso silêncio em que toda a Flor da Malva repousava, até à antecâmara, de altos tetos apainelados, com longos bancos de pau, onde desmaiavam na sua velha pintura as complicadas armas dos Cerqueiras. Empurrei a porta de uma outra sala, que tinha as janelas da varanda abertas, cada uma com a gaiola de um canário.

— É curioso! — exclamou Jacinto. — Parece o meu presépio... E as minhas cadeiras.

E com efeito. Sobre uma cômoda antiga, com bronzes antigos, pousava um presépio, semelhante ao da livraria de Jacinto. E as cadeiras de couro lavrado tinham, como as que ele descobrira no sótão, umas armas sob um chapéu de cardeal.

— Oh senhores! — exclamei. — Não haverá um criado?

Bati as mãos, fortemente. E o mesmo doce silêncio permaneceu, muito largo, todo luminoso e arejado pelo macio ar da quinta, apenas cortado pelo saltitar dos canários nos poleiros das gaiolas.

— É o palácio da Bela Adormecida no bosque! — murmurava Jacinto, quase indignado. — Dá um berro!

— Não, caramba! Vou lá dentro!

Mas, à porta, que de repente se abriu, apareceu minha prima Joaninha, corada do passo e do vivo ar, com um vestido claro um pouco aberto no pescoço, que fundia mais docemente, numa larga claridade, o esplendor branco da sua pele e o louro ondeado dos seus belos cabelos — lindamente risonha, na surpresa que alargava os seus largos, luminosos olhos negros, e trazendo ao colo uma criancinha, gorda e cor-de-rosa, apenas coberta com uma camisinha, de grandes laços azuis.

E foi assim que Jacinto, nessa tarde de setembro, na Flor da Malva, viu aquela com quem casou, em maio, na capelinha de azulejos, quando o grande pé de roseira se cobrira já de rosas.

Capítulo XV

E agora, entre roseiras que rebentam, e vinhas que se vindimam, já cinco anos passaram sobre Tormes e a Serra. O meu Príncipe já não é o último Jacinto, Jacinto ponto-final — porque naquele solar que decaíra, correm agora, com soberba vida, uma gorda e vermelha Teresinha, minha afilhada, e um Jacintinho, senhor muito da minha amizade. É até monótono, pela perfeição da beleza moral, aquele homem tão pitoresco pela desinquietação filosófica e pelos pitorescos tormentos da fantasia insaciada. Quando ele agora, bom sabedor das coisas da lavoura, percorria comigo a quinta, em sólidas palestras agrícolas, prudentes e sem quimeras — eu quase lamentava esse outro Jacinto que colhia uma teoria em cada ramo de árvore e, riscando o ar com a bengala, planeava queijeiras de cristal e porcelana, para fabricar queijinhos que custariam cada um duzentos mil-réis!

Também a paternidade lhe despertara a responsabilidade. Jacinto possuía agora um caderno de contas, ainda pequeno, rabiscado a lápis, com folhas, e papeluchos soltos entremeados, mas onde as suas despesas, as suas rendas se alinhavam, como duas hostes disciplinadas.

Visitara já as suas propriedades de Montemor, da Beira, a Avelã, e consertava, mobilava as velhas casas dessas propriedades para que os seus filhos, mais tarde, crescidos, encontrassem "ninhos feitos". Mas onde eu reconheci que definitivamente um perfeito e ditoso equilíbrio se estabelecera na alma do meu Príncipe, foi quando ele, já saído daquele primeiro e ardente fanatismo da simplicidade — entreabriu a porta de Tormes à Civilização. Dois meses antes de nascer a Teresinha,

uma tarde, entrou pela avenida de faias uma chiante e
longa fila de carros, requisitados por toda a freguesia, e
ajoujados[1] de caixotes. Eram os famosos caixotes há um
ano encalhados em Alba de Tormes, e que chegavam,
para despejar a Cidade sobre a Serra. Eu pensei: "Mau!
o meu pobre Jacinto teve uma recaída!". Mas os confortos mais complicados, que continha aquela caixotaria
temerosa, foram, com surpresa minha, desviados para
os sótãos imensos, para o pó da inutilidade: e o velho
solar apenas se regalou com alguns tapetes sobre os seus
soalhos, cortinas pelas janelas desabrigadas, e fundas
poltronas, fundos sofás, para que os repousos, que ele
imaginara, fossem mais lentos e suaves. Atribuí esta
moderação a minha prima Joaninha, que amava Tormes
na sua nudez rude. Ela jurou que assim o ordenara o
seu Jacinto. Mas, decorridas semanas, tremi. Aparecera,
vindo de Lisboa, um contramestre, com operários, e mais
caixotes, para instalar um telefone!

— Um telefone, em Tormes, Jacinto?

O meu Príncipe explicou, com humildade:

— Para casa de meu sogro!... Bem vês.

Era razoável e carinhoso. O telefone porém, sutilmente,
mudamente, estendeu outro longo fio, para Valverde. E
Jacinto, alargando os braços, quase suplicante:

— Para casa do médico. Bem. Compreendes...

Era prudente. Mas, uma manhã, em Guiães, acordei
aos berros da tia Vicência! Um homem chegara, misterioso, com outros, trazendo arame, para instalar na nossa
casa o telefone. Calmei a tia Vicência, jurando que essa
máquina nem fazia barulho, nem trazia doenças, nem

---

[1] Muito carregados; vergados ao peso de uma grande carga.

atraía as trovoadas. Mas corri a Tormes. Jacinto sorriu, encolhendo os ombros:

— Que queres? Em Guiães está o boticário, está o carniceiro...² E, depois, estás tu!

Era fraternal. Mas pensei: "Estamos perdidos! Dentro de um mês temos a pobre Joana a apertar o vestido por meio de uma máquina!". Pois não! O progresso, que, à intimação de Jacinto, subira a Tormes a estabelecer aquela sua maravilha, pensando talvez que conquistara um reino novo para desfiar, desceu, silenciosamente, despedido, e não avistamos mais sobre a serra a hirta sombra cor de ferro e de fuligem. Então compreendi que, verdadeiramente, na alma de Jacinto se estabelecera o equilíbrio da vida, e com ele a Grã-Ventura, de que tanto fora o Príncipe sem principado. E uma tarde, no pomar, encontrando o nosso velho Grilo, agora reconciliado com a serra, desde que a serra lhe dera meninos para trazer às cavaleiras³ — observei ao digno preto, que lia o seu *Fígaro*, armado de imensos óculos redondos:

— Pois, Grilo, agora realmente bem podemos dizer que o Sr. D. Jacinto está firme.

O Grilo arredou os óculos para a testa, e levantando para o ar os cinco dedos em círculo como pétalas de uma tulipa:

— S. Ex.ª brotou!

Profundo sempre o digno preto! Sim! Aquele ressequido galho de cidade, plantado na serra, pegara, chupara o húmus do torrão herdado, criara seiva, afundara raízes,

---

² Aquele que mata e esquarteja reses, vendendo-as a retalhos; açougueiro.
³ Locução adverbial cujo significado é "aos ombros".

engrossara de tronco, atirara ramos, rebentara em flores, forte, sereno, ditoso, benéfico, nobre, dando frutos, derramando sombra. E abrigados pela grande árvore, e por ela nutridos, cem casais em redor o bendiziam.

Capítulo XVI

Muitas vezes Jacinto, durante esses anos, falara com prazer num regresso de dois, três meses, ao 202, para mostrar Paris à prima Joaninha. E eu seria o companheiro fiel, para arquivar os espantos da minha serrana ante a Cidade! Mas depois conveio esperar que o Jacintinho completasse dois anos, para poder jornadear com conforto, e apontando já com o seu dedo para as coisas da Civilização. Mas quando ele, em outubro, fez esses dois anos desejados, a prima Joaninha sentiu uma preguiça imensa, quase aterrada, do comboio, do estridor da cidade, do 202, e dos seus esplendores. "Estamos aqui tão bem! Está um tempo tão lindo!", murmurava, deitando os braços, sempre deslumbrada, ao rijo pescoço do seu Jacinto; ele sacudia logo Paris, encantado. "Vamos para abril, quando os castanheiros dos Campos Elísios estiverem em flor!" Mas em abril vieram aqueles cansaços que imobilizavam a prima Joaninha no divã, ditosa, risonha, com umas pintas na pele, e o roupão mais solto. Por todo um longo ano estava desfeita a alegre aventura. Eu andava então sofrendo de desocupação. As chuvas de março garantiam uma farta colheita. Uma certa Ana Vaqueira, corada e bem feita, viúva, que sentia as necessidades do meu coração, partira com o irmão para o Brasil, onde ele dirigia uma venda. Desde o inverno, sentia também no corpo como um começo de ferrugem, que o emperrava, e, certamente, algures, na minha alma, nascera uma pontinha de bolor. Depois a minha égua morreu... Parti eu para Paris.

Logo em Hendaya, apenas pisei a doce terra de França, o meu pensamento, como pombo a um velho pombal, voou ao 202 — decerto por eu ver um enorme cartaz em que uma mulher nua, com flores bacânticas nas tranças, se estorcia, segurando numa das mãos uma garrafa espumante, e brandindo na outra, para o anunciar ao mundo, um novo modelo de saca-rolhas. E, oh surpresa!, eis que, logo adiante, na estação quieta e clara de Saint-Jean-de-Luz, um moço esbelto, de perfeita elegância, entra vivamente no meu compartimento, e, depois de me encarar, grita:

— Eh, Fernandes!

Marizac! O duque de Marizac! Era já o 202. Com que reconhecimento lhe sacudi a mão fina — por ele me ter reconhecido! E, atirando para o canto do vagão um paletó, um maço de jornais que o escudeiro lhe passara — o bom Marizac exclamava na mesma surpresa alegre:

— E Jacinto?

Contei Tormes, a serra, o seu primeiro amor pela Natureza, o seu outro grande amor por minha prima, e os dois filhos, que ele trazia às cavaleiras.

— Ah que canalha! — exclamou Marizac com os olhos espetados em mim. — É capaz de ser feliz!

— Espantosamente, loucamente... Qual! Não há advérbios...

— Indecentemente — murmurou Marizac muito sério. — Que canalha!

Eu então desejei saber do nosso rancho familiar do 202. Ele encolheu os ombros, acendendo a *cigarette*:

— Todo esse mundo circula...

— Madame d'Oriol?

— Continua.

— Os Trèves? O Efraim?

— Continuam, todos três.

Lançou um gesto lânguido.

— Em cinco anos, em Paris, tudo continua... As mulheres com um pouco mais de pós de arroz, e a pele um pouco mais mole, e melada. Os homens com um bocado mais de dispepsia. E tudo segue. Tivemos os anarquistas. A princesa de Carman abalou com um acrobata do Circo de Inverno... E — *et voilà*![1]

— Dornan?

— Continua... Não o encontrei mais desde o 202... Mas vejo às vezes o nome dele, no *Boulevard*, com versos preciosos, obscenidades muito apuradas, muito sutis.

— E o psicólogo?... Ora, como se chamava ele?...

— Continua também. Sempre com as feminices a três francos e cinquenta... Duquesas em camisa, almas nuas... Coisas que se vendem bem!

Mas quando eu, encantado, ia indagar de Todelle, do grão-duque, o comboio entrou na estação de Biarritz — e rapidamente, apanhando o paletó e os jornais, depois de me apertar a mão, o delicioso Marizac saltou pela portinhola, que o seu criado abrira, gritando:

— Até Paris!... Sempre *rue Cambori*!

Então, no compartimento solitário, bocejei, com uma estranha sensação de monotonia, de saciedade, como cercado já de gentes muito vistas, com histórias muito sabidas, que murmuravam coisas muito ditas, através de sorrisos muito estafados. Dos dois lados do comboio era a longa planície monótona, sem variedade, muito miudamente cultivada, muito miudamente retalhada, toda

---

[1] Expressão francesa que significa literalmente "aí está"; no Brasil, costuma-se dizer "é isto aí" (no fim do discurso, para resumir ou apreciar o que se disse).

de um verde de resedá, verde cinzento e apagado, onde nenhum lampejo, nem tom alegre de flor, nem um acidente do solo, desmanchavam a mediocridade discreta e ordeira. Pálidos e finos choupos, em renques pautados e finos, bordavam canaizinhos muito direitos e claros. Os casais, todos da mesma cor pardacenta, mal se elevavam do solo, mal se destacavam da verdura desbotada, como encolhidos na sua mediocridade e cautela. E o céu, por cima, liso, sem uma nuvem, com um sol descorado, parecia um vasto manto lavado a grande água, até que de todo se lhe safasse o esmalte e o brilho. Adormeci numa doce insipidez.

Com que linda manhã de maio entrei em Paris! Tão fresca e fina, e já macia, que, apesar de cansado, mergulhei com repugnância no profundo, sombrio leito do Grand-Hotel, todo fechado de grossos veludos, grossos cordões, pesadas borlas, como um palanque de gala. Nessa profunda cova de penas sonhei que em Tormes se construíra uma torre Eiffel, e que em volta dela as senhoras da serra, as mais respeitáveis, até a tia Albergaria, dançavam, nuas, agitando no ar saca-rolhas imensos. Com as comoções deste pesadelo, e depois o banho, e o desemalar da mala, já se acercavam as duas horas quando enfim emergi do grande portão, pisei, ao cabo de cinco anos, o *boulevard*. E imediatamente me pareceu que todos esses cinco anos eu ali estivera à porta do Grand-Hotel, tão estafadamente conhecido me era aquele estridente rolar da cidade, e as magras árvores, e as grossas tabuletas, e os imensos chapéus emplumados sobre tranças pintadas de amarelo, e as empertigadas sobrecasacas com grossas rosetas da Legião de Honra, e os garotos, em voz rouca e baixa, oferecendo baralhos de cartas obscenas, caixas de fósforos obscenas... "Santo Deus!", pensei, "há que anos eu estou em Paris!". Comprei então, num quiosque, um jornal, a *Voz de Paris*, para que ele me contasse, durante o almoço, as novas da cidade. A mesa do quiosque desaparecia, alastrada de jornais ilustrados — e em todos se repetia a mesma mulher, sempre nua, ou meio despida, ora mostrando as costelas magras, de gata faminta, ora voltando para o leitor duas tremendas nádegas... Eu murmurei: "Santo Deus!". No Café da Paz, o criado lívido, e com um resto de pó de arroz sobre a lividez, aconselhou ao meu apetite (comera tão tarde) um linguado frito e uma costeleta.

— E que vinho, senhor conde?
— Chablis, senhor duque!

Ele sorriu à minha deliciosa pilhéria, e eu abri, contente, a *Voz de Paris*. Na primeira coluna, através de uma prosa muito retorcida, toda em brilhos de joia barata, entrevi uma princesa nua, e um capitão de dragões, que soluçava. Saltei a outras colunas, onde contavam feitos de cocotes de nomes sonoros. Na outra página escritores eloquentes celebravam vinhos digestivos e tônicos. Depois eram crimes. — Não há nada de novo! — Pus de passe *Voz de Paris*, e então foi, entre mim e o linguado, uma luta pavorosa. O miserável, que se frigira rancorosamente contra mim, não consentia que eu descolasse da sua espinha uma febra escassa. Todo ele se ressequira numa sola impenetrável e tostada, onde a faca vergava, impotente e trêmula. Gritei pelo moço lívido — que, com faca mais rija, fincando no soalho os sapatos de fivela, arrancou enfim àquele malvado duas tirinhas, finas e curtas como palitos, que engoli juntas, e me esfomearam. De uma garfada findei a costeleta. E paguei quinze francos com um bom luís[2] de ouro. No troco, que o moço me deu, com uma polidez deliciosa de uma civilização muito espalhada, havia dois francos falsos. E por aquela doce tarde de maio eu saí para tomar no terraço um café cor de chapéu-coco, que sabia a fava.

Com o charuto aceso contemplei o *boulevard*, àquela hora em toda a pressa e estridor da sua grossa sociabilidade. A densa torrente dos ônibus, calhambeques, carroças, parelhas de luxo, rolava vivamente, com toda uma escura humanidade formigando entre patas e rodas, numa pressa inquieta. Aquele movimento indescontinuado e rude depressa entonteceu este espírito, por cinco quietos anos afeito à quietação das serras imutáveis. Tentava então puerilmente, repousar nalguma forma imóvel, ônibus que parara, fiacre que estacara num brusco escorregar da pileca;[3] mas logo algum dorso apressado se encafuava pela portinhola da tipoia, ou um cacho de figuras escuras trepava sofregamente para o ônibus — e, rápido, recomeçava o rolar retumbante. Imóveis, decerto, eram os altos prédios hirtos, como as hirtas ribas de pedra e cal, que continham, disciplinavam, a torrente ofegante. Mas da rua aos telhados, em cada varanda, por toda a fachada, eram tabuletas encimando tabuletas, que outras tabuletas apertavam — e mais me cansava o perceber a incessância do trabalho, a rija canseira do lucro, que arfava por trás das fachadas decorosas e mudas. E então enquanto fumava o meu charuto, estranhamente se apossaram de mim os sentimentos que Jacinto outrora

---

[2] Moeda de ouro, usada na França desde Luís XIII, equivalente a 20 francos.

[3] Cavalo de porte pequeno e ordinário.

experimentava no meio da Natureza, e que tanto me divertiam. Ali, à porta do café, entre a indiferença e a pressa da cidade, também eu senti, como ele no campo, a vaga tristeza da minha fragilidade e da minha solidão. Bem certamente estava ali como perdido num mundo que me não era fraternal. Quem me conhecia? Quem se interessaria por Zé Fernandes? Se eu sentisse fome, e o confessasse, ninguém me daria metade do seu pão. Por mais aflitamente que a minha face revelasse uma angústia, ninguém na sua pressa pararia para me consolar. De que me serviriam também as excelências da alma, que só na alma florescem? Se eu fosse um santo, aquela turba não se importaria com a minha santidade; e se eu abrisse os braços e gritasse, ali no *boulevard*: "Ó homens, meus irmãos!", os homens, mais ferozes que o lobo ante o Pobrezinho de Assis, ririam e passariam indiferentes. Dois impulsos únicos, correspondendo a duas funções únicas, parecia estarem vivos naquela multidão — a do lucro, a do gozo. Isolada entre eles, e ao contágio ambiente da sua influência, em breve a minha alma se contrairia, se tornaria num duro calhau de egoísmo. Do ser que eu trouxera da serra, composto com tolerável nobreza, só restaria esse calhau de egoísmo, e nele, vivos, os dois apetites de cidade — encher a bolsa, saciar a carne! E as mesmas exagerações de Jacinto ante a natureza me invadiam aplicadas à cidade. Aquele *boulevard* já me ressumava um bafo mortal, exalado dos milhões dos seus micróbios. De cada porta me parecia sair um ardil para me roubar. Em cada face avistada à portinhola de um fiacre, suspeitava um bandido trabalhando; todas as mulheres me pareciam caiadas como sepulcros, tendo só por dentro podridão. E considerava de uma melancolia funambulesca cútis e formas de toda aquela multidão, a sua pressa esperta e vã, a afetação das atitudes, as imensas plumas das chapeletas, as expressões postiças e arranjadas, a pompa dos peitos alteados, o dorso redondo dos velhos olhando as imagens obscenas das vitrines. Ah! Tudo isto era pueril, mas assim eu sentia também que necessitava remergulhar na serra, para que ao seu puro ar se me secasse e se me despegasse a crosta da Cidade, e eu ressurgisse humano, e Zé Fernândico!

Então, para dissipar aquele pesadume de solidão, paguei o café e parti, lentamente, a visitar o 202. Ao passar na Madalena, diante da estação dos ônibus, pensei: "Que será feito de Madame Colombe?". E, oh miséria!, pelo meu miserável ser subiu uma curta e quente baforada de desejo bruto por aquela besta suja e magra! Era o charco onde eu me envenenara, e que me envolvia nas emanações sutis do seu veneno. Depois, ao dobrar da *rue Royale* para a praça da Concórdia, topei com um robusto e possante homem, que estacou, ergueu o braço, o vozeirão, num modo de comando:

— Eh, Fernandes!

O grão-duque! O belo grão-duque, de jaquetão alvadio e chapéu tirolês cor de mel! Apertei com gratidão reverente a mão do príncipe, que me reconhecera.

— E Jacinto? Em Paris?...

Contei Tormes, a serra, o seu rejuvenescimento entre a Natureza, minha doce prima, e os bravos pequenos, que ele trazia às cavaleiras. O grão-duque encolheu os ombros, desolado:

— Oh lá, lá, lá!... Peuh! Casado, na aldeia, com filharada... Homem perdido! Ora, ora!... E um homem útil, que nos divertia, e com gosto! O cor-de-rosa! Uma festa deliciosa... Não se fez, não se tornou a fazer nada tão brilhante em Paris... E então Madame d'Oriol... Ainda há dias a vi no Palácio de Gelo... Potável, mulher ainda muito potável... Não é o meu gênero... Adocicada, leitosa, pomadada, neve *à la vanille*!...[4] Ora esse Jacinto!...

— E Vossa Alteza, em Paris, com demora?

O formidável homem baixou a face, franzida e confidencial:

— Nenhuma. Paris não se aguenta... Está estragada, positivamente estragada... Nem se come! Agora é o Ernest, da praça Gaillon, o Ernest, que era *maitre d'hôtel* do Maire. Já lá comeu? Não? Um horror. Tudo é o Ernest, agora! Onde se come? No Ernest. Qual! Ainda esta manhã lá almocei... Um horror! Uma salada Chambord... falhada, indecentemente falhada! Não tem, não tem a noção da salada! Paris foi! Teatros, uma manada. Mulheres, hui! Lambidas todas. Não há nada! Ainda assim, num daqueles teatritos de Montmartre, na Roulotte, há uma revista,[5] que se vê: *Para cá as Mulheres* — engraçada, bem despida... A Celestine tem uma cantiga, meio sentimental, meio porca, o "Amor no *water-closet*", que diverte, tem topete... Onde está, Fernandes?

— No Grand-Hotel, meu senhor.

— Sofrível barraca... E o seu rei sempre bom?

Curvei a cabeça:

— Sua Majestade, sempre bem.

— Ainda bem, Fernandes, tive prazer... Esse Jacinto é que me desola! Pois vá ver a revista... Boas pernas, a Celestine... E tem graça o tal "Amor no *water-closet*".

---

[4] Sorvete de baunilha.
[5] Espetáculo teatral com quadros de música e dança.

Um rijíssimo aperto de mão — e Sua Alteza subiu pesadamente para a vitória, ainda com um aceno amável, que me penhorou... Excelente homem, este grão-duque! Mais reconciliado com Paris, atravessei para os Campos Elísios. Em toda a sua nobre e formosa largueza, toda verde, com os castanheiros em flor, corriam, subindo, descendo, velocípedes. Parei a contemplar aquela fealdade nova, estes inumeráveis espinhaços arqueados e gâmbias magras, pedalando escarranchados sobre duas rodas. Velhos gordos, de cachaço escarlate, pedalavam, gordamente. Galfarros[6] esguios, de gâmbias finas, fugiam numa linha esfuziada. E as mulheres, muito pintadas, de bolero curto, calções bufantes, giravam, mais rapidamente, no prazer equívoco da carreira escarranchadas em hastes de ferro. E a cada instante outras medonhas máquinas passavam, vitórias e faetontes a vapor, com uma complicação de tubos e caldeiras, torneiras e chaminés, rolando numa trepidação estridente, espalhando um grosso fedor de petróleo. Segui para o 202, pensando: "Se um grego do tempo de Fídias[7] visse esta nova beleza e graça do caminhar humano!...".

No 202, o porteiro, o velho Vian, quando me reconheceu, mostrou uma alegria enternecedora. Não se fartou de saber do casamento de Jacinto e daqueles queridos meninos. E era para ele uma felicidade que eu aparecesse, justamente quando tudo se andara limpando para a entrada da primavera. Mas quando penetrei na amada casa senti mais vivamente a minha solidão. Não

---

[6] Meirinhos, oficiais de justiça.
[7] O mais importante escultor da Antiguidade (cerca de 500-431 a.C.). Dirigiu os trabalhos de escultura do Partenon.

restava em toda ela nem um dos costumados aspectos que me revivesse a velha camaradagem com o meu Príncipe. Logo na antecâmara, grandes lonas recobriam as tapeçarias heroicas — e a mesma lona parda escondia os estofos das paredes e dos móveis, as largas estantes de ébano na biblioteca, onde os trinta mil volumes, nobremente enfileirados como doutores num concílio, pareciam assim separados do mundo, por aquele pano que sobre eles descera, depois de finda a comédia da sua força e da sua autoridade. No gabinete de Jacinto, de sobre a mesa de ébano, desaparecera aquela matula[8] de instrumentozinhos, de que eu perdera a memória: e só a Mecânica suntuosa, por sobre peanhas e pedestais, recentemente espanejada, reluzia, com as suas engrenagens, tubos, rodas, rigidezas de metais numa frieza morta, na inércia definitiva das coisas desusadas, como já dispostas num museu, para exemplificar a instrumentação caduca de um mundo passado. Tentei mover o telefone, que se não moveu; a mola da eletricidade não acendeu nenhum lume: todas as forças universais tinham abandonado o serviço do 202, como servos despedidos. E então, passeando através das salas, realmente me pareceu que percorria um museu de antiguidades, e que mais tarde outros homens, com uma compreensão mais pura e exata da vida e da felicidade, percorreriam, como eu, longas salas, atulhadas com os instrumentos da supercivilização, e, como eu, encolhendo desdenhosamente os ombros ante a grande ilusão que findara, agora para sempre inútil, arrumada com um lixo histórico, guardado debaixo da lona.

---

[8] O mesmo que multidão.

Quando saí do 202 tomei um fiacre, subi ao bosque de Bolonha. E apenas rolara momentos pela avenida das Acácias, no silêncio decoroso apenas, cortado pelo tilintar dos freios e pelas rodas vagarosas esmagando a areia, comecei a reconhecer as velhas figuras, sempre com o mesmo sorriso, imóveis, o mesmo pó de arroz, as mesmas pálpebras amortecidas, os mesmos olhos farejantes, na mesma imobilidade de cera! O homem do *Boulevard* passou numa vitória, fixou em mim o binóculo defumado, mas permaneceu indiferente. Os bandós negros de Madame Verghane, tapando-lhe as orelhas, pareciam ainda mais furiosamente negros, entre a harmonia de todo o branco que a vestia, chapéu, plumas, flores, rendas e corpete, onde o seu peito imenso se empolava como uma onda. No passeio, sob as acácias, espapado em duas cadeiras, o diretor do *Boulevard* mamava o resto do seu charuto. Madame de Trèves continuava o seu sorriso de há cinco anos, com duas pregazinhas mais moles aos cantos dos lábios secos.

Abalei para o Grand-Hotel, bocejando — como outrora Jacinto. E findei o meu dia de Paris, no Teatro das Variedades, estonteado com uma comédia muito fina, muito aclamada, toda faiscante do mais vivo parisianismo, em que todo o enredo se enrodilhava à volta de uma cama, onde alternadamente se espojavam mulheres em camisa, sujeitos gordos em ceroulas, um coronel com papas de linhaça nas nádegas, cozinheiras de meias de seda bordadas, e ainda mais gente, ruidosa e saltitante, a faiscar de cio e de pilhéria. Tomei um chá melancólico no Julien, entre um áspero e lúgubre farejar de prostituta, farejando a presa. Em duas, de pele oleosa e cobreada, olhos oblíquos, cabelos duros e negros como clinas, senti o Oriente, a sua provocação felina. Interroguei o criado, um medonho ser, de uma obesidade balofa e lívida, de eunuco. O monstro explicou numa voz roufenha e surda:

— Mulheres de Madagáscar...[9] Foram importadas logo que a França ocupou a ilha!

Arrastei então por Paris dias de imenso tédio. Ao longo do *boulevard* revi nas vitrinas todo o luxo, que já me enfartava havia cinco anos, sem uma graça nova, uma curta frescura de invenção. Nas livrarias, sem descobrir um livro, folheava centenas de volumes amarelos, onde, de cada página que ao acaso abria, se exalava um cheiro morno de alcova, e de pós de arroz, de entre linhas trabalhadas com efeminado arrebique, como rendas de camisas. Ao jantar, em qualquer restaurante, encontrava, ornando e disfarçando as carnes ou as aves, o mesmo molho, de cores e sabores de pomada, que já de manhã, noutro restaurante, espelhado e dourejado, me enjoara no peixe e nos legumes. Paguei por grossos preços garrafas do nosso rascante[10] e rústico vinho de Torres, enobrecido com o título de Château Isto, Château Aquilo, e pó postiço no gargalo. À noite, nos teatros, encontrava a cama, a costumada cama, como centro e único fim da vida, atraindo, mais fortemente que o monturo atrai os moscardos,[11] todo um enxame de gentes, estonteadas, frementes de erotismo, zumbindo pilhérias senis. Esta

---

[9] Grande ilha do oceano Índico, separada da costa da África pelo canal de Moçambique. Em 1895, como resultado de uma expedição militar comandada pelo general Duchesne, tornou-se um protetorado francês. Conseguiu sua independência somente em 1960, passando a chamar-se República Malgaxe.

[10] Que deixa travo na garganta; adstringente.

[11] Que o lixo atrai as moscas.

sordidez da planície me levou a procurar melhor aragem de espírito nas alturas da Colina, em Montmartre — e aí, no meio de uma multidão elegante de senhoras, de duquesas, de generais, todo pessoal da cidade, recebia, do alto do palco, grossos jorros de obscenidades, que faziam estremecer de gozo as orelhas cabeludas de gordos banqueiros, e arfar com delícia os corpetes de Worms e de Doucet, sobre os peitos postiços das nobres damas. E recolhia enjoado com tanto relento de alcova, vagamente dispéptico com os molhos de pomada do jantar, e sobretudo descontente comigo, por me não divertir, não compreender a cidade, e errar através dela e da sua civilização superior, com a reserva ridícula de um censor, de um Catão austero. "Oh senhores!", pensava eu, "pois não me divertirei nesta deliciosa cidade?".

Entrara comigo o bolor da velhice? Passei as pontes, que separam em Paris o temporal do espiritual, mergulhei no meu doce Bairro Latino, evoquei diante de certos cafés, a memória da minha Nini; e, como outrora, preguiçosamente, subi as escadas da Sorbonne. Num anfiteatro, onde sentira um grosso sussurro, um homem magro, com uma testa muito branca e muito larga, como talhada para alojar pensamentos altos e puros, ensinava, sobre as instituições da Cidade Antiga. Mas, mal eu entrara, logo o seu dizer elegante e límpido foi sufocado por gritos, urros, patadas, um tumulto rancoroso de troça bestial, que saía da mocidade apinhada nos bancos, a mocidade das escolas, primavera sagrada, em que eu fora flor murcha. O professor parou — espalhando em redor um olhar frio e sereno, depois remexendo as suas notas. Quando o grosso grunhido se moderou em sussurro desconfiado — ele recomeçou com alta serenidade.

Todas as suas ideias eram frias e substanciais, expressas numa língua pura e forte — mas, imediatamente, rompe uma furiosa rajada de apitos, uivos, relinchos, cacarejos de galo, por entre magras mãos, que se estendiam para estrangular as ideias. Ao meu lado um velho, encolhido na alta gola de um *macfarlane*[12] de xadrez, contemplava o tumulto com melancolia, pingando endefluxado.[13] Perguntei ao velho:

— Que querem eles? É embirração com o professor... Política?

O velho abanou a cabeça, espirrando:

— Não... É sempre assim, agora, em todos os cursos... Não querem ideias... Creio que queriam cançonetas, porcarias. Amor da troça.

Então, indignado, berrei:

— Silêncio, brutos!

E eis que um abortozinho, amarelado e sebento, de longas melenas, umas enormes lunetas rebrilhantes, se arrebita, me fita, e me grita:

— *Sale maure!*

Ergui o meu grosso punho serrano, e o desgraçado, numa confusão de melenas, com sangue por toda a face, aluiu, como um montão de trapos moles, ganindo desesperadamente, enquanto o furacão de uivos e cacarejos, e guinchos e silvos, envolvia o professor, que cruzara os braços, esperando, com uma serenidade simples.

Desde esse momento decidi abandonar a fastidiosa cidade, e o único dia alegre e divertido que nela passei

---

[12] Termo inglês que designa uma capa sem mangas, mas com aberturas, por onde passam os braços.
[13] Constipado.

foi o derradeiro, comprando para os meus queridinhos de Tormes brinquedos consideráveis, tremendamente complicados pela Civilização — vapores de aço e cobre, providos de caldeiras para viajar em tanques; leões de pele verídica rugindo pavorosamente; bonecas vestidas pela Laferrière, com fonógrafos no ventre...

E enfim abalei uma tarde, depois de lançar da minha janela, sobre o *boulevard*, um adeus à cidade:

— Pois adeusinho, até nunca mais! Na lama do teu vício e na poeira da tua vaidade, outra vez, não me pilhas. E o que tens de bom, que é o teu gênio, elegante e claro, lá o receberei na serra pelo correio!

Enfim, numa tarde de domingo, debruçado da janela do comboio, que vagarosamente deslizava pela borda do rio lento, um silêncio todo feito de azul e sol, avistei na plataforma da quieta estação, os senhores de Tormes, com a minha afilhada Teresa, muito vermelha, arregalando os seus soberbos olhos, e o bravo Jacintinho, que empunhava na mão uma bandeira branca. O alvoroço ditoso com que abracei e beijei aquela tribo bem-amada conviria perfeitamente a quem voltasse vivo de uma guerra distante, na Tartária.[14] Na alegria de recuperar a serra, até beijoquei o Pimentinha, que a estalar de obesidade se açodava gritando ao carregador com o cuidado das minhas malas.

Jacinto, magnífico, de grande chapéu serrano, jaqueta, e polainas altas, de novo me abraçou:

— E esse Paris?

---

[14] Império de Gengis Khan e seus sucessores; em seu apogeu, no séc. XIII, estendia-se do Tibete à Siberia e da Coreia ao Danúbio, incluindo a Arábia e parte da Índia.

— Medonho!

De novo abri os braços para o bravo Jacintinho.

— Então para que é essa bandeira, meu cavaleiro?

— Do castelo! — declarou ele com uma bela seriedade nos seus grandes olhos.

A mãe ria. Desde essa manhã, logo que soubera da chegada do Ti-Zé, apareceu de bandeira, feita pelo Grilo, e não a largara, com ela almoçara, com ela descera de Tormes!

— Bravo! E, oh prima Joaninha, olhe que está magnífica! Eu, também, venho daquelas peles meladas de Paris... Mas acho-a triunfal! E o tio Adrião, e a tia Vicência?

— Tudo ótimo! — gritou Jacinto. — A serra, Deus louvado, prospera. E agora, para cima! Tu hoje ficas em Tormes. Para contar da Civilização.

No pátio debaixo da figueira, que revi com gosto, esperavam os três cavalos, e dois belos burros brancos, um com cadeirinha, para a Teresa, outro com um cesto de verga, para meter dentro o heroico Jacintinho, ambos levados à rédea por dois criados. E ajudara a prima Joaninha a montar, quando o carregador apareceu com um maço de jornais e papéis, que eu esquecera na carruagem. Era uma papelada, de que eu me sortira na estação de Orleães, toda recheada de mulheres nuas, de historietas sujas, de parisianismo, de erotismo. Jacinto, que as reconhecera, gritou rindo:

— Deita isso fora!

E eu atirei para um montão de lixo, ao canto do pátio, aquela podridão da ligeira Civilização. E montei. Mas, já ao dobrar para o caminho empinado da serra, ainda me voltei, para gritar adeus ao Pimenta, que eu esquecera. O digno chefe, debruçado sobre o montouro de lixo, apanhava, sacudia, recolhia com amor aquelas belas estampas, que chegavam de Paris, contavam as delícias de Paris, derramavam através do mundo a sedução de Paris.

Em fila começamos a subir para a serra. A tarde adoçava o seu esplendor de estio. Uma aragem trazia, como ofertados, perfumes de flores silvestres. As ramagens moviam, com um aceno de doce acolhimento, as suas folhas vivas e reluzentes. Toda a passarinhada cantava, num alvoroço de alegria e de louvor. As águas correntes, saltantes, luzidias, despediam um brilho mais vivo, numa pressa mais animada. Janelas distantes de casas amáveis flamejavam com um fulgor de ouro. A serra toda se ofertava, na sua beleza eterna e verdadeira. E, sempre adiante da nossa fila, por entre a verdura, flutuava no ar a bandeira branca, que o Jacintinho não largava, dentro do seu cesto, com a haste bem agarrada na mão. Era a *bandeira do castelo*, afirmava ele muito sério. E na verdade me parecia que, por aqueles caminhos, através da Natureza campestre e mansa, o meu Príncipe, atrigueirado nas soalheiras e nos ventos da serra, a minha prima Joaninha, tão doce e risonha mãe, os dois primeiros representantes da sua abençoada tribo, e eu — tão longe de amarguradas ilusões e de falsas delícias — trilhando um solo eterno, e de eterna solidez, com a alma contente, e Deus contente de nós, serenamente e seguramente subíamos — para o Castelo de Grã-Ventura!

Guia de Leitura*

1. Eça de Queirós foi um autor do Realismo português. Assim, por quais tendências filosóficas do final do século XIX foi, possivelmente, influenciado?

2. a) Defina o que é Positivismo.

b) Com base nesse conceito, é possível afirmar que Jacinto era um positivista? Por quê?

3. Qual a opinião do jovem Zé Fernandes a respeito das ideias de Jacinto?

4. Se Jacinto afirmava que a civilização era a única concepção de vida adequada ao desenvolvimento do ser humano e, consequentemente, ao alcance da felicidade, por que ele se torna um homem entediado e infeliz?

5. O que o episódio do peixe no elevador revela a respeito da ciência e da tecnologia?

6. Como são as mulheres de Paris retratadas no romance?

7. Explique a afirmação do personagem Grilo, criado de Jacinto: "V. Ex.ª sofre de fartura".

---

* Para que o professor possa trabalhar o Guia de Leitura com os alunos em sala de aula, não publicamos, aqui, o gabarito das questões. No entanto, pode-se obtê-lo entrando em contato conosco pelo telefone: (11) 3672 8144. Disponibilizamos o gabarito apenas para professores.

8. Em determinado momento do romance, as leituras prediletas de Jacinto são Schopenhauer e o *Eclesiastes*. O que isso revela sobre o protagonista?

9. Qual o primeiro elemento a surpreender Jacinto quando da chegada à sua fazenda, em Tormes?

10. De acordo com o final de *A cidade e as serras*, é possível afirmar que Jacinto muda radicalmente de opinião? Justifique.

Questões de vestibular

1. (Fuvest) Leia o excerto de *A cidade e as serras*, de Eça de Queirós, e responda ao que se pede.

"Era um domingo silencioso, enevoado e macio, convidando às voluptuosidades da melancolia. E eu (no interesse da minha alma) sugeri a Jacinto que subíssemos à basílica do Sacré-Coeur, em construção nos altos de Montmartre. (...) Mas a basílica em cima não nos interessou, abafada em tapumes e andaimes, toda branca e seca, de pedra muito nova, ainda sem alma. E Jacinto, por um impulso bem jacíntico, caminhou gulosamente para a borda do terraço, a contemplar Paris. Sob o céu cinzento, na planície cinzenta, a cidade jazia, toda cinzenta, como uma vasta e grossa camada de caliça* e telha. E, na sua imobilidade e na sua mudez, algum rolo de fumo,** mais tênue e ralo que o fumear de um escombro mal apagado, era todo o vestígio visível de sua vida magnífica."

*Caliça: pó ou fragmentos de argamassa ressequida, que sobram de uma construção ou resultam da demolição de uma obra de alvenaria.
**Fumo: fumaça.

a) Em muitas narrativas, lugares elevados tornam-se locais em que se dão percepções extraordinárias ou revelações. No contexto da obra, é isso que irá acontecer nos "altos de Montmartre", referidos no trecho? Justifique sua resposta.

b) Tendo em vista o contexto histórico da obra, por que é Paris a cidade escolhida para representar a vida urbana? Explique sucintamente.

c) Sintetizando-se os termos com que, no excerto, Paris é descrita, que imagem da cidade finalmente se obtém? Explique sucintamente.

2. (Fuvest)
"Já a tarde caía quando recolhemos muito lentamente. E toda essa adorável paz do céu, realmente celestial, e dos campos, onde cada folhinha conservava uma quietação contemplativa, na luz docemente desmaiada, pousando sobre as coisas com um liso e leve afago, penetrava tão profundamente Jacinto, que eu o senti, no silêncio em que caíramos, suspirar de puro alívio.
Depois, muito gravemente:
— Tu dizes que na Natureza não há pensamento...
— Outra vez! Olha que maçada! Eu...
— Mas é por estar nela suprimido o pensamento que lhe está poupado o sofrimento! Nós, desgraçados, não podemos suprimir o pensamento, mas certamente o podemos disciplinar e impedir que ele se estonteie e se esfalfe, como na fornalha das cidades, ideando gozos que nunca se realizam, aspirando a certezas que nunca se atingem!... E é o que aconselham estas colinas e estas árvores à nossa alma, que vela e se agita – que viva na paz de um sonho vago e nada apeteça, nada tema, contra nada se insurja, e deixe o mundo rolar, não esperando dele senão um rumor de harmonia, que a embale e lhe favoreça o dormir dentro da mão de Deus. Hem, não te parece, Zé Fernandes?
— Talvez. Mas é necessário então viver num mosteiro, com o temperamento de S. Bruno, ou ter cento e quarenta contos de renda e o desplante de certos Jacintos..."

Considerado no contexto de *A cidade e as serras*, o diálogo presente no excerto revela que, nesse romance de Eça de Queirós, o elogio da natureza e da vida rural

a) indica que o escritor, em sua última fase, abandonara o Rea-lismo em favor do Naturalismo, privilegiando, de certo modo, a observação da natureza em detrimento da crítica social.

b) demonstra que a consciência ecológica do escritor já era desenvolvida o bastante para fazê-lo rejeitar, ao longo de toda a narrativa, as intervenções humanas no meio natural.

c) guarda aspectos conservadores, predominantemente voltados para a estabilidade social, embora o escritor mantenha, em certa medida, a prática da ironia que o caracteriza.

d) serve de pretexto para que o escritor critique, sob certos aspectos, os efeitos da revolução industrial e da urbanização acelerada que se haviam processado em Portugal nos primeiros anos do século XIX.

e) veicula uma sátira radical da religião, embora o escritor simule conservar, até certo ponto, a veneração pela Igreja Católica que manifestara em seus primeiros romances.

3. (PUC) O romance *A cidade e as serras*, de Eça de Queirós, publicado em 1901, é desenvolvimento de um conto chamado "Civilização". Do romance como um todo pode-se afirmar que

a) apresenta um narrador que se recorda de uma viagem que fizera havia algum tempo ao Oriente Médio, à Terra Santa, de onde deveria trazer uma relíquia para uma tia velha, beata e rica.

b) caracteriza uma narrativa em que se analisam os mecanismos do casamento e o comportamento da pequena burguesia da cidade de Lisboa.

c) apresenta uma personagem que detesta inicialmente a vida do campo, aderindo ao desenvolvimento tecnológico da cidade, mas que ao final regressa à vida campesina e a transforma com a aplicação de seus conhecimentos técnicos e científicos.

d) revela narrativa cujo enredo envolve a vida devota da província e o celibato clerical e caracteriza a situação de decadência e alienação de Leiria, tomando-a como espelho da marginalização de todo o país com relação ao contexto europeu.

e) se desenvolve em duas linhas de ação: uma marcada por amores incestuosos; outra voltada para a análise da vida da alta burguesia lisboeta.

4. (UNICAMP - adaptada) O trecho abaixo pertence ao capítulo VIII de *A cidade e as serras*, em que se narra a viagem de Jacinto a Tormes.

"Trepávamos então alguma ruazinha de aldeia, dez ou doze casebres, sumidos entre figueiras, onde se esgaçava, fugindo do lar pela telha-vã o fumo branco e cheiroso das pinhas. Nos cerros remotos, por cima da negrura pensativa dos pinheirais, branquejavam ermidas. O ar fino e puro entrava na alma, e na alma espalhava alegria e força. Um esparso tilintar de chocalhos de guizos morria pelas quebradas...

Jacinto adiante, na sua égua ruça, murmurava:

— Que beleza!
E eu atrás, no burro de Sancho, murmurava:
— Que beleza!
Frescos ramos roçavam os nossos ombros com familiaridade e carinho."

a) O que o trecho revela da visão de Jacinto sobre a aldeia?
b) Explique a relação entre o protagonista e a paisagem.

5. (FUVEST) Leia o trecho de *A cidade e as serras*, de Eça de Queirós, e responda ao que se pede.

"Então, de trás da umbreira da taverna, uma grande voz bradou, cavamente, solenemente:
— Bendito seja o Pai dos Pobres!
E um estranho velho, de longos cabelos brancos, barbas brancas, que lhe comiam a face cor de tijolo, assomou no vão da porta, apoiado a um bordão, com uma caixa a tiracolo, e cravou em Jacinto dois olhinhos de um brilho negro, que faiscavam. Era o tio João Torrado, o profeta da serra... Logo lhe estendi a mão, que ele apertou, sem despegar de Jacinto os olhos, que se dilatavam mais negros. E mandei vir outro copo, apresentei Jacinto, que corara, embaraçado.
— Pois aqui o tem, o senhor de Tormes, que fez por aí todo esse bem à pobreza.
O velho atirou para ele bruscamente o braço, que saía, cabeludo e quase negro, de uma manga muito curta.
— A mão!

E quando Jacinto lha deu, depois de arrancar vivamente a luva, João Torrado longamente lha reteve com um sacudir lento e pensativo, murmurando:

— Mão real, mão de dar, mão que vem de cima, mão já rara!

(...) Eu então debrucei a face para ele, mais em confidência:

— Mas, ó tio João, ouça cá! Sempre é certo você dizer por aí, pelos sítios, que el-rei D. Sebastião voltara?"

a) No trecho, Jacinto é chamado, pelo velho, de "Pai dos Pobres". Essa qualificação indica que Jacinto mantinha com os pobres da serra uma relação democrática e igualitária? Justifique sua resposta.

b) Tendo em vista o contexto da obra, explique sucintamente por que o narrador, no final do trecho, se refere a "el-rei D. Sebastião".

© *Copyright* desta edição: Editora Martin Claret Ltda., 2022.

DIREÇÃO
Martin Claret

PRODUÇÃO EDITORIAL
Carolina Marani Lima
Mayara Zucheli

DIREÇÃO DE ARTE E CAPA
José Duarte T. de Castro

DIAGRAMAÇÃO
Giovana Quadrotti

REVISÃO
Waldir Moraes

IMPRESSÃO E ACABAMENTO
Ipsis Gráfica e Editora

Este livro segue o novo Acordo Ortográfico da Língua Portuguesa.

Dados Internacionais de Catalogação na Publicação (CIP)
(Câmara Brasileira do Livro, SP, Brasil)

Queirós, Eça de, 1845-1900.
  A cidade e as serras / Eça de Queirós. — São Paulo: Martin Claret, 2022.

  I. Romance português   I. Título

  ISBN 978-65-5910-213-6

22-118191   CDD-869.3

Índices para catálogo sistemático:
1. Romances: Literatura portuguesa   869.3
Cibele Maria Dias – Bibliotecária – CRB-8/9427

EDITORA MARTIN CLARET LTDA.
Rua Alegrete, 62 – Bairro Sumaré – CEP: 01254-010 – São Paulo, SP
Tel.: (11) 3672-8144 – www.martinclaret.com.br
Impresso – 2022

CONTINUE COM A GENTE!

- Editora Martin Claret
- editoramartinclaret
- @EdMartinClaret
- www.martinclaret.com.br

Pólen
Natural